K. HANKE / C. KRÖGER

Heidefluch

K. HANKE / C. KRÖGER

Heidefluch

DER 7. FALL FÜR
KATHARINA VON HAGEMANN

GMEINER

Immer informiert

Spannung pur – mit unserem Newsletter informieren wir Sie
regelmäßig über Wissenswertes aus unserer Bücherwelt.

Gefällt mir!

Facebook: @Gmeiner.Verlag
Instagram: @gmeinerverlag

Besuchen Sie uns im Internet:
www.gmeiner-verlag.de

© 2019 – Gmeiner-Verlag GmbH
Im Ehnried 5, 88605 Meßkirch
Telefon 07575 / 2095 - 0
info@gmeiner-verlag.de
Alle Rechte vorbehalten
4. Auflage 2024

Lektorat: Claudia Senghaas, Kirchardt
Herstellung: Benjamin Arnold
Umschlaggestaltung: U.O.R.G. Lutz Eberle, Stuttgart
unter Verwendung eines Fotos von: © oxie99 / fotolia.com
Druck: CPI books GmbH, Leck
Printed in Germany
ISBN 978-3-8392-2383-3

Für Minette
Kathrin Hanke

*

Für Helli
Claudia Kröger

>*Die Hoffnung ist der Regenbogen über dem herabstürzenden Bach des Lebens.*«

(Friedrich Nietzsche)

PROLOG:

07.17 Uhr

Bedrückt blickte Katharina auf das unbewegte fahle Gesicht
des Mannes, der ihr mit seinem ansteckenden Lachen und
seiner entspannten Art in den vergangenen sechseinhalb
Jahren so oft das Leben etwas sonniger gemacht hatte. Jetzt
war alles dunkel, nichts war mehr wie zuvor. Seit mehr als
zwei Monaten wartete sie nun schon auf irgendein Zeichen,
eine Veränderung, eine winzige Regung, doch bisher war
jede Hoffnung vergebens.

Die Kommissarin war nicht die Einzige, deren Gedanken
sich noch immer extrem häufig um Tobias Schneider dreh-
ten. Die meisten Kollegen waren in eine Art Schockstarre
verfallen, als sie von Tobis schwerem Unfall erfahren hatten, und die wenigsten von ihnen verbrachten inzwischen
einen Tag, ohne mindestens einmal an ihn zu denken. Während sie damals im Kommissariat erleichtert darauf angesto-
ßen hatten, dass sie den Mörder eines kleinen Jungen über-
führt und zu einem Geständnis bewegt hatten, hatte eine
Streife sie informiert, dass ihr Kollege mit dem Dienstwagen verunglückt war. Sie waren sofort in die Lüneburger
Klinik geeilt – Katharina gemeinsam mit Benjamin Rehder
in einem Auto, die Rechtsmedizinerin Frauke Bostel mit

Kommissarin Vivien Rimkus in einem zweiten. Bereits auf dem Klinikflur waren sie auf eine vollkommen verzweifelte Jana Helm gestoßen. Die Verlobte von Tobi hatte Mühe gehabt, sich auf den Beinen zu halten. Hätte sie nicht ihre gemeinsame kleine Tochter dabeigehabt, wäre sie vermutlich ganz und gar zusammengebrochen.

Von den Kollegen in Uniform hatten sie bereits erfahren, dass Tobias' Wagen sich mehrfach überschlagen hatte, den Grund oder Auslöser für den Unfall kannte jedoch niemand. Alles, was sie wussten, war, dass Tobi kurz zuvor sehr aufgewühlt gewesen war. Während Katharina und Ben den überführten Kindsmörder Mirco Hartfeld vernommen hatten, hatte Tobi mit Kriminalrat Mausner, Staatsanwalt Friedberg und Kommissarin Vivien Rimkus aus dem Nebenraum das Verhör verfolgt. Nach einem kurzen Hinweis an Vivien, dass er mal frische Luft bräuchte, hatte er das Kommissariat verlassen. Da er noch nicht zurückgekehrt war, als Hartfeld in die U-Haft überstellt wurde, waren sie alle davon ausgegangen, dass Tobi direkt nach Hause zu Jana und Mia gefahren war. Es war für alle offensichtlich gewesen, wie sehr dieser Fall ihn mitgenommen hatte. Wenige Tage zuvor hatte Katharina sogar intensiver mit ihm darüber gesprochen. So trieb sie jeden Tag seit seinem Unfall die Frage um, ob sie Tobi noch mehr hätte zur Seite stehen müssen. Sie hatte gespürt, wie aufgebracht er gewesen war, als sie beide den Täter im Hotel Heideglanz festgenommen und aufs Kommissariat gebracht hatten. Dann war sie jedoch direkt mit Ben ins Verhör gegangen, anstatt zumindest kurz noch einmal mit Tobias zu reden. Möglicherweise hätte sie ihn etwas beschwichtigen können, dann wäre er nicht so voller Wut losgefahren, wäre konzentrierter gefahren …

Hätte, wäre, wenn – Katharina wusste, dass diese Betrachtungsweise sie nicht weiterbrachte und sie nichts mehr an der Vergangenheit ändern konnte, dennoch konnte sie diese Gedanken nicht abstellen.

Sie hatte in den vergangenen Wochen mehrfach mit Ben darüber gesprochen, dem es ähnlich ging. Als sein Vorgesetzter machte er sich Vorwürfe, dass er Tobias nicht von dem Fall abgezogen hatte, nachdem deutlich geworden war, wie nah ihm die Geschichte ging. Ben hatte ihn dahingehend angesprochen, doch Tobi hatte sich gesperrt. Katharina und ihr Chef hatten beiderseitig versucht sich davon zu überzeugen, dass Schuldgefühle niemandem helfen, doch ein unschönes Gefühl blieb nach wie vor zurück und kam besonders stark hervor, wenn sie Tobis bewegungslosen Körper im Krankenbett liegen sahen.

Katharina seufzte und ließ ihren Blick durch das Krankenzimmer wandern. Auf dem kleinen Tisch stand ein Strauß leuchtender Sonnenblumen, an der Wand hingen ein paar Bilder, die Mia für ihren Papa gemalt hatte. Auf dem Rollwagen am Bett standen ein CD-Player und einige CDs, auf die Jana ihm seine Lieblingssongs gebrannt hatte.

»Warum hast du nur den Dienstwagen genommen und bist nicht einfach ein paar Schritte gegangen, Tobi?«, sprach Katharina leise vor sich hin und nahm die schlaff daliegende Hand des Kollegen in ihre. Wo wolltest du hin? Als er damals aus dem Kommissariat verschwunden war, musste er nahezu direkt in das Dienstfahrzeug gestiegen und losgefahren sein – das hatten sie so ungefähr rekonstruieren können. Doch er war nicht wie erwartet nach Hause gefahren. Ob Tobi einfach zu rasant und unkonzentriert gefahren war? Sie wussten es nicht. Er hörte gern und laut Hardrock im Auto, was nicht gerade zu einer entspannten Fahrt beitrug, allerdings hatten sie keine entsprechende CD in dem Autowrack gefunden. Aber natürlich war es möglich, dass er das Radio aufgedreht hatte, um sich abzulenken. Zum wohl hundertsten Male grübelte Katharina, was in jener Nacht passiert sein könnte. Der Wagen war auf der Landstraße in Richtung St. Dionys verunglückt. Dort hatte der kleine Leon gelebt, dessen Mörder sie an jenem verhängnisvollen Abend gestellt hatten. Anfänglich hatte es unter den Kollegen ein paar Spekulationen gegeben, ob Tobias den Unfall bewusst herbeigeführt haben könnte, doch Katharina hatte sich bis heute stets scharf gegen derartige Vermutungen ausgesprochen und auf alle eingewirkt, nichts in dieser Richtung nach außen dringen zu lassen. Sie war überzeugt davon, dass Tobi das niemals getan hätte. Zum einen tickte er so nicht, er war ein Kämpfer. Aus diesem Grunde hatte er sich damals auch dermaßen in den Fall verbissen, weil er denjenigen, der ein Kind missbrauchte und tötete, unbedingt hatte überführen wollen. Das hatte er als seine Aufgabe angesehen und zusammen mit Ben, Vivien und Katharina ja auch geschafft. Für einen Freitod hatte es absolut keinen Grund gegeben, ganz abgesehen davon, dass er seine kleine Familie niemals im Stich gelassen hätte. Ein sanftes Lächeln umspielte für einen Moment Katharinas Mund, als sie daran denken musste, wie Tobi ihr kurz vor dem schicksalhaften Tag von dem Antrag erzählt hatte, mit dem er Jana, sein Helmchen, wie er sie liebevoll nannte, ganz spontan überrascht hatte. Wann immer er von ihr oder seiner Tochter gesprochen hatte, hatten seine Augen zu leuchten begonnen. Katharina erschrak, als sie merkte, dass sie in der Vergangenheitsform dachte, so als wäre Tobi bereits tot, doch angesichts seines leblosen Körpers fiel es ihr schwer, anders zu denken. Dabei war er noch kurz vor dem Unfall so voller Zuversicht gewesen. Katharina hatte ihm dabei geholfen, den Verlobungsring auszusuchen. Tobi hatte glücklicher als je zuvor auf sie gewirkt und sich wie ein kleiner Junge auf die gemeinsame Zukunft mit Jana und seiner kleinen Mia gefreut – niemals hätte er freiwillig darauf verzichtet. So blieb aus Katharinas Sicht nur die Möglichkeit, dass Tobi aus unerfindlichen Gründen die Kontrolle über den Wagen verloren hatte und es deswegen zu dem schweren Unfall gekommen war. Die Untersuchungen hatten keine eindeutigen Spuren ergeben. Einen Wildunfall konnten die Sachverständigen ausschließen, auch die Bremsen waren in Ordnung gewesen. Die Beteiligung eines anderen Fahrzeugs war ebenfalls nicht nachzuweisen. Es gab weder fremde Lackspuren noch Scherben oder Ähnliches am Unfallort. Obwohl einige Fragen bis heute nicht geklärt werden konnten, waren die Ermittlungen inzwischen hinten angestellt worden, was nichts anderes hieß, als dass die Kollegen nur noch aktiv werden würden, wenn zum Beispiel durch Zeugen weitere Hinweise eingingen. So schaltete die Lüneburger Polizei immer wieder Aufrufe in der Presse und den sozialen Medien, mehr passierte aber nicht.

Was bis heute nach wie vor merkwürdig erschien, war die Tatsache, dass Tobi nicht im Wagen gefunden worden war. Nachdem die Streifenbeamten den unbesetzten Unfallwagen entdeckt hatten, hatten sie ihn schnell als Dienstwagen der Lüneburger Kripo identifiziert. Sie hatten sich abseits der Straße umgesehen und waren nach kurzer Zeit auf Tobi gestoßen. Er hatte bewusstlos und stark blutend am Ufer der Ilmenau gelegen. Das Ufer war dicht bewachsen, was jegliche Spurensuche von vornherein erschwert hatte. Zudem hatte es kurz nach dem Unfall angefangen zu regnen. Die Ermittler waren daher zu dem Ergebnis gekommen, dass Tobi sich nach dem Unfall selbst aus dem Auto befreien und – weshalb auch immer – dorthin hatte schleppen können. Dafür sprachen auch Spuren seines eigenen Blutes auf dem Weg vom Unfallwrack zu dieser Uferstelle, die die Spurensicherung mithilfe eines forensischen UV-Lichts kenntlich gemacht hatten. Mit bloßem Auge hätte niemand sie entdeckt. Als er gefunden worden war, hatte sein Unterkörper zum Teil im Wasser gelegen. Wahrscheinlich hatte er Glück gehabt, nicht komplett in die Ilmenau gestürzt oder mit dem Kopf ins Wasser geraten zu sein. Wenn denn in einem solchen Fall überhaupt noch in irgendeiner Form von Glück zu sprechen war, sagte Katharina sich, verbot sich jedoch, weiter darüber nachzudenken.

Katharina war die Strecke, die Tobi vom Kommissariat aus bis zu der Unglücksstelle vermutlich gefahren war, in den vergangenen Wochen einige Male allein und auch mit Ben abgefahren. Sie hatte die Hoffnung gehabt, dabei doch noch irgendeine Eingebung zu bekommen, aber es gab einfach keine schlüssige Erklärung. Zwar handelte es sich beim Unfallort um eine relativ enge Kurve, doch Tobi war ein geübter Fahrer, dem solch eine Straßenführung, die ihm zudem gut bekannt gewesen sein dürfte, sicher nicht einfach so zum Verhängnis geworden war. Es blieb ein dunkles Geheimnis, was damals wirklich geschehen war, und solange Tobi nicht aus dem Koma erwachte, würden sie wohl kaum erfahren, was in der Nacht auf den 16. August 2017 genau geschehen war.

Umso eindeutiger und erschreckender war die Erstdiagnose der Ärzte gewesen: Die zahlreichen inneren Verletzungen hatten eine sofortige und mehrstündige Operation eines mehrköpfigen Ärzteteams erfordert, während der die Kommissariatskollegen gemeinsam mit Tobis Verlobter bangend auf dem Krankenhauskorridor gesessen hatten. Mit viel Mühe hatte Ben Rehder Jana überreden können, die kleine Mia für die Nacht zu Julie und Leonie zu geben. Da Janas Eltern weiter entfernt wohnten und die von Tobias nicht mehr lebten, gab es spontan keine weitere Möglichkeit, das kleine Mädchen unterzubringen, und alle waren sich einig, dass sie zwischen den schockierten Erwachsenen im Krankenhaus nicht gut aufgehoben war. Ben selbst hatte die Kleine zu Julie gefahren und war dann wieder in die Klinik zurückgekehrt. Es folgten zehrende Stunden bis in den nächsten Vormittag hinein. Erst dann teilte der behandelnde Arzt Jana mit, dass Tobi die umfangreiche Operation überstanden habe, die Verletzungen aber so schwer seien, dass er noch keine Entwarnung geben könne.

Diese Albtraumnacht lag nun bereits so lange zurück, doch noch immer hatte Katharina das Gefühl, sich in einer Art Dunstglocke zu befinden. Seit er aus der Ilmenau gezogen worden war, hatte Tobi keinen Laut von sich gegeben. Er lag im Koma, und bisher konnte oder wollte keiner der Ärzte sich auf eine verbindliche Prognose einlassen. Ein Großteil der schweren Verletzungen schien gut zu heilen, doch das änderte nichts an seinem Gesamtzustand. Ben und Katharina fuhren in der Regel abwechselnd mehrmals die Woche in die Klinik, und auch Frauke und Vivien besuchten ihn regelmäßig, ebenso wie enge Freunde. Manches Mal trafen sie sich hier am Krankenbett oder gaben sich die Klinke in die Hand, doch das war dann eher Zufall. Irgendwie schien es so, als wolle jeder seine ganz persönliche Zeit mit Tobi verbringen. Die Kommissarin sprach inzwischen auch oft zu Tobi, obwohl sie sich anfangs schwer damit getan hatte. Sie machte es ganz bewusst, da sie gelesen hatte, dass vertraute Stimmen und die direkte Ansprache einem

Komapatienten helfen konnten zurückzukommen, und auch einige der Schwestern hatten ihr dies bestätigt. Nachdem sich die erste Hemmschwelle verflüchtigt hatte, brachte Katharina mittlerweile sogar ab und zu einen Scherz über die Lippen, wenn sie an Tobis Bett saß. Ein solches Verhalten wurde ihm am ehesten gerecht und half ihm im Zweifel mehr als Tränen oder Gejammer. Er würde es genauso machen, da war sie sicher.

Am schwersten war die Situation aber für Jana. Die junge Frau musste für die gemeinsame Tochter stark sein und zerbrach an dieser Aufgabe zusehends, wie es Katharina schien. Janas Eltern waren für eine Weile aus Cloppenburg nach Lüneburg gekommen, um sich um Mia zu kümmern und ihrer Tochter so gut es ging den Rücken freizuhalten. Doch vor einigen Wochen hatten sie zurück in ihr jeweiliges Berufsleben gemusst. So hart es auch war, das Leben machte in solchen Situationen keine Pause. Wenigstens hatte der Arzt ein Einsehen gehabt und Jana auf unbestimmte Zeit krankgeschrieben. Während Mia am Vormittag im Kindergarten war, fuhr Jana unter der Woche täglich zu ihrem Verlobten ins Krankenhaus. Am Nachmittag war sie dann für die Kleine da und versuchte, ihr einen halbwegs normalen Lebensrhythmus zu bieten. So oft es ging kamen Janas Eltern am Wochenende nach Lüneburg, doch nach inzwischen mehr als zwei Monaten waren auch sie mittlerweile aufgerieben. Gemeinsam versuchten sie, der kleinen Mia, die ihren Vater sehr vermisste und mit ihren zweieinhalb Jahren noch nicht verstehen konnte, warum er nicht mehr für sie da war, ein Gefühl der Sicherheit zu geben. Dennoch war das zuvor quirlige und offenherzige Mädchen inzwischen stiller geworden und zog sich immer mehr in sich zurück.

Nachdenklich griff Katharina zu dem weißen Bilderrahmen, der auf Tobis Nachtschrank stand. Darin befand sich ein Foto von Jana, Mia und ihm, das erst wenige Tage vor seinem Unfall aufgenommen worden war. Jana wollte sicher sein, dass er – wann immer Tobi aufwachen würde – als Erstes seine kleine Familie vor Augen hatte. Gerade als Katharina das Foto zurückstellen wollte, öffnete sich die Zimmertür und Jana trat in den Raum. Katharina erschrak, denn seit sie Tobis Verlobte vor rund einer Woche zuletzt gesehen hatte, schien sie nochmals deutlich abgebaut zu haben. Die Kommissarin erhob sich vom Stuhl und ging auf die jüngere Frau zu. Sie machte erst gar nicht den Versuch, Jana in den Arm zu nehmen, da sie wusste, dass diese das nicht wollte. Es gelang ihr nur mit einem gewissen Abstand, stark zu bleiben und nicht jedes Mal in Tränen auszubrechen, was sie in Tobis Gegenwart so gut es ging vermeiden wollte, und Katharina respektierte und verstand diesen Wunsch. Sie selbst empfand genauso, wenn es ihr schlecht ging.

»Hallo, Jana«, sagte sie daher nur, während sie der anderen Frau entgegenging. »Ich war schon fast auf dem Sprung zum Dienst. Kann ich etwas für dich tun?«

»Nein, danke Katharina«, antwortete Jana mit einem müden Lächeln. »Ihr macht alle schon so viel für uns, und ich bin euch dafür so dankbar.«

»Das musst du nicht, Jana. Tobi ist mehr als nur ein Kollege, und du und Mia, ihr seid seine Familie. Da ist es mehr als selbstverständlich, dass wir für euch da sind.«

Jana senkte die Lider, sagte aber nichts weiter. Stattdessen nahm sie den Platz ein, auf dem Katharina noch bis eben gesessen hatte, und griff wie selbstverständlich zu den Wattestäbchen und der Vaseline auf dem Nachtschrank, nachdem sie Tobi einen zärtlichen Kuss auf die Lippen gegeben hatte. Behutsam betupfte sie die aufgesprungene Haut mit der fetthaltigen Creme. Katharinas Herz krampfte sich bei diesem Anblick zusammen. Es war nicht richtig, dass zwei sich liebende Menschen so ein Schicksal erleiden mussten. Umso mehr zollte sie Jana Respekt dafür, dass sie trotz aller Verzweiflung nicht aufgab und versuchte, zumindest im Beisein von Mia immer die Fassung zu bewahren. Gleichzeitig fragte sie sich jedoch, wie lange sie diese noch würde aufbringen können. Sie spürte, dass Jana ihre Gegenwart kaum noch wahrnahm, sondern mit allen Sinnen bei Tobi war. Vorsichtig öffnete die Kommissarin daher die Zimmertür und verließ den Raum, ohne sich zu verabschieden.

Ein Frosch vergiftet nie den Tümpel, in dem er lebt.

(Indianisches Sprichwort)

1. KAPITEL:

DONNERSTAG, 02.11.2017

08.32 Uhr

Janine Ehlers hatte heute so gar keine Lust auf ihre Arbeit. Sie war ja sowieso diejenige, die all das tun musste, wonach den anderen nicht der Sinn stand. Und das nur, weil sie die Letzte in der Hierarchie war. Sie hatte erst vor knapp drei Monaten ihre Lehre als Einzelhandelskauffrau im Biomarkt in Bleckede begonnen, wo sie nun im Lager auf einem Karton saß, der Bienenwachskerzen enthielt. Sie selbst kam aus Thomasburg und fuhr jeden Tag mit dem Rad eine halbe Stunde hierhin und wieder zurück. Jetzt im Sommer ging das einigermaßen, doch wie das im Winter werden würde, daran mochte sie momentan noch nicht denken.

Heute Morgen war es auch nicht gerade gemütlich auf dem Fahrrad gewesen, da der Wind von vorn gekommen war und es leicht genieselt hatte. Wenigstens hatte das ihren Kopf wieder einigermaßen frei gemacht, allerdings konnte das auch an der Kopfschmerztablette liegen, die sie gleich nach dem Aufwachen eingeschmissen hatte.

Janine hatte gestern Abend gefeiert. Ihre Freundin Marla war 17 geworden, und das hatten sie mit ein paar anderen aus der alten Klasse ordentlich begossen. Wir hätten die Party doch lieber am Wochenende steigen lassen sollen, dachte das junge Mädchen bei sich und rieb sich die Schläfen, da ein dumpfer Anflug von Kopfschmerzen zurückgekehrt war. Während ihrer Schulzeit hatten sie regelmäßig unter der Woche gefeiert, und sie hatte dann eben die erste und auch manchmal noch die zweite Stunde sausen lassen. Das ging in der Ausbildung nicht mehr. Kaum vorstellbar, dass ihr Schülerinnenleben noch gar nicht so lange her war, dachte Janine, während sie sich langsam erhob. Heute Morgen musste sie die Regale auffüllen und die neue Ware auszeichnen. Während sie den müden Blick durchs Lager schweifen ließ, fragte sie sich, womit sie anfangen wollte. Sie entschied sich für die Nahrungsergänzungsmittel und holte sich den Karton mit den Acai-Dosen hervor. Janine selbst nahm die Kapseln, die das Pulver aus der gesunden Beere enthielten, schon seit einem halben Jahr. Sie fand sich zu dick, und die Beeren aus dem brasilianischen Regenwald sollten beim Abnehmen helfen. Bisher hatte dieses Superfood, wie es hier im Biomarkt hieß, nicht gewirkt, was aber vielleicht auch daran lag, dass sie ihre Ernährung ansonsten bisher nicht umgestellt hatte. Ihr fehlte dafür einfach die Disziplin. Während der Vorbereitungen auf ihren Schulabschluss hatte Janine einfach immer das gegessen, wonach ihr gerade gewesen war. Seit sie arbeitete, zog sie sich abends, beim Seriengucken auf ihrem Computer und zu müde, um sich etwas Ordentliches zu essen zu machen, gern eine Tüte Chips rein – außer natürlich ihre Mutter hatte etwas gekocht, doch das kam selten vor. Und wenn sie mit ihren Freunden unterwegs war, trug der dabei konsumierte Alkohol sicher ebenfalls einiges dazu bei, dass die Röllchen um ihre Taille herum nicht weniger wurden. Janine fragte sich manchmal, ob sie wohl ohne die Acai-Kapseln noch rundlicher wäre. Auch wenn sie es nicht wusste – darauf ankommen lassen wollte sie es auf keinen Fall. Sie seufzte und öffnete die Verklebung des ersten Kartons mit dem Cuttermesser, das sie vorhin schon mitgenommen hatte. Als sie fast auf dem Weg in den Verkaufsraum war, um die Dosen ins Regal zu sortieren, fiel ihr ein, dass ihr Acai-Vorrat zu Hause zur Neige ging. Ob sie einfach eine der Dosen mitgehen lassen sollte? Entschlossen klappte sie den Karton auf und griff nach einer, zuckte jedoch sofort wieder zurück, als sie einen kleinen Stich in der Handfläche verspürte. Ihre Hand begann sofort stark zu schmerzen. Gleichzeitig sprang Janine etwas entgegen, sodass sie – begleitet von einem kleinen Aufschrei – den Karton vor Schreck fallen ließ und etliche der darin enthaltenen Dosen herausfielen. Janine horchte, ob irgendjemand kam, der das Poltern gehört hatte. Ihr Herz pochte noch immer vor Schreck, und der Schmerz in ihrer Hand breitete sich weiter aus. Was war das nur gewesen? Ob sie in eine Scherbe gefasst hatte? Aber was hatten Scherben in dem Karton zu suchen – die Dosen waren schließlich aus Plastik? Sie schaute auf ihre Handfläche, die inzwischen leicht angeschwollen war, aber Blut konnte sie keines ausmachen.

Janine kniete sich hinunter, um die Dosen vom Fußboden in den Karton zu räumen, bevor ihre Chefin womöglich ins Lager käme. Die hatte Haare auf den Zähnen, und die Auszubildende hatte keine Lust, von der Frau gemaßregelt zu werden, weil diese meinte, sie würde herumtrödeln. Ihre Vorgesetzte hatte sie eigentlich gar nicht einstellen wollen, weil Janines Abschlussnote nicht die beste war und zudem so einige Fehlstunden auf ihrem Zeugnis standen. Die Chefin hatte ihr nur eine Chance gegeben, weil Janines Lehrer ein gutes Wort für sie eingelegt und sie selbst hoch und heilig versprochen hatte, zuverlässig und engagiert zu sein.

Das Mädchen hatte in dem Moment selbst dran geglaubt, doch inzwischen zweifelte Janine daran, dass sie die Ausbildung schaffen würde, schon wegen der Berufsschule. Sie hatte bereits einen Block hinter sich, und das, was sie da wissen musste, war ganz schön fett. Einen Rauswurf seitens des Betriebes wollte sie allerdings auch nicht riskieren, denn vielleicht würde sie es ja doch irgendwie in der Schule schaffen. Eine Lehrstelle zu finden war nicht einfach, und ohne brauchte sie sich gar nicht mehr zu Hause blicken lassen. Das hatte ihr Vater ziemlich deutlich gemacht.

Janine setzte an, nach den Dosen zu greifen, wobei sie feststellte, dass sich die Finger der schmerzenden Hand nicht mehr gut bewegen ließen. Was hatte das bloß zu bedeuten? Am liebsten wäre sie aufgestanden und zum Arzt gegangen, andererseits kam sie sich irgendwie albern vor. Was sollte sie dem sagen? Dieser ganze Spuk würde sicher gleich vorübergehen. Die 16-Jährige klaubte nun einhändig die Acai-Dosen zusammen, wobei sie bemerkte, dass eine unter ein Regal gerollt war. Als sie gerade dabei war, diese hervorzuholen, hüpfte ihr plötzlich ein kleines Tier entgegen. Erneut schrie Janine vor Schreck auf. War das etwa eine Maus gewesen? Wie eklig! Das Mädchen rührte sich nicht und bewegte nur die Augen, die von links nach rechts huschten und die Maus suchten. Dann hörte sie ein schwaches, kurzes Geräusch. Ein Mäusefiepen war es nicht gewesen, aber vielleicht hatte sie sich das Geräusch auch nur eingebildet oder die Maus war gar keine, sondern irgendein anderes Tier. Diese Vorstellung fand Janine noch ekliger und auch ein bisschen gruselig. Was aber konnte es dann sein? Als sie sich nun langsam vom Boden erhob, sprang sie schon wieder etwas an. Auch diesmal konnte sie einen erschreckten Schrei nicht unterdrücken, folgte jedoch mit ihrem Blick dem Tier, das erneut weghüpfte. Es war keine Maus. Eher ein Frosch oder so etwas in der Art. Janine kannte sich da nicht wirklich aus. Frösche waren für sie auf jeden Fall grün. Es musste nicht so ein Grün sein wie das der Frösche aus dem Märchen, aber eben grün oder wenigstens matschfarben. Das Tier hier war nicht grün. Auch nicht annähernd. Ihre Neugier überlagerte die Angst, und sie ging erneut in die Knie, um das kleine, braun gescheckte Tierchen, das ihr etwa einen Meter entfernt gegenüber hockte und sie aus seinen enormen Glubschaugen anstarrte, näher zu betrachten. Ihre Hand tat nach wie vor weh, und der Schmerz wanderte mittlerweile ihr Handgelenk hoch. Janine fragte sich, ob das kleine Etwas, das sich nicht regte und nach wie vor nur atmete und starrte, sie gebissen hatte. Allerdings sah es nicht so aus, als hätte es Zähne, zumindest keine erkennbaren. Nein, die Verletzung an ihrer Hand musste einen anderen Ursprung haben.

Janine ließ ihre Augen erneut kreisen. Sie suchte etwas, womit sie das Tier fangen konnte. Eigentlich sah es ganz niedlich aus. Ihr kleiner Bruder würde sich sicher freuen, wenn sie es ihm mit nach Hause brachte. Der stand auf so etwas. Es war in etwa so groß wie eine Kugel Eis und schimmerte leicht golden. Die Grundfarbe war braun, und auf dem Kopf war ein kleiner Dornenkranz, der aussah wie eine Miniaturkrone. Ansonsten sah das Tierchen definitiv aus wie ein Frosch. Da sie beim Umherschauen nichts Passendes entdeckt hatte, beschloss Janine, den Frosch erst einmal mit den Händen einzufangen und ihn dann zurück in den großen Karton zu stecken, aus dem er gehüpft war. Bevor sie sich anschickte, langsam auf das noch immer an gleicher Stelle dasitzende Tierchen zuzukriechen, wischte sie sich mit dem Unterarm ein paar Schweißperlen von der Stirn. Ihr war mit einem Mal extrem warm geworden und auch etwas schwummrig vor den Augen. Wahrscheinlich lag das an ihrem Kater, denn auch die Kopfschmerzen waren wieder stärker geworden. Plötzlich hatte sie das Gefühl, dringend an die frische Luft zu müssen. Den Frosch könnte sie auch später noch fangen, und wenn nicht, wäre das auch nicht schlimm. Langsam stand Janine auf, wobei ihre Beine sich merkwürdig schwer anfühlten. Dann wurde ihr schwarz vor Augen, und sie sackte in sich zusammen. Janine hörte nur noch ihren eigenen dumpfen Aufprall auf dem Boden, bevor sie ohnmächtig wurde.

17.09 Uhr

Katharina ließ ihre Sporttasche von der Schulter gleiten und geräuschvoll auf den Boden plumpsen. Erschrocken fuhr Dr. Frauke Bostel hoch: »Ach du bist es! Puh, jetzt hab ich mich aber echt verjagt. Ich war so konzentriert, ich hab überhaupt nicht mitbekommen, dass jemand reingekommen ist.«

»Wir sind verabredet, hast du das vergessen?«, erwiderte Katharina, aber es klang nicht vorwurfsvoll. Sie hatte sogar ein leichtes Schmunzeln nicht unterdrücken können – die Kommissarin kannte solch eine Situation nur zu gut. Auch sie tauchte selbst oft so tief in ihre Arbeit ein, dass sie alles um sich herum ausblendete. Ihr passierte das meist dann, wenn sie über dem Profil eines Täters brütete.

Die Gerichtsmedizinerin schlug sich mit dem Handrücken leicht gegen die Stirn, wobei sie ein Seziermesser in den Fingern hielt und ausrief: »Oh Mann, stimmt ja! Wann fängt der Kurs an?«

»Um 18 Uhr«, antwortete Katharina. Sie war mit Frauke Bostel zum Sport verabredet. Die beiden Frauen gingen manchmal getrennt ins Day Night Sports-Studio, hatten jedoch jede für sich festgestellt, dass es zusammen mehr Spaß machte. Frauke war hierbei die treibende Kraft, wofür Katharina dankbar war. Das Auspowern tat ihr gut, und die Kommissarin konnte auf dem Laufband, dem Spinning-Bike oder beim Body Combat – dem Kurs, in den sie heute gemeinsam gehen wollten – perfekt entspannen. Vor allem, wenn sie gerade mitten in nervenzehrenden Ermittlungen steckte, tat ihr so eine Stunde Auszeit meist gut. Momentan war sie viel beim Sport, denn hier konnte sie die Gedanken zu Tobi, seinem Unfall und ihren Schuldgefühlen ihm gegenüber für einen Moment abschalten.

»Das schaff ich. Ich bin eh durch. Nur noch schnell aufräumen und dann können wir los«, erwiderte Frauke Bostel nach einem Blick auf die Wanduhr, während Katharina neugierig an den kleinen Stahltisch herantrat.

»Was untersuchst du denn da?«, fragte sie und deutete auf den Tisch. »Wie eine Milz oder Leber sieht das nicht aus. Eher wie ein Frosch. Ist der jemandem im Hals stecken geblieben, oder was?«, grinste Katharina die Gerichtsmedizinerin an.

»Ha, ha«, meinte diese, grinste aber ebenfalls. »Ich habe das letzte Mal im Studium einen Frosch auseinandergenommen. Meinen ersten hatte ich in der Schule auf dem Tisch. Alle meine Freundinnen fanden das ekelhaft, aber für mich stand in diesem Moment fest, dass ich Medizin studieren möchte. Ein Frosch ist also schuld daran, dass ich jetzt hier stehe.«

Bei den letzten Worten war sie ernst geworden, und ihre Miene hatte sich verdunkelt.

»Was ist los?«, fragte Katharina und versuchte es mit einem Scherz: »Hast du den da geküsst und weil er sich nicht als Prinz entpuppt hat, aus Rache auseinandergenommen?«

Tatsächlich gluckste Frauke Bostel kurz auf, wurde dann jedoch sachlich. Während sie auf dem kleinen Stahltisch Ordnung machte und ihn säuberte, erklärte sie: »Ich hab den Frosch heute Mittag reinbekommen. Etwas ungewöhnlich, ich weiß, aber unser Biologe ist gerade im Urlaub, und sein Assistent hat irgendwas anderes Aufwendiges. Na, und da hat der halt mich gefragt, ob ich mir den Frosch mal angucken und klassifizieren könnte.«

»Und weswegen?«, fragte Katharina interessiert nach. Frauke war inzwischen fertig und ging in ihr Büro, das eigentlich nur eine Ecke des großen Saals und davon lediglich durch einen Paravent abgetrennt war.

»Er ist einem jungen Mädchen in einem Biomarkt entgegengesprungen. Sie ist dort Auszubildende und hat die Lagerware ausgepackt. Der Frosch saß in einem Karton zusammen mit Dosen, in denen Acai-Kapseln sind«, informierte Frauke die Kommissarin, machte jedoch eine Pause, als sie nun in ihre Sporttasche schaute und darin herumwühlte. »Mist«, murmelte sie mehr zu sich selbst und blickte zu Katharina: »Hast du Shampoo mit? Das im Club mag ich nicht, und meins hab ich vergessen.«

»Ja, kannst meins mitbenutzen. Aber nun sag mal, nur weil der arme, kleine Frosch sich in den Karton verirrt hat, hast du ihn untersucht? Wieso das denn?«, wollte Katharina verwundert wissen.

»Weil das Mädchen, das den Frosch aus dem Karton ›befreit‹ hat, mit Lähmungen und Krämpfen ins Krankenhaus eingeliefert worden ist und vermutet wird, dass dieses Kerlchen daran schuld ist. So, fertig, wir können los«, sagte Frauke, zog den Reißverschluss ihrer Sporttasche zu und schulterte sie.

Katharina nahm ihre Tasche ebenfalls und folgte Frauke, die bereits an der Tür den Schlüssel ins Schloss gesteckt hatte, um die Gerichtsmedizin gleich hinter ihnen abzuschließen.

»Und, ist er?«, fragte Katharina jetzt.

»Scheint so«, nickte Frauke Bostel. »Wie du eben gesehen hast, hab ich ihn ziemlich genau unter die Lupe und auch auseinandergenommen. Und falls du es wissen willst, er war bereits tot, als ich ihn auf meinen Tisch bekommen habe. In der Hinsicht steht er meinen üblichen Patienten zumindest in nichts nach. Er war wohl zu lange in dem Acai-Karton und ist langsam vertrocknet. Zumindest hat die Leiterin des Biomarktes ihn mitten auf dem Fußboden liegend gefunden. Sie hat ihn im Müll entsorgt, wo er jedoch von meinem Biologenfreund herausgefischt worden ist.«

»Aber Moment«, hakte Katharina nach, »wie kam dein Biologenfreund überhaupt darauf, dass da ein Frosch im Müll ist? Ich meine, es ist ja nicht unbedingt üblich, gleich einen Polizeibiologen anzurufen, wenn man mal einen vertrockneten Frosch findet.«

»Da gebe ich dir recht«, grinste Frauke Bostel die Kommissarin an: »Scheinbar ist es so, dass unsere Biologen auch manchmal mit der Klinik zusammenarbeiten. Und so, wie ich meinen Biologenfreund habe, ist der Chef-Biologe mit einem der Krankenhausärzte befreundet. Als die im Krankenhaus festgestellt haben, dass die Lähmungen bei dem Mädchen von einem Nervengift herrühren und das Mädchen wiederum wirr von einem Frosch sprach, der sie gebissen habe, hat der Arzt seinen Freund angerufen. Der hatte keine Zeit und hat deshalb meinen Biologiefreund angerufen, und so ist alles ins Rollen gekommen.«

»Das Mädchen lebt also. Ein Glück!«, stellte Katharina fest.

»Ja, sie lebt, und sie wird auch keine Schädigungen zurückbehalten. Die Dosis Gift, mit der der Frosch sie attackiert hat, war relativ gering. Ob das daran lag, dass er schon nicht mehr ganz so fit war, weiß ich nicht, aber wie es scheint, war ihr schlechter Zustand zum Teil auch darauf zurückzuführen, dass sie am Abend zuvor offenbar extrem viel getrunken hatte. In Kombination mit dem Froschgift hat das dann zu einem Kreislaufkollaps geführt«, sagte Frauke.

»Dann ist dieser kleine, unscheinbare Kerl tatsächlich ein Giftfrosch?«, hakte Katharina nach.

»Und was für einer«, bestätigte Frauke. Sie waren inzwischen bei den Fahrradständern angekommen, und Frauke steuerte auf ihr Rad zu. Katharina war zu Fuß unterwegs. Sie wohnte zu zentral im Stadtkern und konnte sowohl das Kommissariat, als auch die Gerichtsmedizin gut und schnell erreichen. Bei Frauke war das anders. Sie wohnte in Adendorf, etwa vier Kilometer von der Lüneburger Innenstadt entfernt. Manchmal fuhr sie auch mit ihrem kleinen schwarzen Sportwagen zum Dienst, doch wenn das Wetter einigermaßen mitspielte, nahm sie ihr Fahrrad. Während sie dies jetzt neben Katharina herschob, redete Frauke weiter: »Dieser Frosch ist den Forschern noch gar nicht so lange bekannt. Seine Heimat ist Brasilien ...«

»War er nicht auch in einem Karton mit Acai-Kapseln? Acai ist doch eine brasilianische Frucht, oder?«, unterbrach Katharina die Kollegin.

»Jepp«, erwiderte diese und fuhr fort: »Auf jeden Fall ist dieser kleine Baumfrosch hochgradig giftig. Sein wissenschaftlicher Name ist Apa... ja genau, Aparasphenodon brunoi. Kurz bevor du gekommen bist, habe ich gelesen, dass sein Gift dreimal wirksamer ist als das des Kugelfisches. Schon ein Gramm würde für die Tötung etlicher Menschen ausreichen. In dem Artikel stand was von 80 Menschen!«

Katharina konnte sich ein ehrlich überraschtes »wow« nicht verkneifen, doch Frauke ließ sich davon nicht beirren: »Könnte, tut es aber glücklicherweise meistens nicht, weil diese Frösche wohl nur minimalste Mengen von ihrem giftigen Sekret verspritzen, um sich gegen ihre Feinde zu wehren, übrigens über winzige Dornen auf ihrem Amphibienkopf. Die Natur ist wirklich faszinierend erfindungsreich. So, da wären wir. Und jetzt genug von giftigen Fröschen. Lass uns lieber von Prinzen reden, was macht deiner denn so?«

»Bene? Dem geht es gut«, lachte Katharina und wartete, während Frauke ihr Fahrrad anschloss. Sie schaute auf die Uhr – in einer Viertelstunde begann der Kurs, was sie gut schaffen würden. Wenn sie mit dem Auto gefahren wären, hätten sie es niemals rechtzeitig hinbekommen. Freie Parkplätze waren hier rar gesät, zumal um diese Uhrzeit, es sei denn, man parkte in einem der Parkhäuser. Dann hätten sie aber auch noch ein Stück zu Fuß gehen müssen, da das Sportstudio in der Fußgängerzone lag. Frauke richtete sich von ihrem Schloss auf, und genau in dem Moment, als sie ihre Sporttasche vom Gepäckträger nahm, klingelte ihr Handy. Die Gerichtsmedizinerin nestelte es aus ihrer Hosentasche hervor, doch es hatte wohl zu lange gedauert, und das Handy verstummte wieder, bevor sie das Gespräch annehmen konnte. Als sie auf das Display schaute, verzog sie verwundert ihren Mund.

»Mein Biologenfreund«, informierte sie Katharina. »Der will bestimmt mein Ergebnis zu dem kleinen Hüpfer hören. Ich rufe ihn später zurück, jetzt sporten wir erst einmal.«

18.51 Uhr

Ben nahm einen Löffel aus der Schublade und verrührte den Tomatensalat. Der würzige Duft von Knoblauch, Zwiebeln und Kräutern stieg ihm in die Nase und sorgte dafür, dass ihm das Wasser im Mund zusammenlief. Noch musste er sich aber mit dem Abschmecken zufriedengeben – bis Steak und Salat auf den Tisch kamen, würde es noch etwas dauern. Sein bester Freund, Alexander Thiele, wollte gegen halb acht bei ihm sein, und vor acht würden sie sicher nicht essen.

Benjamin Rehder freute sich auf den Abend. Seit Alex mit Julie zusammen war, sahen sich die beiden Männer sehr viel seltener als zuvor. Und wenn das Baby erst da war, würde es noch weniger werden, vermutete Ben ohne jeglichen Groll. Julie und Alex hatten vor einiger Zeit verkündet, dass sie ein Kind erwarteten, und Ben musste bei dem Gedanken daran lächeln. Er war von der Neuigkeit im ersten Moment ganz schön verblüfft gewesen, doch dann hatte schnell die Freude für das Paar überwogen. Alexander, der, solange Ben denken konnte, ein überzeugter Single gewesen war, hatte in Julie offenbar doch noch die Frau seines Lebens gefunden. Dabei hatten die beiden sich schon viele Jahre gekannt, bevor es plötzlich gefunkt hatte. Für Leonie, die Tochter von Julie und Bene, Bens Zwillingsbruder, wog die Tatsache, dass sie bald eine große Schwester sein würde, wohl am schwersten. Jahrelang hatte sie mit ihrer Mutter ganz allein gelebt, und Julie war die engste Bezugsperson für ihre Tochter. Auch als Bene dann vor ein paar Jahren nach Lüneburg zurückgekehrt war, hatte sich daran nichts geändert, obwohl Leonie auch regelmäßig Zeit mit ihm verbrachte und sich zwischen den beiden erstaunlich schnell ein inniges Verhältnis entwickelt hatte. An Alexander an der Seite ihrer Mutter hatte der Teenager sich schnell gewöhnt, sie kannte ihn ja ebenfalls seit Jahren und hatte ihn immer gemocht. Darüber hinaus ging sie ohnehin allmählich ihre eigenen Wege. Die Nachricht, dass sie in wenigen Monaten ein Geschwisterchen bekommen würde, hatte sie allerdings doch vorübergehend durcheinandergebracht. Von überschwänglicher Freude über Unsicherheit bis hin zu Aussagen wie »Ich bin aber nicht euer Pauschal-Babysitter« war alles dabei gewesen. Erst neulich hatte Ben sich mit seinem Bruder darüber unterhalten, der ihm versichert hatte, dass Leonie sich in der Zwischenzeit damit arrangiert habe. Vermutlich würde es sich aber erst dann wirklich zeigen, wenn das Baby auf der Welt war.

Ben musste ein weiteres Mal schmunzeln. Das musste er immer, wenn er sich Alex als windelwechselnden Papa vorstellte, was irgendwie nicht recht klappen wollte. Tatsächlich war sein langjähriger Freund von der Nachricht, Vater zu werden, überrascht worden, denn geplant hatten Julie und er den Nachwuchs nicht. Doch beide hatten sich sehr schnell dafür entschieden, und auch wenn es eine ziemliche Umstellung für sie bedeuten würde, freuten sie sich sehr darauf. Ben war gespannt, ob Alex ihm heute ein paar Neuigkeiten erzählen würde. Aber vermutlich musste er da eher auf Julie oder Leonie hoffen, denn die beiden waren in dieser Hinsicht sehr viel redseliger als Alex. Im Zweifel hielt ihn aber auch seine Mutter auf dem Laufenden. Sie kannte kaum noch ein anderes Thema, obwohl es sich nicht um ihr eigenes Enkelkind handelte. Ben fand es etwas übertrieben, gleichzeitig wusste er jedoch, dass Julie für die großmütterliche Fürsorge von Sigrid Rehder durchaus dankbar war. Ihre eigenen Eltern lebten schon lange nicht mehr, und Sigrid war für Leonie immer eine liebevolle Großmutter sowie für sie selbst eine große Stütze gewesen.

Ben holte gerade Teller aus dem Schrank, als es klingelte. Er stellte das Geschirr ab, öffnete die Tür und begrüßte seinen Freund mit einer herzlichen Umarmung: »Hallo, Alex, komm rein!«

»Grüß dich, Ben. Entschuldige, ich bin etwas früh dran«, antwortete Alex, während er seine Jacke auszog und an die Garderobe hängte.

»Kein Problem, im Gegenteil – ich habe sowieso schon Hunger«, antwortete Ben grinsend. Alex setzte sich ohne weitere Umschweife an den Esstisch – Anlass genug für Ben, ihnen beiden einen Rotwein aus dem bereits bereitstehenden Dekanter einzuschenken.

»Fährst du nachher zu dir oder bleibst du bei Julie?«, fragte er dann.

»Ich fahr nach Hause. Nachdem ich schon fast die ganze Woche in Lüneburg geblieben bin, muss ich mal nach meiner Post gucken. Und am Wochenende werde ich sicher ohnehin wieder bei Julie bleiben«, erklärte Alexander.

»Das klingt leicht genervt«, wunderte sich Ben. »Alles in Ordnung bei euch?«

»Ja, absolut«, erwiderte Alex. »Aber die Pendelei geht mir auf Dauer ein bisschen auf den Zeiger. Klar ist es von Lüneburg nach Bergedorf nicht wirklich weit, aber irgendwas vergesse ich immer oder brauche es gerade dann, wenn ich in der Wohnung bin, in der es nicht liegt.«

»Habt ihr inzwischen mal überlegt, wie es mit der Wohnsituation weitergehen soll? Es wäre doch sinnvoll, wenn ihr das klärt, bevor das Baby da ist, oder nicht?«, erkundigte sich Ben.

»Sicher, aber bis dahin ist ja noch ein bisschen Zeit«, wiegelte Alexander ab, was Ben jedoch nicht überzeugte, und so wandte er ein: »Unterschätze das nicht. Wenn ich mich nicht täusche, ist der Stichtag irgendwann im April, oder? So ein halbes Jahr ist schnell vorbei, und wenn Julie hochschwanger ist ...«

»Ja, ja«, unterbrach Alex seinen Freund mit einem sarkastischen Unterton. »Da spricht der Experte, was? Du hast ja recht, aber irgendwie haben wir noch immer keine perfekte Lösung gefunden.« Alex griff zu seinem Rotwein und prostete Ben zu, bevor er fortfuhr. »Ich hänge halt irgendwie an meiner Bude. Aber natürlich wäre es viel besser, wenn wir in Lüneburg leben würden. Leonie geht hier zur Schule und hat ihre Freunde, und Julie hat hier ihren Job. Sie wird erst einmal aussetzen. Wenn sie später wieder in der Buchhandlung anfangen will, wäre das aber schon das einfachste.« Er drehte das Glas nachdenklich in der Hand. »Wir haben auch schon angefangen, uns umzuschauen, denn Julies Wohnung ist auf Dauer zu klein für vier Personen, aber du weißt selbst, dass es nicht ganz einfach ist, in Lüneburg etwas Passendes zu finden. Der Wohnungsmarkt ist ziemlich umkämpft.«

»... und teuer obendrein«, bestätigte Ben.

»Das wäre nicht unbedingt das Problem, ich hab ganz gut was zur Seite gelegt in den letzten Jahren, aber ...« Alex stockte.

»Lass mich raten – aber Julie möchte nicht, dass du das allein übernimmst.«

»Bingo«, bestätigte Alex. »So ist das, wenn man sich in eine unabhängige Frau verliebt«, unkte Alex. »Ich finde das ja toll, gar keine Frage, aber das vereinfacht die Wohnungsfrage nicht gerade.«

»Soll ich mal mit ihr sprechen?«, bot Ben an.

»Gott bewahre!«, wehrte sein Freund ab. »Dann geht sie uns am Ende beiden an den Hals.« Er lächelte. »Wir bekommen das schon hin. Ich habe schon was im Auge, aber das ist noch nicht spruchreif.«

Erwartungsvoll sah Ben ihn an.

»Nein, mein Freund, auch für dich nicht«, erklärte Alex lächelnd. »Da musst du dich noch ein bisschen gedulden.«

»Na gut, dann lass ich mich überraschen und kümmere mich erst einmal darum, dass der werdende Vater etwas in den Magen bekommt.«

Während des Essens unterhielten sich die beiden Männer über belanglosere Themen. Alexander berichtete unter anderem, dass die Versicherung, für die er in Hamburg als Marketingleiter tätig war, durch die orkanartigen Herbststürme, die in den letzten Wochen über Norddeutschland gewütet hatten, reichlich zu tun hatte. Erst nachdem Ben den Tisch abgeräumt hatte und die Freunde auf das Sofa umzogen, kamen sie wieder auf das Thema Familie zu sprechen, als Alex sagte: »Ich soll dich übrigens ausdrücklich von Leonie grüßen.«

»Besten Dank«, sagte Ben lächelnd. »Das ist wohl ihr Wink mit dem Zaunpfahl, dass ich mich mal wieder bei ihr und Julie blicken lassen könnte. Womit sie im Übrigen absolut recht hat. Wie ist es inzwischen so mit einer pubertierenden Stieftochter?«

Alex verdrehte gespielt die Augen: »Die Hölle natürlich!« Dann grinste er. »Nein, das passt schon. Du weißt, wie gern ich sie habe, und ich bin sicher, dass wir das alles gut hinbekommen. Aber ich gebe zu, dieses Alter ist eine Herausforderung.«

Ben lachte auf. »Das heißt, es geht ums Schminken, um Jungs, und es wird reichlich gezickt?«

»Na ja, von allem ein bisschen, aber so schlimm ist es nicht. Außerdem halt ich mich sowieso ziemlich raus und bin ja auch nicht zwingend ihr Ansprechpartner, und das ist auch gut so. Leonie hat einen Vater, da werde ich mich um Himmels willen nicht zwischendrängen. Dein Zwillingsbruder und ich sind wahrlich nicht immer die besten Freunde gewesen, und ich bin heilfroh, dass es bisher keinerlei Probleme bei dieser neuen Familienkonstellation gibt.«

»Wird es auch nicht«, sagte Ben. »Bene freut sich für Julie und dich, das weiß ich. Er hat sich wirklich verändert in den letzten Jahren, und auch er will nur, dass es den beiden gut geht.«

»Trotzdem habe ich kein Interesse daran, mit Bene irgendwelche Erziehungsmaßnahmen zu diskutieren, wenn ich ehrlich bin. Und auch Leonie reagiert ziemlich sensibel, wenn ich mich doch mal einmische, was ich sogar irgendwie verstehe.«

Ben sah seinen Freund auffordernd an, denn er ahnte, dass es einen konkreten Vorfall gegeben hatte. Tatsächlich erklärte Alex daraufhin:

»Leonie geht seit Neuestem zum Babysitten, um ihr Taschengeld aufzubessern. Neulich kam sie von dort reichlich spät zurück, und Julie war gerade nicht zu Hause. Also habe ich ihr gesagt, dass ich es nicht so toll finde, wenn sie –

noch dazu unter der Woche – nach 22 Uhr allein durch die Stadt läuft.«

»Verständlich«, stimmte Ben zu.

»Das hat deine Nichte etwas anders gesehen. Sie hat mir kurz und knapp mitgeteilt, dass ich bei dem neuen Baby den Papa raushängen lassen kann, aber nicht bei ihr. Sie wäre alt genug und wüsste, was sie tut.«

»Na, das ist mal eine Ansage«, sagte Ben und konnte sich ein kurzes Lachen nicht verkneifen. »Obwohl das Leonie gar nicht ähnlich sieht.«

»Eben. Bleibt die Frage, ob das gegen mich geht oder in die Schublade Pubertät gehört«, überlegte Alexander.

»Was hat denn Julie dazu gesagt?«, wollte Ben wissen.

»Der hab ich davon nichts erzählt. Dann hätte ich schließlich auch verraten müssen, dass Leonie sich nicht an die verabredete Zeit gehalten hat, und die Geschichte wäre erst recht nach hinten losgegangen.«

»Oh je, du Armer«, sagte Ben und boxte seinem Gegenüber kumpelhaft auf den Oberarm. »Ich merke schon, auf dich kommen anstrengende Zeiten zu.«

»Wenn man beim Stiche der Biene oder des Schicksals nicht stille hält, so reißet der Stachel ab und bleibt zurück.«

(Jean Paul)

2. KAPITEL:

08.01 Uhr

Katharina hatte sich gerade an den Schreibtisch gesetzt, als ihr Telefon klingelte. Sie hob den Hörer ab: »Von Hagemann.«

»Katharina, ich bin's«, klang die Stimme von Frauke Bostel an ihr Ohr.

»Oh, guten Morgen«, sagte die Kommissarin überrascht und gleichzeitig abwartend – die Gerichtsmedizinerin rief sie in der Regel nur auf ihrem Diensttelefon an, wenn sie zusammen an einem Fall arbeiteten. Momentan hatten sie jedoch nichts Gemeinsames auf dem Tisch.

»Es geht um den Frosch«, begann Frauke und ergänzte: »Es sind noch mehr hinzugekommen.«

»Ja, und?«, kommentierte Katharina die Information und lachte: »Soll ich zu dir rüberkommen und wir küssen sie alle durch zum Prinzentest? Zeit hätte ich gerade.«

»Das hör ich gern«, antwortete die Gerichtsmedizinerin »aber das Froschküssen sollten wir bleiben lassen, zumindest bei denen, die ich meine. Die sind nämlich alle mit meinem von gestern verwandt und entsprechend giftig.«

»Ehrlich Frauke, ich versteh nur Bahnhof«, gestand Katharina, während sie Ben zulächelte der gerade das

Gemeinschaftsbüro betreten hatte, in dem Katharina seit Tobis Unfall allein saß. Das Einzelbüro des Hauptkommissars ging von diesem Raum ab.

»Du erinnerst dich an den Anruf meines Biologenfreundes gestern, als wir zwei gerade vor dem Studio ankamen?«, fragte Frauke mit ernsthaftem Ton.

»Ja«, bestätigte Katharina und winkte Ben heran, der an ihr vorbei in sein Büro gehen wollte.

»Es gibt ein weiteres Froschgift-Opfer«, sagte Frauke, »ein Kind.«

Katharina musste schlucken. Sie hatte noch gut in Erinnerung, was die Gerichtsmedizinerin ihr gestern über die extreme Giftigkeit des brasilianischen Frosches gesagt hatte. Sie räusperte sich und fragte: »Und, ist es …?«

»Nein, es ist nicht daran gestorben«, beantwortete Frauke Bostel die unvollständige Frage.

»Frauke, Ben steht neben mir, ich stelle dich mal auf laut, okay?«, informierte die Kommissarin ihre Gesprächspartnerin und drückte auf den Lautsprecherknopf an ihrem Telefon, während Ben sie alarmiert ansah, seine vom Nieselregen noch etwas feuchte Jacke auszog, diese über den unbesetzten Bürostuhl von Tobi hängte und sich daraufhin auf Katharinas Schreibtischkante setzte.

»Hallo, Ben«, rief Frauke, und Ben antwortete: »Guten Morgen, Frauke.«

»Es ist gar nicht schlecht, wenn du gleich schon mit zuhörst, denn ich glaube, ihr solltet aktiv werden. Leider habe ich gleich eine Besprechung, ich muss mich also kurzfassen. Katharina, kannst du Ben später über gestern informieren, und ich erzähl euch jetzt erst einmal die Neuigkeiten?«

»Ja klar«, erwiderte Katharina, und so fuhr Frauke direkt fort: »Also, wie eben schon gesagt, gab es eine weitere Froschgiftattacke ...«

Bei dem letzten Wort runzelte Ben verwundert die Stirn und raunte Katharina leise zu: »Froschgiftattacke?«

Die Kommissarin nickte, um Ben dadurch zu zeigen, dass er sich nicht verhört hatte, sagte jedoch nichts, sondern blickte auf ihr Telefon, wo Fraukes Stimme weiter durch den Lautsprecher drang: »... mein Biologenfreund ist gestern noch einmal von der Klinik angerufen worden. Nachdem am Morgen dieses Mädchen aus Thomasburg eingeliefert worden war, hat am frühen Abend eine Mutter ihren kleinen Sohn in die Notaufnahme gebracht. Er hatte einen Frosch angefasst, was ihm umgehend heftigste Schmerzen in der Hand und nach und nach auftretende Lähmungserscheinungen eingebracht hat, genau wie bei dem Mädchen. Ein Pfleger hat dann wohl eins und eins zusammengezählt – er war auch bei der Versorgung des Mädchens am Morgen dabei gewesen. Eigentlich war seine Schicht wohl schon vorbei, als der Junge mit seiner Mutter in die Notaufnahme gekommen ist, aber ... ach, ist ja auch egal. Auf jeden Fall hat der Pfleger einem der Ärzte Bescheid gegeben, und der hat dann meinen Biologenfreund kontaktiert.«

»Und wie ist der Junge an den Frosch geraten?«, wollte Katharina wissen. »Du hast doch gestern gesagt, die seien ganz selten und kämen bei uns gar nicht vor.«

»Tja, das ist das Merkwürdige: Die Mutter war mit ihrem Sohn im Biomarkt in Adendorf. Der gehört zur selben Kette wie der, in dem das Mädchen am Morgen von dem Giftfrosch attackiert worden ist.«

»Das ist in der Tat ein sehr merkwürdiger Zufall«, kam es von Katharina.

»Eben«, bestätigte Frauke. »Da der Biomarkt bei mir um die Ecke ist, hat mich das natürlich umso mehr interessiert. Ich bin darum heute Morgen direkt noch vor Ladenöffnung hingefahren und hab mich mit Carlsen – das ist mein Biologenfreund – dort vor Ort getroffen.« Frauke machte eine Pause, bevor sie weitersprach. »Und jetzt kommt's: Wir haben nicht einen Frosch gefunden, sondern gleich drei. Und ich kann nicht mit Sicherheit sagen, dass da nicht vielleicht noch mehr sind.«

»Dann müssen wir den Laden schließen lassen«, mischte sich nun Ben ins Gespräch ein.

»Das habe ich mir auch gedacht und daher bereits mit dem Ladeninhaber gesprochen«, erklärte die Gerichtsmedizinerin. »Er macht einen kooperativen Eindruck, auch wenn er natürlich nicht begeistert ist, sein Geschäft möglicherweise vorübergehend schließen zu müssen. Er öffnet um 9.30 Uhr, wenn ihr euch also beeilt, könntet ihr noch vorher hier sein. Der Besitzer wohnt im gleichen Haus über dem Laden und ist für euch erreichbar, sobald ihr da seid. Ich halte eine Überprüfung von eurer Seite auf jeden Fall für wichtig, auch wenn noch nichts Offizielles vorliegt. Mir kommt das alles nämlich sehr seltsam vor, darum wollte ich euch auch so schnell wie möglich informieren.«

»Vermutest du einen gezielten Anschlag auf die Ladenkette?«, erkundigte sich Katharina und sah dabei auch Ben fragend an.

»Na ja«, gab Frauke zurück, »diese Frösche gibt es bei uns in der heimischen Natur nicht, habe ich mir sagen lassen. Wäre es bei einem geblieben, hätte ich noch geglaubt, dass er über eine Lieferung hier eingeschleppt wurde, was aber an sich auch sehr komisch wäre, da diese Acai-Kapseln in Deutschland produziert werden. Aber da es einige mehr sind, noch dazu in einem zweiten Laden der gleichen Biomarkt-Kette …«

Ben erhob sich von der Schreibtischkante und sagte: »Frauke, ich sehe das genauso. Danke, dass du uns informiert hast. Bist du noch vor Ort?«

»Ja, bin ich«, bestätigte die Gerichtsmedizinerin. »Aber wie gesagt muss ich gleich zu einer Besprechung.«

»Wir kommen dahin, und klar beeilen wir uns. Könntest du so lange noch warten? Ich versuche, Kriminalrat Mausner zu erwischen, aber so oder so werden wir uns mit dem Marktleiter unterhalten müssen und schauen, woher diese Frösche stammen können. Wenn die auch in diesem Fall in einem Acai-Karton mitgeliefert worden sind, müssen wir auf jeden Fall den Lieferanten befragen. Ich möchte nicht die Pferde scheu machen, aber wir dürfen das nicht auf sich beruhen lassen.«

08.06 Uhr

Leonie saß an ihrem Tisch im Klassenzimmer, kaute auf ihrem Tintenroller herum und hatte die Tür fest im Blick. Sie war seit dem Sommer in der 8. Klasse, doch das war es nicht, was sie beschäftigte. Sie war eine gute Schülerin, was auch daran lag, dass sie ihre Hausaufgaben einigermaßen regelmäßig machte. Das hatte weniger mit Fleiß zu tun als mit den Worten ihres Patenonkels, der ihr schon in der Grundschule den guten Rat mit auf den Weg gegeben hatte: »Wenn du keine Lust hast, immer nur zu büffeln, dann hör im Unterricht zu, denn da bist du sowieso, und mache deine Hausaufgaben. Dann bist du immer am Ball und musst vor Arbeiten nicht stundenlang lernen.« Wenn Frau Richter, ihre Englischlehrerin, also gleich die Aufgaben überprüfen würde, musste sie sich keine Gedanken machen.

Leonie nahm ihren Stift aus dem Mund und legte ihn auf den Tisch. Noch immer hatte sie die Tür im Auge, und ihr war auf eine ganz eigenartige Weise bewusst, dass der Platz neben ihr frei war. Sie wusste, dass das nichts zu bedeuten hatte, und doch hatte sich bereits etwas Enttäuschung in ihr breitgemacht. Sie hatte extra heute die neue Jeans und den hellblauen Pullover angezogen, der ihr so gut stand. Und sie hatte sich geschminkt. Nicht doll, aber so, dass es sie ein wenig frischer aussehen ließ. Viele Mädchen aus ihrer Klasse machten das, aber sie hatte bisher noch keine Notwendigkeit dafür gesehen. Jetzt aber irgendwie schon. Sie hatte ihre Wimpern getuscht, Rouge und Lipgloss aufgelegt. Ihre Mutter hatte sie heute Morgen, als Leonie sich an den Frühstückstisch gesetzt hatte, nur für einen Moment überrascht angeguckt, dann hatte sie gesagt: »Hübsch siehst du aus« und ihr die Milch für das Müsli gereicht.

Leonie hatte sich darüber gefreut. Sie war unsicher gewesen, wie ihre Mutter darauf reagieren würde, aber so war es zu ihrer Erleichterung sehr entspannt abgelaufen. Von ihren Freundinnen hatte das junge Mädchen gehört, dass Eltern sich bei diesem Thema auch ganz anders aufführen konnten. Meistens waren es dann aber die Väter, die nicht wollten, dass ihre Töchter »so aus dem Haus gingen«, von daher war es in ihrem Fall vielleicht auch einfach anders, da ihre Eltern getrennt waren. Andererseits war ihr Vater ohnehin ziemlich locker drauf und hätte bei näherer Überlegung ähnlich reagiert, wie heute in der Früh ihre Mutter. Mitten in ihren Gedanken bemerkte Leonie nun, wie sich die Klinke der Klassenzimmertür nach unten bewegte und die

Tür leise und langsam, wie in Zeitlupe, aufgedrückt wurde. Leonies 14-jähriges Herz machte einen kleinen Hüpfer vor Freude. Glücklich beobachtete sie, wie sich zuerst ein blonder Lockenkopf und danach der Rest des Jungen, zu dem er gehörte, durch die Türöffnung schob. Der Blondschopf schloss die Tür nicht wieder hinter sich, sondern fixierte stattdessen den Rücken von Frau Richter, die neben dem Smart Board an der Tafel stand und irgendetwas darauf schrieb – die Englischlehrerin war schon etwas älter und umging es in der Regel, mit dem Smart Board und dem Computer zu arbeiten. Sie schien nicht bemerkt zu haben, dass ein Schüler verspätet in den Raum gekommen war, sondern schrieb konzentriert weiter, während der Junge sich geräuschlos in Richtung des freien Platzes neben Leonie schlich. Er hieß Claas und war nach den Sommerferien neu in die Klasse gekommen. Vorsichtig stellte Claas seinen Rucksack neben den Tisch, und gerade als er sich setzte, erklang die Stimme von Frau Richter, die noch immer an der Tafel schrieb und sich für ihre Worte, die trotz ihres Inhalts alles andere als freundlich klangen, auch nicht umdrehte: »Guten Morgen, Claas, wie schön, dass wir dich auch begrüßen dürfen. Komm bitte nach der Stunde zu mir, ich denke, wir haben etwas zu bereden.«

»Guten Morgen, ja, mache ich«, kam es schuldbewusst von Leonies Mitschüler, der nun etwas kleinlaut auf seinem Stuhl herumrutschte. Bis auf die der Lehrerin waren alle Blicke auf ihn gerichtet.

Leonie hatte Mitleid mit Claas, der ihren Blick suchte, als könne sie ihm aus der Verlegenheit heraushelfen. Das junge Mädchen lächelte ihm zaghaft zu, was er ebenso erwiderte. Claas kam, seit er in der Klasse war, nahezu jeden Morgen zu spät. Dass es heute nur ein paar Minuten gewesen waren, war sogar eher unüblich. Oft kam er erst in der Mitte der Stunde und manches Mal auch gar nicht, weswegen er bereits einige Male Gespräche mit den Lehrerinnen und Lehrern hatte führen müssen.

Claas war ein Jahr älter als Leonie und die meisten ihrer Mitschüler. Er war auf seiner alten Schule sitzengeblieben und hatte zum Sommer nicht nur die Klasse, sondern gleich die Schule gewechselt. Das wusste Leonie von Laura, die das wiederum von einem Mädchen aus ihrem Tennisclub gehört hatte. Mehr zu Claas hatte ihr Laura jedoch nicht erzählen können.

Als die Stunde vorbei war, verließen alle Schüler bis auf Claas den Klassenraum, um in das Naturwissenschaften-Gebäude hinüberzuwechseln, wo in der nächsten Stunde der Biologie-Unterricht stattfand.

»Kommst du?«, drängte Laura Leonie, die vor der Tür stehen geblieben war und in ihrem Rucksack herumwühlte. Sie hatten nur eine Fünf-Minuten-Pause lang Zeit für den Raumwechsel, und der Rest ihrer Klasse war bereits davongeströmt.

»Gleich, ich such nur noch kurz was, geh schon mal vor, ich komme nach«, antwortete Leonie ihrer Freundin, sah sie dabei aber nicht an.

»Na, dann such mal schön«, grinste Laura sie breit an, drehte sich um und schlug den Weg zum Biologieraum ein. Leonie fühlte sich ertappt, denn tatsächlich hatte sie nur so getan, als ob sie in ihrem Rucksack etwas nicht finden konnte. Sie wollte vor der Tür auf Claas warten, und Laura hatte das prompt durchschaut. Allerdings war Laura eine zu gute Freundin, als dass sie Leonie mit der Erkenntnis vorführen würde. Das Grinsen war eindeutig genug gewesen, und außerdem wusste Laura, dass Leonie ihr sowieso alles genau berichten würde, wenn es etwas zu erzählen gab. Bisher war das nicht der Fall, und dementsprechend sollte Claas auch nicht gleich merken, dass sie seinetwegen hier stand. Kurzerhand ging Leonie in die Knie und kippte ihren Rucksack aus. Genau in dem Augenblick kamen Claas und Frau Richter aus dem Klassenzimmer.

Leonie blickte hoch, schaute in zwei überraschte Gesichter und murmelte: »Ich such was.«

Claas blieb stehen, während Frau Richter nur ihre Stirn in Falten legte und weiterging. Nach ein paar Schritten blieb die Lehrerin jedoch ebenfalls stehen, drehte sich um, lächelte Claas an und sagte freundlich: »Es wird sich schon alles regeln.« Dann verschwand sie um die Ecke, und die beiden Jugendlichen waren allein.

Jetzt war es an Leonie verdutzt zu gucken. So freundlich kannte sie ihre Englischlehrerin nicht, und darüber hinaus sah Claas überhaupt nicht so aus, als hätte er gerade Ärger bekommen. Er schaute Frau Richter immer noch hinterher: »Die ist wirklich nett, hätte ich gar nicht gedacht«, meinte er und kniete sich zu Leonie hinunter, die plötzlich einen dicken Kloß im Hals verspürte, weil der Junge, der bei ihr schon bei dem bloßen Gedanken an ihn Herzklopfen verursachte, nun so dicht neben ihr hockte. Das Mädchen schluckte den Kloß herunter und sagte: »Nett? Nein, das hätte ich auch nicht gedacht.« – etwas Besseres war ihr nicht eingefallen. Sie hätte gern etwas Sinnvolleres hinterhergeschoben, doch in diesem Augenblick klingelte es zur Stunde, und so raffte Leonie ihre auf dem Boden liegenden Sachen zusammen und steckte sie hastig in den Rucksack. Ihre Federtasche hielt Claas in der Hand. Als er sie ihr reichte, fragte er: »Hast du Lust nach der Schule noch ein Eis mit mir essen zu gehen?«

Vor Glück brachte Leonie kein Wort heraus und nickte nur. Dann standen beide auf und rannten zum Nebengebäude.

08.23 Uhr

Nur knapp zehn Minuten, nachdem sie ihr Telefonat mit Dr. Frauke Bostel beendet hatten, saßen Katharina und Ben im Dienstwagen auf dem Weg nach Adendorf. Die Kommissarin hatte ihrem Chef noch im Büro in knappen Worten berichtet, was Frauke ihr am Vorabend zu dem Frosch erzählt hatte und was mit dem Mädchen passiert war. Während Ben den Wagen lenkte, recherchierte sie parallel per Handy im Internet, nachdem sie sich von Frauke vorhin noch den genauen Namen des Froschs hatte geben lassen.

»Unglaublich«, sagte sie nun. »Ich hab dieses kleine Tier ja gestern bei Frauke auf dem Seziertisch gesehen, gefährlich sieht der wirklich nicht aus. Dass ein Kind danach greift, wundert mich nicht. Aber das Gift, das er verspritzt, hat es in sich. Auch wenn Frauke sagt, dass die Mengen, die dabei abgegeben werden, äußerst gering sind.«

»Reagieren müssen wir in jedem Fall«, bestätigte Benjamin Rehder. »Das sieht für mich nach einer geplanten Erpressung aus. Oder da ist jemand auf einem Rachefeldzug gegen das Unternehmen. Ein Jux ist das sicher nicht. Irgendjemand setzt da absichtlich Giftfrösche in die Läden rein und nimmt in Kauf, dass Menschen in Mitleidenschaft gezogen werden. Nachdem bereits zwei Leute das Gift abbekommen haben, ist das definitiv Körperverletzung. Aber egal welche Motivation dahintersteckt, wir müssen sicherstellen, dass nicht noch andere Geschäfte betroffen sind.«

»Hoffen wir mal, dass wir im Laden Genaueres erfahren und dass dort Kameras installiert sind. Wenn wir Glück haben, finden wir auf den Videos Hinweise darauf, wie und durch wen die Frösche in das Geschäft gekommen sind«, sagte Katharina und tippte dabei weiter auf ihrem Handy herum. Für einen Augenblick schwiegen die beiden Kommissare, dann sagte Katharina: »Da, ich hab's. Im Internet steht, dass es sich bei den Biomärkten um ein Franchise-Unternehmen handelt. Das heißt, nahezu jeder Laden hat einen eigenen Inhaber, das erleichtert die Sache nicht gerade.«

»Na wunderbar«, kommentierte Ben und trommelte mit den Fingern auf das Lenkrad.

Katharina warf ihm von der Seite einen Blick zu, dann fragte sie: »Hast du unseren werten Kriminalrat eigentlich erreicht?«

»Nein, bisher nicht«, gab Ben zurück. »Ist mir aber eigentlich ganz recht. Ich bin nicht sicher, ob Mausner die Dringlichkeit so sehen würde wie wir. Noch ist ja offensichtlich kein Drohbrief, Bekennerschreiben oder Ähnliches eingegangen. Vermutlich würde er erst einmal diskutieren wollen, wer dafür eigentlich zuständig ist.«

»Na ja, auch wenn bisher glücklicherweise noch nichts Schlimmeres passiert ist – es ist eine akute Gefahr, solange wir nicht wissen, ob es mehr von diesen Fröschen gibt und wo sie eventuell überall herumhüpfen. Das wird Mausner auch so sehen. Wir können froh sein, dass es dem kleinen Jungen den Umständen entsprechend gut geht, denke ich.«

»Da denke ich genauso«, bestätigte Ben. »Aber du weißt ja, wie Mausner manchmal ist.«

In diesem Moment kamen sie vor dem großen Biomarkt an und sahen Frauke Bostel, die mit einem schlaksigen Mann in ein Gespräch vertieft schien. Die beiden Kommissare parkten, stiegen aus und traten auf die Gerichtsmedizinerin zu.

»Guten Morgen, ihr zwei«, begrüßte Frauke sie. »Darf ich vorstellen: Das ist Carlsen, also eigentlich Feodor Carlsen, Biologe und ein Freund aus Studientagen.«

»Guten Morgen, Herr Carlsen«, sagte Katharina und reichte dem Mann die Hand. »Oberkommissarin Katharina von Hagemann.«

»Moin«, kam es trocken zurück. »Wenn es geht, bitte einfach Carlsen.«

Auch Ben begrüßte den Biologen und trat dann mit ihm auf den Inhaber des Biomarktes zu, der aus einer Seitentür des Gebäudes kam und an einem Schild mit dem Logo des Marktes auf seinem Hemd erkennbar war. Katharina sah Frauke an und fragte leise: »Carlsen?«

Die Gerichtsmedizinerin grinste und raunte ihr zu: »Na ja, möchtest du Feodor heißen? Er hat den Namen schon immer gehasst, also hat er sich früh überlegt, wie er das umgehen kann. Schon als ich ihn während des Studiums kennengelernt habe, wurde er von allen nur Carlsen genannt. Dabei ist es geblieben. Er ist ein bisschen schräg drauf, aber im Grunde echt okay. Vor allem hat er eine Menge Ahnung. Und deswegen denke ich auch, dass ihr für den Moment ohne mich klarkommt und ich jetzt mal schleunigst zu meiner Besprechung fahre. Die dauert nicht lange, geht aber ums Budget, darum muss ich hin. Wenn was ist, ruf mich an, und sonst sprechen wir später.«

»Kommt ihr mit rein?«, kam es nun von Ben, während der Ladenbesitzer, der sich als Dietmar Schwandt vorstellte, einen Schlüssel aus der Hosentasche zog und sich daran machte, die Tür des Biomarktes zu öffnen.

»Ich muss los«, rief Frauke in die Runde und winkte zum Abschied. Katharina ging zu der Gruppe an der Tür und trat als Letzte in den Laden ein, bevor Schwandt den Eingang hinter ihr wieder verriegelte.

»Danke für Ihr Verständnis, Herr Schwandt. Mir ist klar, dass es für Sie nicht angenehm ist, falls es erforderlich sein sollte, den Laden zu schließen, aber wir müssen den Vorfall prüfen und können erst dann entscheiden, wie wir weiter verfahren«, sagte Hauptkommissar Benjamin Rehder.

»Sicher, sicher«, erwiderte Schwandt. »Das bedeutet für mich ohne Frage einen Verlust, aber noch viel schlimmer wäre es, wenn es weitere Vorfälle wie gestern gäbe. Ich möchte genau wie Sie wissen, woher diese komischen Frösche kommen, ich kann mir das nämlich überhaupt nicht erklären.« Er blickte in die kleine Runde und forderte mit einer Handbewegung auf, ihm in sein Büro zu folgen. Nachdem sich dort alle an einem großen Tisch zusammengefunden hatten, fragte Ben direkt: »Herr Schwandt, gab es in letzter Zeit irgendwelche Drohungen gegen Sie oder Ihr Geschäft? Oder wissen Sie, ob es bei anderen Läden der Kette so etwas oder ähnliche Vorfälle gab? Es müssen auch nicht unbedingt Frösche gewesen sein.«

»Nein«, gab Schwandt kopfschüttelnd zurück. »Dass gestern in Thomasburg ebenfalls ein solcher Frosch aufgetaucht ist, habe ich erst durch Herrn Carlsen erfahren.« Dann sah er den Kommissar fragend an: »Denken Sie etwa an eine Erpressung?«

»Nun ja, zumindest müssen wir das in Betracht ziehen«, erklärte Ben.

»Was ist mit dem Jungen?«, erkundigte sich Schwandt nun und blickte dabei besorgt in die Runde. »Seine Mutter ist Stammkundin hier im Laden, und ich kenne Linus schon lange. Es hat mich wirklich schockiert, dass es dem Kleinen so schlecht ging.«

»Ich habe eben gerade von unterwegs in der Klinik angerufen und mich erkundigt«, übernahm Katharina die Antwort. »Linus geht es schon besser. Die Ärzte wollen ihn gern noch einen Tag zur Beobachtung dabehalten, aber es scheint, dass er mit einem Schrecken davongekommen ist.«

»Wie geht es jetzt weiter?«, fragte Schwandt.

»Zuerst wäre es wichtig für uns zu wissen, ob Sie in irgendeiner Form bedroht wurden, wie Hauptkommissar Rehder soeben sagte«, erläuterte Katharina. »Gibt es irgendetwas, das Ihnen aufgefallen ist? Haben Sie Ärger mit einem Kunden oder vielleicht mit der Konkurrenz?«

Schwandt überlegte kurz und erwiderte dann: »Nein, da war nichts, wirklich nicht. Natürlich gibt es hier und da mal einen unzufriedenen Kunden, und ohne Frage ist unsere Kette gut im Geschäft, was nicht allen Konkurrenten schmecken dürfte, gerade den kleineren nicht. Aber ich kann mir niemanden vorstellen, der so weit gehen würde.« Er schüttelte den Kopf. »Und überhaupt – giftige Frösche! Wer sollte denn an so etwas rankommen und so weit gehen, nur um mir oder meinen Kollegen zu schaden?«

»Das ist eine gute Frage«, gab Ben zurück und wandte sich an den Biologen: »Herr Carlsen, können Sie uns ein paar nähere Informationen zu den Fröschen geben? Frau Bostel hat meiner Kollegin zwar schon was erzählt, aber ich wüsste auch gern Näheres.«

Der Biologe räusperte sich und blickte in die kleine Runde. »Für mich als Wissenschaftler ist das sehr faszinierend, sachlich gesehen allerdings vor allem seltsam. Bei beiden Vorfällen handelte es sich um Exemplare des Aparasphenodon brunoi, einen Frosch, der – zumindest geht man davon bisher aus – ausschließlich in Brasilien vorkommt. Bekannt ist diese Art schon länger, aber erst vor zwei Jahren haben Forscher vor Ort diese kleinen Tierchen genauer untersucht.« Carlsen unterbrach seine Erklärung und holte aus seiner Aktentasche einen Computerausdruck hervor. Die Abbildung, die er in die Mitte des Tisches schob, zeigte einen Frosch mit beige-brauner Färbung. »Bei ausführlichen Untersuchungen hat sich herausgestellt, dass dieser Frosch sein Gift aktiv absetzen kann.«

Katharina sah ihn fragend an: »Das verstehe ich gerade nicht, tun das nicht alle Tiere, die giftig sind?«

»Ganz und gar nicht«, verneinte der Biologe. »Die meisten Giftfrösche sondern ihr Gift über ihre Haut aus, das heißt, ihre Haut ist per se giftig, auch wenn grad kein Feind in Sicht ist. So wehren sie sich sozusagen passiv gegen Fressfeinde. Bei diesen kleinen Kerlen ist das anders. Sie haben winzige Dornen auf dem Kopf. Aus denen verspritzen sie das Gift aktiv, sobald sie sich angegriffen oder bedroht fühlen.«

»Frauke sagte, dass es sich um ein sehr starkes Gift handelt«, schob Katharina ein. »Können Sie das bestätigen?«

»Ja, absolut«, erwiderte Carlsen. »Theoretisch kann – so haben es die brasilianischen Forscher ermittelt – ein einziges Gramm des Giftes ausreichen, um ein paar Hunderttausend Mäuse zu töten. Oder aber bis zu 80 Menschen.«

»Ja, das hat Frauke mir auch gesagt«, bekräftigte die Kommissarin seine Worte, und Carlsen setzte hinzu: »Dann hat sie aber hoffentlich auch erklärt, dass der Aprasphenodron brunoi nur eine sehr geringe Menge Gift durch seine

Stacheln ausstößt, die für einen Menschen nicht tödlich ist. Ob das immer so ist, ist allerdings noch nicht erforscht. Einer der brasilianischen Wissenschaftler ist bei der Untersuchung eines Aprasphenodron brunoi von den Dornen selbst verletzt worden, so hat er dessen Giftwerkzeug, wenn ich das einmal so nennen darf, überhaupt erst entdeckt. Die Symptome, die danach bei meinem Kollegen auftraten, entsprechen weitestgehend denen, die bei den beiden Betroffenen hier festgestellt wurden: Ein kurzer Schmerz durch die Verletzung der Dornen, dann ein zunehmend starkes Brennen und mehrere Stunden lang starke Schmerzen in der Hand und bis in den Arm hinein.«

»Das heißt, wenn der Junge gestern den Frosch nicht nur kurz angefasst, sondern stattdessen in die Hand genommen und festgehalten hätte, hätte es viel schlimmer ausgehen können?«, mutmaßte Katharina.

»Das ist zu vermuten«, hielt sich der Biologe vage. »Sicher bestätigen kann ich das nicht, da es, wie bereits erwähnt, hierzu keine Studien gibt, die das belegen könnten.«

Katharina nickte und konnte sich für einen kurzen Moment ein Schmunzeln nicht verkneifen. Die Ausdrucksweise des Biologen ähnelte der von Frauke Bostel. Auch die Gerichtsmedizinerin machte stets feine Unterschiede, wenn es darum ging, ob etwas zu vermuten, bewiesen, belegbar oder denkbar war.

Nun hakte Ben nach: »Können Sie sich vorstellen, wie diese Frösche nach Deutschland kommen?«, wollte er von Carlsen wissen.

»Nein, absolut nicht«, gab dieser umgehend zurück. »Ehrlich gesagt gibt genau das auch mir am meisten zu denken. Ich habe gestern Abend noch lange recherchiert und nachgelesen. Nirgendwo habe ich irgendeinen Hinweis gefunden, dass Frösche dieser oder einer nahen verwandten Art jemals auch nur in Europa aufgetaucht sind. Überhaupt nicht außerhalb Brasiliens. Tatsächlich scheint er auch sehr speziell an die dort herrschenden Bedingungen angepasst zu sein, die er in unseren Breitengraden nicht finden würde.«

»Kann es sein, dass er in einem deutschen Zoo gehalten wird?«, überlegte Katharina.

»Nein, soweit ich das bisher in Erfahrung bringen konnte, ist das nicht der Fall. Hier habe ich meine Nachforschungen aber noch nicht abgeschlossen.« Carlsen lehnte sich zurück und zog die Stirn in Falten. »Ich habe eine andere Vermutung.«

Gespannt sahen sowohl die Kommissare als auch der Marktleiter ihn an, und Ben fragte als Erster: »Und die wäre?«

»Es gibt immer wieder Spinner, die bei einer Urlaubsreise irgendein seltenes Tier entdecken und es trotz Einfuhrverbot im Koffer nach Deutschland schmuggeln. Wenn das der Fall sein sollte, könnte das Problem unter Umständen viel schlimmer sein, als wir bisher glauben.«

09.43 Uhr

Benedict Rehder stand hinter dem Tresen an der Bar vom Hotel Heideglanz. Er hatte heute die Tagesschicht übernommen und war bereits dabei, den Bestand zu prüfen und sich um die Nachbestellungen der Getränke zu kümmern. Als Barchef war er verantwortlich dafür, dass alle Getränke, die angeboten wurden, immer in ausreichender Menge verfügbar waren, und er war durchaus stolz darauf, dass ihm das bisher immer gelungen war. In einer Abendschicht, in der die Bar oft bis zum frühen Morgen gut gefüllt war, kam er zu solchen Aufgaben nicht, darum sorgte er inzwischen dafür, dass er mindestens zweimal pro Woche am Tag arbeitete. Da auch der Dienstplan in seiner Hand lag, war das kein Problem. Darüber hinaus hatten die Tagesschichten den Vorteil für Bene, dass er mehr Zeit mit Katharina verbringen konnte. Es hatte Wochen gegeben, in denen sie sich kaum zu Gesicht bekommen hatten, da sie ständig zeitversetzt gearbeitet hatten. Am Anfang hatte er sich darüber keine Gedanken gemacht, doch dann hatte sich ihre eher lose und vor allen Dingen unverbindliche Beziehung nach und nach in eine feste entwickelt, wobei er selbst sogar die treibende Kraft gewesen war. Seitdem setzte Bene, auch was ihre gemeinsame Zeit anging, andere Prioritäten, und so hatte er Katharina im Sommer gefragt, ob sie zusammenziehen wollten. Ganz unabhängig davon, dass die ewige Pendelei zwischen ihren beiden Wohnungen nervig war, hatte er ab irgendeinem Moment gewusst – welcher das gewesen war, konnte er nicht mehr sagen –, dass sie die Frau war, mit der er sein Leben verbringen wollte, und das mit allen Konsequenzen. Umso schwieriger war es für ihn gewesen, als Katharina gezaudert und sich Bedenkzeit ausgebeten hatte. Dann hatte sie jedoch tatsächlich zugestimmt, und Bene hatte sie beide bereits Weihnachten in ihrer gemeinsamen Wohnung vor Augen gehabt. Momentan zweifelte er allerdings stark daran, dass es klappen würde. Ursprünglich hatten sie beschlossen, gemeinsam in seiner Wohnung in der Grapengießerstraße zu leben, denn sein Loft im Dachgeschoss war etwas größer als Katharinas Zweizimmerwohnung in der Münzstraße. Zwischenzeitlich hatte sich Bene aus reiner Neugier mit den Wohnungsangeboten im Netz beschäftigt und fand Gefallen an der Vorstellung, dass sie einen gemeinsamen Start in einem neuen Zuhause machen würden. Er hatte nach Wohnungen im Lüneburger Zentrum geguckt, denn auch wenn sie nie darüber gesprochen hatten, war klar, dass sie beide schon allein aufgrund der kurzen Arbeitswege nicht weiter rausziehen wollten. Tatsächlich war er auf das ein oder andere interessante Angebot gestoßen, bei denen allerdings die Mieten nicht gerade niedrig waren – sie hatten sich in den letzten Jahren, seit er wieder in Lüneburg lebte, nochmals um einige Prozent erhöht. Sie würden sich als Doppelverdiener dennoch eine etwas größere Wohnung in Innenstadtlage leisten können. Das hoffte Bene zumindest. Doch eine Entscheidung in dieser Hinsicht würde, wie es derzeit aussah, warten müssen. Den Entschluss, mit dem Zusammenziehen einen klaren nächsten Schritt in ihrer Beziehung zu gehen, hatten sie nur wenige Tage vor Tobias' schrecklichem Unfall gefasst. Seitdem hatten sie das Thema nicht mehr angesprochen.

Katharina hatte tagelang neben sich gestanden, und noch immer machte Bene sich Sorgen, weil er merkte, wie sehr der Zustand des Kollegen seine Freundin mitnahm. Kein Wunder. Er selbst hatte Katharina nur ein einziges Mal ins Krankenhaus begleitet. Obwohl er Tobias nur flüchtig kannte – der Anblick des jüngeren Mannes in diesem Zustand hatte auch ihn sehr bedrückt. Bene wollte Katharina nicht drängen, auch wenn er es bedauerte, sie vorerst nicht immer bei sich zu wissen. Er kannte sie inzwischen lange genug, um zu wissen, dass sie gerade dann, wenn sie nicht gut drauf war, ihren Rückzugsraum brauchte. Ihm selbst ging es nicht anders, darum verstand er es nur zu gut. Doch sein Leben verlief mittlerweile in erstaunlich ruhigen

Bahnen, während Katharina in den vergangenen Jahren so einiges hatte mitmachen müssen, beruflich ebenso wie privat. Es wurde wirklich Zeit, dass sie zur Ruhe kam. Spontan beschloss Bene, sich in den nächsten Tagen von Neuem auf die Suche nach einer Wohnung zu machen, die für sie beide passen könnte. Ganz unverbindlich, ohne Druck. Wenn er eine entdecken sollte, die ihm gefiel, wollte er Katharina damit spontan überraschen. Eine grobe Vorstellung von dem, was sie brauchten, hatte er ohnehin. Katharina würde ein Zimmer für sich bekommen, in das sie sich zurückziehen konnte, wenn sie zu Hause arbeitete oder abschalten wollte, denn das war in seinem Loft nicht ohne weiteres möglich. Außerdem legte Bene Wert darauf, dass ein weiterer Raum für seine Tochter Leonie bereitstand. Seine Kleine wurde langsam erwachsen, und er fand es wichtig, dass sie auch bei ihm ihr eigenes Reich hatte, in dem sie sich wohlfühlte. Wer wusste schon, ob sie nicht häufiger bei ihm übernachten wollte, wenn erst das Baby von Julie und Alex auf der Welt war. Es schien zwar so, dass Leonie sich inzwischen an den Gedanken gewöhnt hatte, künftig nicht nur mit Alex, sondern zusätzlich einem kleinen Geschwisterchen zusammen zu leben, dennoch ging Bene davon aus, dass sie sich darüber Gedanken machte, was sich für sie ändern würde. Immerhin hatte sie zeit ihres Lebens ihre Mutter Julie nur für sich allein gehabt.

Er war außerordentlich stolz auf seine Tochter, die ihm mit ihren 14 Jahren oft reifer und toleranter vorkam als andere in ihrem Alter. Gleichzeitig war ihm nicht entgangen, wie sie sich in letzter Zeit verändert hatte. Auch an Leonie gingen die typischen pubertären Anzeichen nicht vorbei, und er musste sich daran gewöhnen, dass sie sich nicht nur äußerlich zu einer jungen Frau entwickelte, sondern auch gern mal mürrische Tage hatte, an denen er ihr – auch wenn er sich noch so viel Mühe gab – nichts recht machen konnte. Das würde durch die anstehenden Veränderungen bestimmt nicht leichter werden. Bene hatte sich mit der Vorstellung, dass Julie eine neue Familie gründete, schneller angefreundet als gedacht, obwohl er und Alexander nicht gerade beste Freunde waren. Schon während der Schulzeit war es sein Zwilling gewesen, der mit Alex sehr eng befreundet war, während Bene sich mit anderen Leuten zusammengetan hatte. Ihre Beziehung hatte sich nicht verbessert, nachdem Bene in seine alte Heimat zurückgekehrt war, doch inzwischen nahm er es eben wie es war. Alex gehörte nun einmal zu seinem erweiterten Bekanntenkreis, und er fand, dass sie beide den Umgang miteinander gut hinbekamen. Aufgrund der zukünftigen Familienkonstellation würde ein näherer Kontakt demnächst unumgänglich sein, und er wollte sich nicht selbst ins Aus schießen, indem er sich dem verweigerte. Zudem wusste Bene, dass Alex gut zu Julie und zu Leonie sein würde. Das allein zählte, und seine persönlichen Animositäten spielten da keine Rolle. Er würde seine Tochter in keiner Form drängen, mehr Zeit als bisher mit ihm zu verbringen, und dafür »übte« er insgeheim bereits, wie er es für sich selbst nannte. So war sie dieses Wochenende zum Beispiel auf einer Konfirmandenausfahrt, und er war sehr stolz auf sich, dass er sie nicht hatte spüren lassen, wie schade er es fand, als sie deswegen ihren gemeinsamen Sonntag abgesagt hatte. Generell ließ er sie aber immer wieder spüren, dass sie – auch oder gerade wenn er mit Katharina zusammenzog – immer bei ihm willkommen war. Er war froh, dass er dieser Situation so entspannt entgegenblicken konnte. Das lag vor allem an dem ausgesprochen guten Verhältnis zwischen

Katharina und seiner Tochter. Leonie kannte seine Freundin nahezu genauso lange wie er selbst. Vom ersten Tag an hatte das damals noch kleine Mädchen »die Kommissarin von nebenan«, die bald zur Freundin ihrer Mutter geworden war, ins Herz geschlossen. Und Bene wusste, dass Leonie Katharina insgeheim sehr bewunderte. Es würde also kaum Probleme geben, seine beiden Frauen unter einen Hut zu bekommen, dachte er lächelnd. Vermutlich würde er eher aufpassen müssen, dass er dabei nicht zu kurz kam.

12.07 Uhr

Hauptkommissar Benjamin Rehder saß an seinem Schreibtisch im Kommissariat und beschäftigte sich mit dem Papierkram, der leider zu seinem Beruf gehörte, auch wenn er dazu generell wenig Lust hatte. Mit Kriminalrat Stephan Mausner hatte Ben noch immer nicht zu den Frosch-Vorfällen sprechen können. Von Christiane Sattler, Mausners Sekretärin, wusste er jedoch, dass dieser auswärts auf einem Termin war. Als sie ihm das gesagt hatte, hatte sie verschmitzt mit den Augen gezwinkert, und Ben hatte sofort gewusst, was sie meinte. Er hatte verstehend gelächelt, und sie hatte ihm versprochen, dafür zu sorgen, dass der Kriminalrat sich umgehend meldete, sobald er in seinem Büro auftauchte. Inzwischen nutzte Ben die Zeit, um nicht nur Klarschiff auf seinem Schreibtisch zu machen, sondern sich auf das Gespräch mit seinem Vorgesetzten vorzubereiten. Gleichzeitig half dies ihm dabei, seine Gedanken zu ordnen. Darum hatte er angefangen, eine Akte anzulegen, in der sich inzwischen alle Informationen zu dem merkwürdigen Frosch befanden, die er von dem Biologen erhalten hatte – Ausdrucke aus dem Internet sowie Notizen, die Ben sich gemacht hatte und eben sauber abgetippt hatte.

Katharina und er waren sich schnell einig gewesen, dass sie um eine vorübergehende Schließung des Biomarktes nicht umhinkamen, da ihnen das Risiko zu groß erschien, dass sie einen Frosch übersehen hatten oder der Täter, wenn es sich um einen Anschlag handelte, etwas Weiteres im Geschäft deponiert hatte.

Noch vor Ort hatte er die Spurensicherung nach Adendorf geordert, und während Katharina dort auf die Kollegen wartete, um die Aktion zu koordinieren, hatte er sich auf den Rückweg gemacht. So war zumindest einer von ihnen im Büro, denn Katharina sollte im Anschluss in den Bioladen nach Bleckede fahren, um dasselbe wie in Adendorf in die Wege zu leiten. Die Inhaberin wusste Bescheid, war jedoch nicht so verständig wie der Unternehmer aus Adendorf. Ben wiederum hatte sich nach seiner Ankunft im Kommissariat sofort das Telefon gegriffen und die übrigen Filialen der Bioladenkette – es waren noch drei – angerufen. Er hatte jeweils hinterfragt, ob in den Läden möglicherweise exotische Frösche gesehen worden waren oder andere Tiere, die dort nichts zu suchen hatten. Die verständlicherweise erstaunten Rückfragen hatte er so knapp und sachlich beantwortet, wie es ging, um nicht zu viel Staub aufzuwirbeln. In allen drei Märkten waren keinerlei außergewöhnliche Vorkommnisse beobachtet worden. Für den Augenblick war der Kommissar beruhigt gewesen, dennoch hatte er darum gebeten, ihn zu verständigen, wenn irgendetwas Unübliches eintreten sollte. Als er das letzte Gespräch beendet hatte, sah er keine Veranlassung, die eben befragten Filialen schließen und von der Spurensicherung durchkämmen zu lassen. Allerdings kam ihm ein weiterer Gedanke. Er nahm den Hörer erneut zur Hand und wählte die Telefonnummer, die er sich parallel bereits über das Internet herausgesucht hatte. Bereits nach dem ersten Freizeichen nahm am anderen Ende eine freundliche Telefonistin seinen Anruf entgegen. Auf seine Bitte hin stellte sie ihn ohne Umwege direkt zu dem Franchisegeber der Bioläden durch. Der Mann, ein gewisser Marcus Diekholz, hörte Ben aufmerksam zu. Nachdem der Hauptkommissar seinen kurz zusammengefassten Bericht beendet hatte, erklärte Diekholz, keinerlei Droh- oder Erpressermitteilungen erhalten zu haben. Auch für die Frösche hatte er keine Erklärung. Es schien Ben, dass der Mann etwas verärgert war, weil keiner der beiden Franchisenehmer ihn informiert hatte. Er betonte jedoch, dass er die Ermittlungen der Polizei selbstverständlich unterstützen würde, sofern es ihm möglich war. Zwar wurden die Warenbestellungen von den einzelnen Betreibern eigenständig vorgenommen, doch er bestimmte als Franchisegeber weitestgehend das Angebot der Geschäfte und kannte somit nahezu sämtliche Lieferanten. Sollte es diesbezüglich also Fragen geben, könne Ben sich gern an ihn wenden. Ben nahm dieses Angebot sofort in Anspruch und bat Marcus Diekholz, den Lieferanten für die Acai-Kapseln auf die Frösche anzusprechen und ihn im Anschluss zu informieren. Schließlich versprach er selbst, den Unternehmer über den Fortgang der Ermittlungen auf dem Laufenden zu halten und die Presse nur im Notfall zu informieren.

Nachdem das Gespräch beendet war, hielt der Hauptkommissar den Hörer eine Weile in seiner Hand, bevor er ihn in die Station zurückstellte. Hätte Tobias dieses Gespräch an seiner Stelle geführt, wäre der junge Kollege zum wiederholten Male verärgert darüber, dass sich die Leute immer mehr Sorgen über die Auswirkungen durch die Presse machten als darüber, dass möglicherweise jemand zu Schaden kam. Diekholz hatte – so verständig er sich auch gab – nicht einmal gefragt, wie es der Auszubildenden oder dem kleinen Jungen ging. Ben sah Tobis Reaktion geradezu vor sich. Doch der Kollege war nicht mehr da. Menschlich ging sein Schicksal dem Hauptkommissar ohnehin sehr nah, doch Ben musste auch im Job einiges umorganisieren. Derartige Telefonate beispielsweise hatte immer derjenige geregelt, der den Innendienst übernahm, während die anderen zwei unterwegs waren. Das funktionierte nun nicht mehr. Mausner hatte ihn bereits mehrfach angesprochen, dass er es für sinnvoll halte, die Position von Kommissar Tobias Schneider neu zu besetzen, doch bisher hatte Ben sich standhaft geweigert. Eine offizielle Ausschreibung der Stelle gäbe ihm das Gefühl, Tobi bereits abgeschrieben zu haben. Damit könnte er selbst nicht gut leben, und er stellte sich auch nur ungern vor, wie eine solche Entscheidung bei den Kollegen und auch bei Jana, Tobis Verlobter, ankommen würde. Umso mehr musste der Hauptkommissar dafür sorgen, dass der Ablauf in seinem Kommissariat weiterhin reibungslos funktionierte. In den vergangenen Wochen war es glücklicherweise ruhig an der Arbeitsfront gewesen. Nichtsdestotrotz übernahm er gern einmal Jobs, die er sonst eher nicht machen würde, wie eben das Herumtelefonieren. Wobei sie drei, Katharina, Tobi und Ben, von Anfang an ein Team gewesen waren, in dem sich niemand für irgendetwas zu schade war. Überhaupt waren sie ein perfektes Dreiergespann, und Ben wollte fest daran glauben, dass Tobi bald wieder auf den Beinen war. Sachlich betrachtet sah das nicht so aus, aber daran verbot er sich zu denken, und so konzentrierte er sich schnell wieder auf die aktuelle Arbeit. Als er gerade sein Protokoll zu den Geschehnissen in Bleckede und Adendorf in die Akte heftete, stürmte Kriminalrat Mausner mit gehetzten Schritten durch das Gemeinschaftsbüro zu ihm in den Raum und auf seinen Schreibtisch zu. Na endlich, dachte Ben bei sich, wunderte sich jedoch gleichzeitig, dass Mausner ihn nicht angerufen und in sein Büro zitiert hatte, wie es normalerweise seine Art war. Der Hauptkommissar wollte zu einer Begrüßung ansetzen, doch er kam nicht dazu.

»Ben, wir haben einen Toten. Du musst sofort nach Scharnebeck«, rief der Kriminalrat unnötig laut in das stille Büro. Irritiert sah Ben ihn an: »Ein Mordfall? Ich habe gar keine Meldung von der Zentrale erhalten, wieso? Wegen der Frösche …«

»Frösche? Wovon redest du? Und die Meldung bekommst du ja jetzt von mir. Offiziell ist es kein Mordfall, aber es handelt sich um eine Person mit der ich ganz gut bekannt bin. Die Witwe glaubt nicht an einen Unfall und wir müssen auf jeden Fall in irgendeiner Form aktiv werden, sonst sehe ich schon jetzt die Schlagzeilen in der Presse«, kam es erregt von Mausner.

»Stephan, jetzt mal langsam und von vorn, bitte«, versuchte Rehder sein Gegenüber zu beruhigen. Er war Auftritte wie diesen von seinem Vorgesetzten gewohnt und hatte Übung darin, die aufgeregte Art in ruhige Bahnen zu lenken. »Was ist denn genau passiert – ist es nun ein Unfall oder ein Fall für uns?«

»Genau das sollt ihr ja herausfinden«, erwiderte Stephan Mausner nicht weniger hektisch als zuvor und blickte sich dabei um. »Wo ist Frau von Hagemann? Wieso ist sie nicht hier, ihr habt doch aktuell gar keinen Fall. Da erwarte ich …«

Jetzt war es Ben, der seinem Gesprächspartner ins Wort fiel: »Das stimmt leider nicht ganz, Stephan. Ich habe heute Morgen versucht, dich zu erreichen, aber du warst noch nicht da. Frau Sattler wird dir sicher Bescheid gegeben haben.«

Er konnte sich diese dezente Spitze nicht verkneifen. Es war allgemein bekannt, dass der Kriminalrat es sich gern herausnahm, später zum Dienst zu erscheinen oder sich hier und da mal eine Auszeit für vermeintlich wichtige Außentermine zu nehmen. Insgeheim wusste aber so ziemlich jeder, dass diese Termine in der Regel auf dem Golfplatz oder an ähnlichen Orten stattfanden.

»Nein, hat sie nicht. Ich hatte mit … ach ist ja auch egal mit wem, also ich hatte einen auswärtigen Termin. Da hat mich die Witwe auch erreicht. Ich hab meinen Termin sofort abgebrochen und bin hierher zu dir. Ich war noch gar nicht in meinem Büro«, erklärte der Kriminalrat.

»So wie es aussieht, gibt es einen Fall«, fuhr Benjamin Rehder nun fort, ohne auf die Erklärung einzugehen. »Frau von Hagemann ist in Adendorf beziehungsweise inzwischen wohl in Bleckede, zusammen mit der Spusi.« Er griff nach der Aktenmappe auf seinem Schreibtisch und reichte sie Mausner. Der Kriminalrat schlug mit gerunzelter Stirn den Deckel auf und blätterte durch die wenigen Papiere darin. Ben erwartete bereits einen Ausbruch, weil er ohne Absprache aktiv geworden war und der Fall möglicherweise von einer anderen Abteilung hätte bearbeitet werden können, doch sein Chef überraschte ihn.

»Du vermutest eine Erpressungsaktion?«, fragte Mausner ungewöhnlich ruhig.

»Es gibt bisher keinerlei Ansätze dafür, aber ich denke, wir müssen der Sache genauer nachgehen und sie im Auge behalten«, nickte Ben.

»Da gebe ich dir recht«, stimmte der Kriminalrat zu. »Eine solche Geschichte, hier bei uns, das wäre eine Katastrophe.« Er reichte die Akte an Ben zurück und fügte hinzu: »Nichtsdestotrotz müsst ihr auch in Scharnebeck klären, was dahintersteckt.« Er zog sich einen Stuhl heran und setzte sich Ben gegenüber an den Schreibtisch. »Also, pass auf: Es geht um Rüdiger Rosskamp. Er ist ein stadtbekannter Imker, vielleicht hast du schon mal von ihm gehört.«

Der Hauptkommissar überlegte und suchte in seinem Gedächtnis nach einer Erinnerung. »Mit der Imkerei habe ich nichts am Hut, aber der Name sagt mir tatsächlich etwas. War da nicht mal irgendwas mit einem vermeintlichen Chemieskandal, der dann letztlich keiner war?«

»Unter anderem«, bestätigte Mausner. »Rosskamp ist … war ein Querulant. Hochprofessionell in seinem Job, aber menschlich genau das Gegenteil. Er hat sich mit Gott und der Welt angelegt, vor allem, wenn es um seine Bienen ging. Und jetzt ist er genau von denen zu Tode gestochen worden.«

»Er ist bitte was?«, fragte Ben verwundert.

»Du hast schon richtig gehört«, erwiderte der Kriminalrat. »So wie es im Moment aussieht, hat ihn eines seiner Bienenvölker attackiert. Er hat ziemlich viele Stiche.«

Ben überlegte einen Moment, bevor er nachhakte: »Aber ein Imker trägt doch Schutzkleidung, oder nicht?«

»Schon, aber Rosskamp war gar nicht aktiv bei der Arbeit. Er ist auf seinem Hof gewesen und hat unweit der Bienenstöcke an irgendeinem Gerät gebastelt, als es passiert ist. Das ist ja das Merkwürdige.« Mausner lehnte sich zurück und seufzte. »Ich kannte Rosskamp über verschiedene Ecken. Er war auch mir alles andere als sympathisch. Aber seine Witwe ist recht gut mit meiner Frau bekannt.

Evelyn, also die Frau von Rosskamp, hat ihn heute früh selbst aufgefunden und den Notarzt gerufen. Der konnte aber nichts mehr tun. Sofort danach hat sie bei mir angerufen. Sie glaubt nicht, dass die Bienen ihn einfach so angegriffen haben.«

»Was vermutet sie stattdessen?«, fragte Ben.

»Keine Ahnung. Wie du dir vorstellen kannst, war sie völlig durcheinander. Aber sie hat keine Ruhe gelassen, bis ich ihr versprochen habe, dass ich mich darum kümmere.«

Ben seufzte: »Okay Stephan, das verstehe ich ja. Aber gibt es denn irgendwelche Hinweise darauf, dass hier ein Verbrechen vorliegt? Also, ich meine, es kann doch niemand ein Bienenvolk auf einen Imker hetzen. Das ist eine tragische Geschichte, ohne Frage, aber ... ich weiß ehrlich gesagt nicht, was wir da ermitteln sollen?«

»Fakt ist, dass Rosskamp etliche Feinde hatte«, betonte Mausner erneut. »Ob berechtigt oder nicht, lasse ich dahingestellt. Tu mir den Gefallen und fahr zu seinem Hof. Sprich wenigstens mit Evelyn Rosskamp, damit sie sieht, dass wir ihren Verdacht nicht ignorieren. Die hetzt mir ... uns sonst die Presse auf den Hals, da bin ich mir sicher. In dieser Hinsicht steht sie ihrem Mann in nichts nach und weiß ihre Kontakte zu nutzen.«

Ben blickte an seinem Vorgesetzten vorbei in das verlassene Gemeinschaftsbüro. »Gut, ich rufe Katharina an und frage, wie weit sie ist. Vielleicht kann sie direkt zum Hof der Rosskamps fahren.«

»Nein, ich möchte, dass du das machst«, widersprach der Kriminalrat, ohne Bens genervten Gesichtsausdruck zu beachten. »Ich habe dir gesagt, dass wir die Stelle von Tobias Schneider nachbesetzen müssen. Vielleicht siehst du jetzt ein, dass es nicht anders geht.«

»Nein, in dieser Hinsicht bleibe ich dabei«, reagierte Benjamin Rehder heftig. »Das werde ich nicht tun, Stephan, jedenfalls nicht jetzt und nicht verbindlich. Tobias Schneider ist nicht tot, er liegt im Koma. Das ist nicht nur für seine Verlobte ein Drama, sondern nimmt auch uns hier sehr mit. Ich werde nicht so tun, als würde ich nicht daran glauben, dass er wieder gesund wird, indem ich jemanden einstelle, der ihn ersetzt.«

Mausner sah den Kommissar eindringlich und nachdenklich an. Schließlich nickte er knapp. »Ich verstehe dich ja grundsätzlich, und deine Einstellung ehrt dich, Ben. Aber realistisch gesehen kann es noch Monate oder länger dauern, bis überhaupt absehbar ist, ob und wann Tobias Schneider wieder aufwacht, geschweige denn arbeitsfähig ist. Und über einen so unbestimmten Zeitraum kann ich es nicht einfach so laufen lassen. Ich werde mir was überlegen, aber danach wirst du dich dann richten müssen. So leid es mir tut.«

17.51 Uhr

»Ich schätze mal, heute wird das nichts mit unserem Sport«, sagte Frauke Bostel anstelle einer Begrüßung, als Katharina den Saal der Gerichtsmedizin betrat.

»Ich weiß«, stimmte die Kommissarin zu, »und je nachdem, was du uns gleich zu berichten hast, vielleicht auch nichts mit einem entspannten Wochenende.«

»Uns?«, horchte Frauke Bostel auf. Sie stand an einem der Stahltische, doch heute lag darauf kein Frosch, sondern ein Organ in einer Petrischale. Katharina meinte von Weitem eine Leber zu erkennen. Hinter der Gerichtsmedizinerin stand eine Stahlliege, auf der eine Leiche mit geöffnetem Bauchraum lag.

»Ja uns. Ich denke übrigens, du solltest deinen Patienten hinter dir zudecken, mit uns meine ich nämlich nicht nur Ben und mich. Mausner kommt auch her, Ben holt ihn gerade ab«, erklärte Katharina der verdutzten Gerichtsmedizinerin, die sich daraufhin umdrehte und den Leichnam mit einem Laken, das zu seinen Füßen lag, vollständig bedeckte.

»Ich hab keine Ahnung, wie lange es her ist, dass der Kriminalrat einen Fuß hier hereingesetzt hat«, wunderte sich Frauke Bostel immer noch. Katharina wollte ihr gerade erklären, dass die Leiche zu Lebzeiten nicht nur ein Bekannter von Stephan Mausner gewesen war, sondern dessen Frau vor allem mit der Witwe in engerer Beziehung stand, als sie laute Schritte den Gang zur Gerichtsmedizin heruntereilen hörte. Kurz darauf wurde die Tür aufgestoßen, und wie erwartet standen der Hauptkommissar und Stephan Mausner im Raum.

Während Ben zur Begrüßung kurz nickte, sagte der Kriminalrat etwas gestelzt »Guten Tag, Dr. Bostel«.

Unwillkürlich tauschten Katharina und die Gerichtsmedizinerin einen verschmitzten Blick aus und mussten beide ein Grinsen unterdrücken – Mausners Gesicht hatte eine etwas käsige Farbe angenommen.

»Moin«, erwiderte Frauke Bostel daraufhin und schaute Stephan Mausner abwartend an.

»Und, haben Sie schon etwas für uns, Dr. Bostel?«, fragte der Kriminalrat, und dabei klang er in Katharinas Ohren unangenehm berührt. Wie alle wusste auch die Kommissarin, dass ihr oberster Vorgesetzter normalerweise die

Gerichtsmedizin mied wie der Teufel das Weihwasser, und auch um Frauke machte er eher einen Bogen, als hafte ihr der Tod persönlich an.

»Was meinen Sie? Meinen Sie die Leber hier?«, fragte Frauke Bostel dann auch prompt, und der Schalk blitzte ihr aus den Augen, während sie die Innerei mitsamt der Petrischale vom Stahltischchen aufnahm und dem Kriminalrat entgegenhielt.

Mausner wich mit seinem Oberkörper zurück und verzog angewidert den Mund. Dann hatte er sich jedoch schnell wieder unter Kontrolle und antwortete nach einem kleinen Räuspern: »Ja, genau, zum Beispiel. Also wenn die von Rüdiger Rosskamp ist, dann ja.«

»Das ist die Leber von Herrn Rosskamp«, bestätigte die Gerichtsmedizinerin und war mit einem Mal sehr sachlich. Sie legte die Leber in ihrer Hand zurück und fuhr fort: »Also, erst einmal: Ich kann noch nichts Genaues sagen. Generell gilt allerdings, dass das Gift der Honigbiene eines der stärksten Insektengifte überhaupt ist. Wenn jemand nicht allergisch ist, stirbt er aber nicht dran.«

»Auch nicht, wenn er so viele abbekommen hat wie Herr Rosskamp?«, fragte Benjamin Rehder interessiert.

»Das müssten dann schon sehr, sehr viele sein«, antwortete Frauke Bostel.

»Und wie viele so? Ich meine, wenn ein ganzes Volk auf ihn eingestochen hat, ist das doch eine wahnsinnige Menge. Ich habe vorhin im Internet nachgesehen, da stand, dass im Sommer ein Volk aus gut 40.000 Bienen bestehen kann«, hakte der Hauptkommissar weiter nach.

»Puh, da weißt du mehr als ich«, gab die Gerichtsmedizinerin zu, »aber so viele Bienenstiche hat der Tote nicht. Es sind nicht mehr als circa 100. Und irgendwann Anfang der 1970er-Jahre hat jemand knapp 2.500 Stiche überlebt. Das nur mal so als Hausnummer.«

Sie schaute in die verwunderten Gesichter der Kommissare und zuckte entschuldigend mit den Schultern, bevor sie sagte: »Auch ich bemühe manchmal das Internet. Ich bin Humanmedizinerin und muss mich hin und wieder wie du, Ben, erst einmal über den schnellen Weg schlaumachen, um dann auf konservative Weise weiter zu forschen.«

»Ja, ja, ist ja schon gut. Woran ist Rüdiger denn dann gestorben, wenn nicht an den Bienenstichen?«, wurde Stephan Mausner ungeduldig.

»Ich habe nicht gesagt, dass er an etwas anderem als an einem Bienenstich gestorben ist«, erwiderte Frauke Bostel spitzfindig – sie schien heute besonders gute Laune zu haben und sich einen Spaß daraus zu machen, den Kriminalrat zu reizen. Den Grund kannte Katharina nicht, und er war ihr auch gleichgültig. Allerdings wollte sie vermeiden, dass der Besuch in der Gerichtsmedizin sich aufgrund von Kappeleien unnötig in die Länge zog. Wenn ihre Kollegen jedoch so weiter machten, dann wäre dies durchaus möglich. Der Kriminalrat war unter Druck nicht die Ruhe in Person, obwohl er an sich kein aggressiver Mensch war. Und hier und in diesem Augenblick stand er unter Druck – er war im verhassten Gerichtsmedizinsaal, und zudem lag ein Bekannter auf dem Tisch, dessen Todesumstände zweifelhaft waren.

»Dann klär uns doch bitte auf und spann uns nicht so auf die Folter«, sagte Katharina freundlich an Frauke gewandt, die sofort erklärte: »Er ist unter anderem in der Mundhöhle gestochen worden, und dann ist er durch die vom Gift hervorgerufene Schwellung im Rachen erstickt. So hart das klingt, aber für einen Imker läuft das wohl unter Berufsrisiko.«

»Suchen Sie trotzdem weiter, ob Sie nicht doch irgendein Anzeichen dafür finden, dass Rosskamp eines unnatürlichen Todes gestorben ist«, forderte der Kriminalrat.

Verwundert sah die Gerichtsmedizinerin ihn an: »Ich bin sowieso dabei, ihn zu obduzieren und höre nicht auf der Hälfte der Strecke auf, aber wie gesagt, der Stich der Biene in der Mundhöhle war definitiv die Todesursache. Aber dieses Insekt als Mordwerkzeug? Noch dazu bei einem Imker, der sich mit seinen Tieren auskennt? Ich weiß ja nicht …«

»Gerade deswegen«, erwiderte Stephan Mausner angespannt. »Weil er Imker war. Und glauben Sie mir: Wenn wir nicht eindeutig klären, wie es zu diesem Stich kam, dann haben wir Rosskamps Frau jeden zweiten Tag auf der Matte stehen. Und das werden auch Sie nicht wollen, Frau Doktor.«

»Nun gut, ich mache einfach meine Arbeit zu Ende, aber versprechen Sie sich nicht zu viel«, gab Frauke Bostel nach wie vor erstaunt über die nachdrückliche Art von Mausner zurück und streifte sich demonstrativ Handschuhe über, während sie hinzusetzte: »Ich würde gern gleich weitermachen.«

Katharina blickte unauffällig von einem zum anderen. Ben schien seinen eigenen Gedanken nachzuhängen, Frauke hatte sich bereits abgewandt und dem Leichnam das Tuch bis zum Bauchnabel abgenommen. Mausner schien seinen Blick nicht von seinem toten Bekannten lösen zu können. Er war nahezu so blass wie die Leiche und starrte auf den Toten wie das Kaninchen auf die Schlange. Im Prinzip war das aber auch gar nicht so verwunderlich, denn auch Katharina hatte noch nie einen Leichnam wie diesen gesehen. Der gesamte freigelegte Oberkörper war übersät mit dicken roten Stichen. Es schien fast, als hätten die Bienen keine Stelle des Körpers ausgelassen, auch wenn Frauke von »nur« rund 100 Stichen gesprochen hatte. Keiner sagte mehr etwas, und so erhob Katharina schließlich ihre Stimme: »Frauke, du kannst mich jederzeit anrufen, falls du doch noch etwas findest, was dir merkwürdig vorkommt. Ich geh dann jetzt. Kriminalrat Mausner? Ben?«

Beide Männer erwachten aus ihrer Erstarrung, und der Kriminalrat nickte Katharina zu: »Ja, ich komme mit Ihnen. Und informieren Sie mich bitte auch, Dr. Bostel.«

»Wenn Frauke etwas hat und sich bei Katharina meldet, werden wir dich umgehend informieren«, mischte sich nun Ben ein. Zu Katharinas Überraschung widersprach der Kriminalrat nicht und nahm die Worte seines Hauptkommissars so hin – er musste wirklich ziemlich durch den Wind sein. Mit diesen Gedanken wandte sie sich der Tür zu. Ben und Mausner folgten ihr.

Auf dem langen Flur, der von der Gerichtsmedizin wegführte, gingen sie zunächst schweigend nebeneinander her, doch dann hörte sie den Kriminalrat sagen: »Ben, ich möchte etwas mit dir besprechen. Warte bitte in deinem Büro, ich muss noch einen Anruf erledigen und dann komme ich zu dir.«

Sie sah, wie Ben wortlos nickte, bevor Mausner mit eiligen Schritten den Flur verließ. »Hast du Stress mit Mausi?«, fragte sie Ben grinsend. »Immerhin ist schon Feierabendzeit, und da sieht er doch eigentlich immer zu, schnell nach Hause zu kommen.«

»Nein, Quatsch, wir haben keinen Stress«, antwortete Ben, vermied es aber, seine Kollegin direkt anzusehen. »Vermutlich will er nur sicherstellen, dass er auch wirklich auf dem Laufenden bleibt.«

Katharina spürte, dass da noch mehr war. »Soll ich noch mit dir warten?«, fragte sie daher zum Teil aus Neugier, doch wollte sie Ben auch zeigen, dass er jederzeit auf ihre Unterstützung zählen konnte, und sei es gegenüber dem Kriminalrat.

»Nein, musst du nicht. Das wird bei mir auch nicht mehr lange dauern. Mach ruhig Feierabend«, antwortete Ben, und obwohl seine Worte freundlich waren, klang es in Katharinas Ohren so, als sollte sie nicht länger darüber diskutieren.

»Okay, wie du meinst«, stimmte sie deswegen zu, wenn auch etwas unwillig. »Aber wenn doch noch was zu tun sein sollte, melde dich.«

»Mach ich«, erwiderte Ben. »Schönen Feierabend, und grüß Bene von mir. Genießt euer Wochenende, wer weiß, wie die nächste Woche wird.«

Katharina sah ihm nach und wurde das Gefühl nicht los, dass ihren Chef etwas beschäftigte, was nichts mit diesem toten Imker zu tun hatte.

19.07 Uhr

Ungeduldig sah Ben auf seine Armbanduhr. Er saß nun seit fast einer Stunde in seinem Büro und wartete auf Stephan Mausner. Zwar hatte er die Zeit für den restlichen Papierkram genutzt, doch nun war er damit fertig und hätte den Tag im Kommissariat gern beendet. Gerade als er überlegte, ob der Kriminalrat seine von ihm selbst getroffene Verabredung vergessen hatte, kam dieser herein. Sehr viel entspannter als bei seinem Besuch am Vormittag durchschritt er das Gemeinschaftsbüro und betrachtete die verwaisten Schreibtische.

»Tut mir leid, Ben, das Telefonat hat leider etwas länger gedauert als gedacht«, erklärte er, als er in Bens Zimmer trat und sich diesem gegenüber an den Schreibtisch setzte. »Danke, dass du gewartet hast.«

»Sicher, kein Problem«, antwortete der Hauptkommissar nicht ganz wahrheitsgemäß. »Was wolltest du denn mit mir besprechen?« Hatte Mausner innerhalb so kurzer Zeit eine Entscheidung bezüglich Tobis Arbeitsplatzes getroffen? Ben konnte es sich nicht recht vorstellen, wenn es aber der Fall war, dann war die Entscheidung höchstwahrscheinlich nicht nach seinem Geschmack ausgefallen. Gespannt sah er seinen Vorgesetzten an.

»Wie versprochen habe ich mir Gedanken gemacht«, begann der Kriminalrat ungewohnt gelassen. »Es hat mir durchaus imponiert, wie sehr du den Platz von Kommissar Schneider in den vergangenen Wochen verteidigt hast. Das spricht nicht nur für dich, sondern für den Zusammenhalt in eurem Team, und das kann ich mir schließlich ja nur wünschen. Da geht es in anderen Dezernaten ganz anders zu, das kannst du mir glauben. Wenn ich zum Beispiel daran denke, wie …«

»Du schweifst ab, Stephan, was willst du mir eigentlich mitteilen?«, unterbrach Ben seinen Chef spontan. Er war erstaunt, dass tatsächlich die Personalentscheidung das Thema war, und umso nervöser, was ihn nun erwartete.

Mausner blickte Ben fest in die Augen und erwiderte: »Zu zweit geht es nicht, da lasse ich nicht mit mir reden. Ab morgen wird euch daher Vivien Rimkus unterstützen.«

Mit dieser Verfügung hatte Ben absolut nicht gerechnet, und so fragte er nach: »Das heißt, Vivien wird wieder als eine Art Springer bei uns eingesetzt, wenn mehr anfällt, und bleibt ansonsten aber an ihrem Platz im Dezernat für Sexualdelikte?«

»Nein, sie wechselt ganz offiziell in deine Abteilung. Ab sofort und in voller Konsequenz«, erwiderte der Kriminalrat.

»Das musst du mir näher erklären«, bat Ben.

»Sicher«, nickte Mausner. »Dass Frau Rimkus bei euch bereits gute Arbeit geleistet hat, muss ich dir nicht sagen. Und dass sie sich darüber hinaus recht wohl bei euch gefühlt hat, vermutlich auch nicht.« Er räusperte sich. »Tatsächlich hat sie mir gegenüber vor einiger Zeit einmal geäußert, dass sie sich langfristig vorstellen oder sogar wünschen würde, ins Morddezernat zu wechseln. Es gab keinen Anlass dafür, es kam während eines Gesprächs zutage.«

Ben war nach wie vor verwundert. Gerade Vivien vermied es tunlichst, mit dem Kriminalrat in Small Talk zu verfallen. Während sie inzwischen zwar um einiges entspannter und lockerer im Umgang mit den Kollegen geworden war als noch zu Beginn ihres Dienstes in Lüneburg, war sie Stephan Mausner gegenüber nach wie vor extrem zurückhaltend und wirkte in seiner Gegenwart meist eingeschüchtert. Sollte es stimmen, was Stephan gerade erzählt hatte, dann musste es Vivien eine enorme Überwindung gekostet haben, ein solches Thema anzuschneiden. Oder aber der Wunsch, der dahinterstand, war wirklich ausgeprägt.

»Und wie soll das so einfach funktionieren?«, hakte Ben nach, der die oft langen Entscheidungswege im Polizeiwesen nach seinen vielen Dienstjahren nur zu gut kannte.

»Da ist mir ein glücklicher Zufall zur Hilfe gekommen«, gab Mausner zu. »Ich habe schon länger die Bewerbung einer sehr aussichtsreichen jungen Dame auf meinem Tisch, die in Hannover im Dezernat für Sexualdelikte arbeitet, sich aber aus privaten Gründen unbedingt nach Lüneburg versetzen lassen möchte. Also habe ich mit Malte Brückner gesprochen. Er ist schließlich der Vorgesetzte von Frau Rimkus.«

»Na, jetzt bin ich gespannt«, sagte Ben. »Malte wird wohl kaum begeistert gewesen sein.«

»Im Gegenteil«, erwiderte der Kriminalrat. »Er ist mit Vivien Rimkus nach wie vor sehr zufrieden, aber auch ihm ist nicht entgangen, dass sie sich gern in eine andere Richtung orientieren würde. Und da er einen würdigen Ersatz bekommt, will er der Kollegin dabei keine Steine in den Weg legen. Ich finde das mehr als fair und kollegial.«

»Okay …«, sinnierte Ben. »So weit, so gut. Letztlich läuft es aber für mich auf das Gleiche hinaus. Ich besetze die Stelle von Tobias neu, so als wäre bereits klar, dass er nicht mehr zurückkommt.«

»Nein, tust du nicht«, gab Mausner zurück. »Ich habe mit Frau Rimkus bereits gesprochen. Die Bedingung für den Wechsel war, dass sie den Platz nur übergangsweise einnimmt, bis Tobias Schneider wiederkommt. Und wenn er wieder da ist, dann sehen wir wei…«

Das Handy von Mausner klingelte und er blickte erschreckt auf das Display. »Oh Gott, schon so spät – ich hätte längst zu Hause sein müssen, wir erwarten Gäste!« Er sah Ben an, gab ein kurzes »Wir waren ja auch so weit durch, Frau Rimkus tritt ab sofort ihren Dienst bei dir an« von sich und verließ den Raum. Ben hörte noch, wie der Kriminalrat ein entschuldigendes »Es tut mir leid, Liebling, ich bin schon auf dem Weg« ins Handy flötete, und dann war er wieder allein in seinem Büro.

Eine Fliege setzt sich auch dem König auf die Nase.

(Deutsches Sprichwort)

3. KAPITEL:

09.33 Uhr

Noch im Stehen schaltete Vivien Rimkus den Computer an, da sie wusste, dass er schon einige Jahre auf dem Buckel hatte und eine Weile brauchen würde, um hochzufahren. Dann stellte sie ihren Rucksack neben den Tisch, zog ihre Jacke aus, hängte sie über die Lehne des Schreibtischstuhls und setzte sich. Sie wollte nicht überaus lange bleiben, sondern nur kurz die Ruhe des Wochenendes im Büro nutzen, um sich einzuarbeiten. Irgendwie war ihr nicht ganz wohl in ihrer Haut, und sie hatte das Gefühl, etwas Verbotenes zu tun, obgleich dem nicht so war. Gestern Abend hatte der Kriminalrat sie persönlich informiert, dass sie ab sofort zum Team von Hauptkommissar Benjamin Rehder gehörte. Natürlich hatte Stephan Mausner schon vorher mit ihr darüber geredet, ob sie sich den Wechsel nach wie vor vorstellen könnte und welche Bedingungen daran geknüpft waren. Als er sie dann gestern kurz und bündig darüber in Kenntnis gesetzt hatte, dass Ben nun auch Bescheid wüsste und der Wechsel ins Morddezernat beschlossene Sache sei, hatte sie aber doch geschluckt. Zwar bekam sie jetzt genau den Arbeitsplatz, den sie sich gewünscht hatte, doch dass er unter diesen Umständen zustande kam, minderte ihre Freude.

Der Unfall von Tobias Schneider hatte sie sehr berührt. Bei ihrer gelegentlichen Zusammenarbeit waren sie sich zwar nicht immer einig gewesen, doch er war ihr mit seiner geradlinigen Art immer sympathisch und vor allem als fairer Kollege begegnet. Sie hatte ihn sogar einige Male im Krankenhaus besucht. Und jetzt saß sie auf seinem Stuhl, an seinem Schreibtisch und seinem Computer, der inzwischen hochgefahren war. Es fühlte sich nicht richtig an, doch schließlich hatte der Kriminalrat diese Entscheidung getroffen.

Vivien riss sich zusammen und loggte sich in ihren Computer ein. Sie konnte es nicht ändern, denn kein Gesetzesbrecher wartete darauf, dass Tobias Schneider endlich aus seinem Koma erwachte, um erst dann seine kriminellen Energien freizulassen. Das Leben ging weiter, mit allem Guten und Bösen. Das hatte Vivien am eigenen Leib erfahren. Auch damals war alles um sie herum weitergegangen, aber daran wollte sie jetzt ebenso wenig denken wie an das fürchterliche Schicksal von Tobias. Sie war hierhergekommen, um sich für Montag auf den Fall, den Stephan Mausner ihr kurz skizziert hatte, vorzubereiten. Sie wollte ihre Sache schließlich von Beginn an gut machen.

Wenn sie es richtig verstanden hatte, war ein Bekannter von Mausner ums Leben gekommen, und obwohl alles nach einer natürlichen Todesursache ohne Fremdverschulden aussah, zweifelte der Kriminalrat oder zumindest die Witwe des Toten daran, und die hatte Mausner anscheinend zugesetzt. So war es Vivien wenigstens erschienen. Sie klickte sich auf dem Computer zu den Dateien des Morddezernats, musste jedoch feststellen, dass diese nicht für sie freigegeben waren. Das hätte sie sich denken können, denn wahrscheinlich hatte Benjamin Rehder auch erst gestern Abend von ihrem Wechsel in sein Team erfahren. Plötzlich fiel ihr etwas ein. Sie wusste, dass Ben lieber mit Papier arbeitete. Sicher hatte er die bisherigen Aufzeichnungen, soweit es überhaupt welche gab, ausgedruckt. Die junge Kommissarin stand auf und ging in das Büro des Hauptkommissars. Jetzt hatte sie ein noch mulmigeres Gefühl als im Gemeinschaftsbüro. Andererseits war sie bei den Fällen, bei denen sie vom Morddezernat hinzugezogen worden war, öfter allein in Bens Büro gewesen, um etwas zu holen oder sich anzuschauen. Ben war da sehr offen. Darüber hinaus musste es ja keiner wissen. Es war Samstag und sie war hier allein.

Vivien ging um Bens Schreibtisch herum, ließ ihre Augen darüber wandern und machte tatsächlich eine Akte aus, auf der ›R. Rosskamp‹ stand, und Rosskamp war der Name des toten Imkers, von dem Mausner gesprochen hatte. Sie nahm die Akte in die Hand, schlug sie auf und war umgehend enttäuscht – es war nicht einmal ein Fitzelchen Papier darin enthalten. Ben schien die Akte also nur vorbereitet zu haben. Unzufrieden ließ Vivien Rimkus sich in Bens Schreibtischstuhl fallen, lehnte sich zurück und schloss für einen Moment die Augen. Kurz darauf öffnete sie sie wieder und schaute sich ein weiteres Mal auf Bens nicht gerade ordentlichem Schreibtisch um, wobei ihr Blick an einer weiteren Akte hängen blieb. Sie war noch nicht beschriftet, dafür konnte sie aber erkennen, dass sie einige Blätter enthielt. Aus reiner Neugierde nahm sie die Mappe zur Hand und blätterte sie auf. Der Kriminalrat hatte gesagt, dass Ben und Katharina in einem weiteren und relativ frischen Fall ermittelten, er hatte jedoch nicht erwähnt, worum es dabei ging. Ob das vielleicht die Akte dazu war? Sie begann zu lesen, und während sie von dem Frosch in Bleckede las, musste sie an den Italiener bei ihr um die Ecke denken. Als sie dann las, dass in Adendorf gleich mehrere Frösche aufgefunden worden waren, beschloss sie, die Parallele zu den Vorkommnissen in den Bioläden und dem Restaurant am Montag zu erwähnen. Noch immer mit der Akte in den Händen drehte Vivien sich zum Fenster um und blickte nachdenklich hinaus. Gerade, als sie überlegte, ob sie Ben und Katharina erzählen sollte, dass sie hier gewesen war, um sich einzuarbeiten, oder ob sie das besser für sich behalten sollte, hörte sie die Tür des Gemeinschaftsbüros laut zufallen. Erschrocken drehte Vivien sich um und sah durch die Glasscheibe, die Bens Büro vom Gemeinschaftsbüro trennte, in das überaus verwunderte Gesicht von Katharina, die direkt auf sie zusteuerte. Ohne ein Wort der Begrüßung fragte Katharina befremdet: »Was machst du da? Das ist Bens Büro, und soweit ich weiß, ist deines den Flur entlang und einige Türen weiter.«

»Hallo, Katharina«, erwiderte Vivien, die die Akte in ihrer Hand jetzt langsam auf den Tisch zurücklegte. Sie ärgerte sich selbst darüber, dass ihre Stimme bei den zwei Worten nicht fest geklungen hatte, sondern eher entschuldigend, aber sie fühlte sich ja auch irgendwie ertappt.

»Hallo«, gab Katharina kurz angebunden zurück, zog ihre linke Augenbraue hoch und fragte auffordernd: »Und?«

»Ich … es tut mir leid«, erklärte Vivien, »ich wollte mich einarbeiten und für Montag vorbereiten, damit, na ja, damit ihr mich nicht erst auf Stand bringen müsst und wir keine Zeit vertrödeln.«

»Einarbeiten? Zeit vertrödeln? Ich versteh nur Bahnhof«, erwiderte Katharina, doch ihre Stimme klang nicht mehr ganz so hart, sondern eher verwirrt. An der Körpersprache der Kommissarin hatte sich allerdings nichts geändert, sie stand nach wie vor zwischen Vivien und der Tür mit verschränkten Armen und machte deutlich, dass sie eine Erklärung erwartete.

»Das heißt, du weißt es noch gar nicht?«, fragte die junge Kommissarin ebenso überrascht zurück.

»Was?«, kam es einsilbig von der Älteren.

»Na, dass ich Tobis Posten bei euch übernehme und …«, setzte Vivien an, wurde jedoch von Katharina rüde unterbrochen: »Tobis Posten? Was redest du denn da? Tobi braucht nicht ersetzt zu werden, er kommt wieder, und überhaupt, wieso hat mir das keiner gesagt?«

»Ich wollte es dir gleich in Ruhe sagen«, kam Bens Stimme von hinten und ließ Katharina herumwirbeln: »Und warum hast du das nicht schon längst getan? Wir hatten es in letzter Zeit sehr ruhig hier und jede Menge Gelegenheit dazu.«

Ben schaute erst kurz zu Vivien und nickte ihr mit einem Gesichtsausdruck zu, der so viel wie »lass mich das klären, du bist erst einmal aus der Schusslinie« zu besagen schien, und wandte sich wieder an Katharina: »Ich schlage vor, wir setzen uns alle an den Besprechungstisch, und dann reden wir. Und nur zu deiner Information: Ich weiß ebenfalls erst seit gestern Abend, dass Vivien ab sofort unserem Team zugeteilt ist, und ich schätze, dir wird es ähnlich gehen, Vivien, hab ich recht?«

»Ja, das stimmt. Kriminalrat Mausner hat mich gestern Abend davon in Kenntnis gesetzt«, bestätigte die junge Kommissarin leise.

»Aber du warst schon lange scharf auf Tobis Posten«, platzte es aus Katharina heraus. Im Normalfall wäre Vivien sauer gewesen, doch unter diesen Umständen konnte sie Katharina verstehen. Sie war diejenige, die am engsten mit Tobias Schneider zusammengearbeitet hatte. Allerdings wirkte die ältere Kollegin über ihre eigenen Worte selbst erschrocken. Sie hatte offensichtlich bemerkt, dass ihre Anschuldigung nicht in Ordnung gewesen war. Dennoch erwiderte Vivien ruhig: »Du weißt selbst, dass das nicht wahr ist. Was jedoch stimmt, ist die Tatsache, dass ich vor einiger Zeit einmal dem Kriminalrat gesagt habe, dass ich sehr gern zu eurem Team gehören würde – Tobi eingeschlossen, versteht sich.«

»Aha«, antwortete Katharina einsilbig und setzte sich nach einer weiteren auffordernden Handbewegung von Ben auf einen der Stühle am Besprechungstisch. Vivien wollte es ihr gleichtun, als Ben sie freundlich bat: »Vivien, kannst du uns allen einen Kaffee machen? Ich glaube, den können wir gebrauchen.«

»Ja, gute Idee«, stimmte sie der Bitte zu und ging ins Gemeinschaftsbüro, wo der Kaffeevollautomat stand. Sie kannte Ben gut genug, um zu wissen, dass es weniger um den Kaffee ging, sondern mehr darum, zuerst mit Katharina allein sprechen zu können, und so ließ sie sich Zeit. Als sie dann mit drei dampfenden Kaffeebechern, die sie auf ein kleines Tablett gestellt hatte, zurückkam, erstarb tatsächlich das leise geführte Gespräch der beiden.

11.06 Uhr

Katharina sah aus dem Seitenfenster und machte sich ihre eigenen Gedanken. Sie war mit Vivien unterwegs zu einem Restaurant in Häcklingen, wohin diese unlängst gezogen war. Vivien fuhr den Dienstwagen. Sie selbst hatte keine Lust gehabt und der Jüngeren einfach die Autoschlüssel in die Hand gedrückt. Obwohl Ben ihr erklärt hatte, wie es dazu gekommen war, dass Vivien von heute auf morgen zu ihrem Team gehörte, beschäftigte diese Tatsache Katharina nach wie vor. Sie war traurig. Und wütend. Sie fand es nicht geschickt von Ben, sie beide so kurz nach der unangenehmen Situation auf dem Kommissariat zusammen loszuschicken. Doch sie wusste auch, dass Ben von ihr Professionalität erwartete. Damit wiederum hatte er recht. Ihr harter Vorwurf an Vivien war unter die Gürtellinie gegangen, und auch wenn es ihren Gefühlen Tobi gegenüber geschuldet war, hätte ihr so etwas nicht rausrutschen dürfen. Sie atmete tief durch und lenkte ihre Gedanken auf diesen merkwürdigen Zufall, von dem Vivien kurz zuvor berichtet hatte und weswegen sie nun auch unterwegs waren. Ohne Vivien anzusehen sagte sie mit belegter Stimme: »Erzähl noch einmal ganz genau, Vivien: Der Italiener, zu dem wir jetzt fahren und der bei dir um die Ecke ist, hatte eine Fliegenplage, und du meinst, es könnte ein ähnlicher Anschlag wie der mit den Fröschen gewesen sein?«

»Einfach so sind die Fliegen sicher nicht im Restaurant eingefallen«, antwortete Vivien prompt und für Katharinas Geschmack etwas zu überheblich. »Mattheo hat ein paar Tage später drei Dosen gefunden, in denen sich die Fliegenpuppen befunden hatten. Er ist davon ausgegangen, dass diese Puppen fast zeitgleich geschlüpft sind und sein Restaurant bevölkert haben, denn woher sollten sonst plötzlich und auf einen Schlag so viele herkommen. Ich meine, ein paar Fliegen in einem Restaurant sind ja normal, aber gleich so viele auf einmal, dass sie eine echte Plage sind? Es hat auf jeden Fall ein paar Tage gedauert, bis Mattheo sie beseitigt hatte, und die Gäste sind natürlich einige Zeit ausgeblieben. Das war aber auch wirklich eklig.«

»Ich nehme an, Mattheo ist der Besitzer? Und wo hat er die Dosen gefunden?«, fragte Katharina nach.

»Wo genau weiß ich nicht, aber sie müssen ziemlich gut versteckt gewesen sein, das hat er erwähnt«, erklärte Vivien.

»Hm, und hat er eine Vermutung, wer das getan haben könnte?«, fragte Katharina weiter. Sie gab Vivien insgeheim recht: Irgendwas war ziemlich faul an der Sache, und falls diese Fliegengeschichte in irgendeinem Zusammenhang mit den Fröschen stand, was auch sie durchaus für möglich hielt, würde sie es herausfinden.

»Das habe ich ihn nicht gefragt«, antwortete Vivien und setzte hinzu: »Ich geh da hin und wieder essen oder hole mir eine Pizza. So genau kenne ich Mattheo nicht, und wer ahnt auch schon, dass das ein Fall und kein Dummerjungenstreich sein kann.«

12.30 Uhr

Leonie mühte sich mit dem Bettbezug ab. Immer wieder verheddeerte sich die Decke im Bezug. Zu Hause bezog immer ihre Mutter die Betten. Leonie half zwar viel im Haushalt mit, vor allem, seitdem Julie schwanger war, doch Bettenbeziehen gehörte nicht zu ihren Aufgaben. Sie ging einkaufen, wusch die Sachen ab, die nicht in den Geschirrspüler durften, und manchmal bügelte sie.

Das junge Mädchen schimpfte leise vor sich hin, während es einen weiteren Anlauf unternahm, die Decke ordentlich zu beziehen. Wo blieb Laura eigentlich? Zu zweit würde es sicher besser klappen. Ihre beste Freundin war eben aus dem Zimmer gegangen, um sich ein bisschen umzuschauen und zu gucken, »was die anderen so machen«. Leonie wusste ganz genau, wen Laura mit »anderen« meinte, sie hatte sich nämlich vorhin auf der Busfahrt hierher ziemlich intensiv mit Julian unterhalten. Julian war der angesagteste Junge in ihrer Schule. Die Mädchen liefen ihm scharenweise hinterher, und er wechselte seine Freundinnen wie Leonie ihre Socken. Obwohl er wirklich extrem gut aussah, mochte Leonie den zwei Jahre älteren Jungen überhaupt nicht. Sie fand ihn total überheblich. Trotz seines Alters war er in ihrer Klasse – er war einmal in der Grundschule zurückgegangen und dann einmal in der Unterstufe – beachtete aber seine Klassenkameradinnen kaum, außer er wollte die Hausaufgaben abschreiben. Ansonsten trieb er sich mit Älteren herum. Laura hatte bisher auch kein gutes Haar an Julian gelassen, aber vorhin im Bus hatte sie ihre Meinung über ihn anscheinend geändert. Eigentlich fand Leonie das ganz gut, schade nur, dass es gerade Julian sein musste. Sie hatte längst mit Laura über Claas sprechen wollen und über das, was sie für ihn empfand, denn diese ungewohnten Gefühle brachten Leonie durcheinander. Bisher hatte sie aber nie gewusst, wie sie sie ihrer Freundin erklären sollte. Wenn Laura sich jedoch in Julian verlieben würde, könnte sie sie bestimmt besser verstehen.

Leonie hörte ein leises Kichern und wandte sich der geöffneten Zimmertür zu, der Richtung, aus der das Geräusch gekommen war.

»Brauchst du Hilfe?«, grinste Claas, der im Türrahmen stand, sie an.

Leonie spürte, wie sie rot wurde und ihr Herz schneller zu klopfen begann.

»Stehst du da schon lange?«, erkundigte sie sich, und obwohl es nebensächlich hatte klingen sollen, hörte sie selbst den kleinen Anflug von Panik in ihrer Stimme.

»Gerade lange genug, um zu sehen, dass du den Kampf gegen die Bettdecke verlierst, wenn ich nicht eingreife«, erwiderte Claas und trat zu Leonie ins Zimmer. Nun glaubte Leonie, vor Röte zu glühen, ob aus Freude oder Scham war ihr allerdings nicht klar.

»Wenn du glaubst, dass du das besser kannst, bitte sehr«, erwiderte sie und ärgerte sich im selben Moment über den schnippischen Ton, doch Claas schien sich daran nicht zu stören.

»Das nicht, aber ich bin sicher, dass wir es zusammen wesentlich besser hinbekommen.« Er nahm den Bezug, drehte ihn auf links, griff in die oberen Ecken und sagte: »Voilà. Und jetzt bitte die Ecken der Decke, Mademoiselle!«

Leonie lachte und verlor ihre Unsicherheit, während sie Claas die beiden Deckenecken in die Hände legte. Auch wenn der Bettbezug dazwischen war, fühlte sie ein kurzes Kribbeln, als ihre Hände sich berührten.

»Attention, jetzt brauche ich etwas Platz«, sagte Claas mit verstellt dramatischer Stimme, bevor er die Decke so fest ausschlug, dass der Bezug zumindest ein Stück weit darüber rutschte und Leonies Haare aufwirbelte.

»Okay, ich halte fest, und du ziehst den Bezug runter«, erklärte er und sah Leonie dabei direkt in die Augen. Schnell griff sie den Stoff, zog daran und knöpfte das untere Ende zu. Als sie beim letzten Knopf angelangt war, trat Claas – noch immer das andere Ende in den Händen – auf sie zu, bis er ganz nah vor ihr stand. Ohne den Blick von ihr abzuwenden, nahm er ihr Ende in die Hände und legte die gefaltete Decke auf das Bett. »Siehst du? Zu zweit geht fast alles besser.«

Leonie überlegte nervös, was sie nun tun sollte. Sie war sicher, dass Claas ihr Herzklopfen hören konnte, doch sie

wollte sich auch nicht einen Zentimeter von ihm wegbewegen. Er zwinkerte ihr belustigt zu und lächelte … dieses Lächeln …

»Ach hier bist du«, hörte Leonie plötzlich die Stimme von Julian und trat erschrocken einen Schritt zurück. Wenn sie sich nicht täuschte, war auch Claas nicht begeistert von dieser unerwarteten Störung, doch er drehte sich um und sah zur Tür. Dort stand Julian, und neben ihm Laura.

»Komm schon, Claas, wir haben noch was vor«, forderte Julian Claas auf. »Lass die Mädels mal schön ihren Kram alleine machen.«

Ohne sich umzudrehen folgte Claas der Aufforderung und verschwand mit seinem Kumpel aus dem Zimmer.

»Was hat das denn zu bedeuten?«, fragte Laura neugierig.

»Gar nichts. Claas hat mir nur geholfen, mein Bett zu beziehen«, erwiderte Leonie und machte sich daran, die Klamotten aus ihrer Tasche in einem kleinen Schrank zu verstauen, weil sie merkte, dass sie schon wieder errötete. Sie musste lächeln. Genau eine solche Situation mit Claas hatte sie sich erträumt, und jetzt war es schon gleich am ersten Tag passiert. Okay, ums Bettenbeziehen war es in ihren Träumen natürlich nicht gegangen, aber sie hatte gehofft, ihm während der Konfi-Fahrt in irgendeiner Form näher zu kommen. Für drei Tage würden sie sich nun gemeinsam am Plöner See aufhalten. Die Gruppe war nicht groß, insgesamt waren sie 14 Konfirmanden, zwei Betreuer und natürlich der Pastor. Außer Laura und Claas waren noch drei Leute aus ihrer Schulklasse dabei, die anderen kannte sie aus den Parallelklassen oder vom Sehen. Und natürlich aus den ersten Monaten beim Konfi-Unterricht. Von Mitschülern, die ältere Geschwister hatten, wusste Leonie, dass die Ausfahrten zwar ähnlich waren wie Klassenfahrten, nur sehr viel lockerer, da die Betreuer selbst noch jung und vor allem keine Lehrer waren. Sie hatte schon von Lagerfeuern am See, coolen Partys und viel Spaß gehört und war mit entsprechender Vorfreude hierhergefahren.

»Hey, Träumerle!« Lauras belustigte Stimme riss Leonie aus ihren Gedanken. Erschrocken drehte sie sich zu ihrer Freundin um.

»Wenn du deine Klamotten jetzt mal in den Schrank packen würdest, anstatt sie davor hin und her zu schaukeln, könnte ich meine auch endlich dazu packen.«

»Tschuldige«, grinste Leonie. »Ich war in Gedanken.«

»Ach was, darauf wäre ich ja gar nicht gekommen«, antwortete Laura und machte sich daran, ihre Kleidungsstücke schon einmal aus ihrer Tasche herauszuholen. »Und diese Gedanken haben nicht zufällig was mit Claas zu tun?«

»Nein, Quatsch«, verneinte Leonie, doch ihr war klar, dass sie Laura nicht wirklich etwas vormachen konnte.

»Wir haben noch eine Stunde Zeit, dann gibt es Mittagessen«, erklärte Laura, »genug Zeit, um mir haarklein zu erzählen, was gerade passiert ist. Und Ausreden zählen nicht.«

»Das sagt die Richtige«, lachte Leonie. »Einverstanden, aber nur, wenn du mir umgekehrt erzählst, wo du eben mit Julian hergekommen bist.«

»Dann wird es mit der Stunde aber eng«, grinste Laura und sprudelte los.

12.57 Uhr

Ben stand vor der Glaswand seines Büros und betrachtete die Notizen und Fotos, die er dort vor wenigen Minuten angebracht hatte. Er war dazu einen Schritt zurückgegangen und stellte nun fest, dass es so wirkte, als handele es sich um einen einzigen Fall, da er die Informationen alle nebeneinander und in einer ähnlichen Ordnung angebracht hatte. Dabei hatte er sich gar keine Struktur überlegt, sondern alles so an die Wand gebracht, wie es ihm in dem jeweiligen Moment in den Kopf gekommen war. Ben runzelte die Stirn. Eigentlich bezweifelte er stark, dass die Vorfälle, denen sie aktuell nachgingen, miteinander in Verbindung standen. Es musste Zufall sein, dass sie einem ähnlichen Schema folgten. Oder hatten die Frauen in seinem neu zusammengewürfelten Team mit ihrer Intuition mal wieder recht und Fliegen und Frösche gingen auf das Konto ein und desselben Täters? Katharina konnte sich zumindest einen Zusammenhang vorstellen, sonst wäre sie nicht mit Vivien zu diesem Restaurant gefahren, sondern hätte die Befragung einer Streife überlassen, wie er es vorgeschlagen hatte. So gut kannte Benjamin Rehder seine Oberkommissarin.

Konzentriert vertiefte Ben sich in die Gesamtwirkung an der Glaswand. Da waren zum einen die Giftfrösche mit den beiden leicht Verletzten. Einen näheren Hinweis zur Herkunft der Frösche gab es nach wie vor nicht. Marcus Diekholz, der Franchisegeber der Bioläden, hatte Ben am Vortag angerufen und ihn informiert, dass sein Acai-Lieferant nichts von Fröschen wusste und ihm versichert hatte, dass die Tiere nach seiner Auslieferung in die Kartons gekommen sein mussten. Ben hatte sich damit zufriedengeben müssen, zumal die bewussten Kartons nicht mehr vorhanden waren und sie nicht prüfen konnten, ob sie manipuliert worden waren.

Neben den Giftfroschnotizen hingen die zu dem getöteten Imker. In diesem Fall konnte er sich nach wie vor kein Bild machen. Sein Besuch bei der Witwe von Rüdiger Rosskamp hatte ihn da auch nicht sonderlich vorangebracht. Tatsächlich war sie weniger in Trauer erstarrt als aufbrausend und fordernd aufgetreten. Auf Ben hatte sie den Eindruck einer verbitterten Frau gemacht, die in ihrem bisherigen Leben nicht viel Freude gehabt hatte. Er selbst war kaum zu Wort gekommen, während Evelyn Rosskamp ihn ziemlich penetrant erst mit Fragen gelöchert hatte, die er nicht beantworten konnte, bevor sie ihm diverse Namen von Personen auftischte, die sie eines Attentats auf ihren Mann beschuldigte. Er fragte sich seit seinem Besuch dort, warum diese Frau so darauf beharrte, dass ihr Mann einem Verbrechen zum Opfer gefallen war. Konnte es etwas mit der Versicherung zu tun haben? Würde die Leistung nicht erbracht werden, wenn Rüdiger Rosskamp durch Unachtsamkeit in Ausübung seines Imkerberufs zu Tode gekommen war? Ben griff nach seinem Glasschreiber und schrieb ›Versicherung?‹ neben das Foto von Rüdiger Rosskamp. Darum konnte Vivien sich später kümmern, indem sie bei der Versicherung nachforschte. Vivien – noch so ein Problem, dachte der Kommissar. Die neue Konstellation in seinem Dezernat würde für alle Beteiligten schwierig genug sein, zumindest zu Beginn. Warum hatte sich die junge Kommissarin ihren Start nun bloß zusätzlich selbst erschwert? Dass sie am Wochenende einfach das Büro aufgesucht hatte, ohne vorher mit ihm zu sprechen, war zwar kein Drama, aber unklug. Auch er wäre unangenehm überrascht gewesen, wenn er sie unabgesprochen an seinem Schreibtisch entdeckt hätte. Von daher konnte er Katharinas grobe Reaktion verstehen, zumal sie noch nicht einmal gewusst hatte, dass Vivien zu diesem Zeitpunkt offiziell ihrem Team angehörte. Andererseits konnte er aber auch Vivien Rimkus' Handeln nachvollziehen. Sie war jung und bekanntermaßen ehrgeizig.

Katharina gegenüber hatte sie sich damit gerechtfertigt, dass sie sich hatte vorbereiten wollen, und er glaubte ihr, doch offenbar fehlte es der jungen Frau an Taktgefühl und Regelbewusstsein. Dinge, über die Katharina bereits verfügt hatte, als sie damals bei ihm begonnen hatte. Ohne Frage konnte auch sie sich verbeißen, und Alleingänge hatte es auch in ihrem Fall gegeben, doch auf andere Weise. Zwischen den beiden Frauen lagen charakterlich Welten. Bisher waren sie gut miteinander ausgekommen, doch da war Vivien auch nur aushilfsweise zur Verstärkung seines Teams eingesprungen und hatte sich entsprechend nicht nur an Bens Anweisungen gehalten, sondern auch an die von Katharina und Tobi. Das würde so in Zukunft nicht mehr zu halten sein, denn als vollwertiges Teammitglied würde Vivien sicher bald vehementer ihre Meinung vertreten, auch wenn sie die Rangniedrigste war. Der Hauptkommissar mochte derartige Hierarchien nicht und spielte auch seine Chefposition nur im Notfall aus, er war ein Teamplayer und erwartete das auch von seinen Leuten. Zwischen Tobi und Katharina hatte das wunderbar funktioniert. Jetzt dagegen sah er Aufgaben auf sich zukommen, auf die er gut und gern verzichten konnte. Die Ermittlungsarbeit war anstrengend und kompliziert genug, da hatte er wenig Lust, auch noch darauf zu achten, dass seine Mitarbeiter miteinander klarkamen. Ein Lächeln huschte über sein Gesicht, als er plötzlich daran denken musste, wie er damals auf Mausners Information bezüglich Katharinas Einstellung reagiert hatte. Auch da hatte der Kriminalrat über seinen Kopf hinweg entschieden, was natürlich sein gutes Recht war. Ben hatte partout keine Frau in seinem Team haben wollen, und nun hatte er gleich zwei. Auf Katharina wollte er keinen Tag mehr verzichten. Es hatte nicht lange gedauert, bis er sie als Mensch und Kollegin zu schätzen gelernt hatte. Und ihre Qualifikation als Fallanalytikerin hatte sich schon bei diversen Ermittlungen als absoluter Bonus erwiesen. Aber würde er auch bei Vivien solche positiven Seiten entdecken? Ihren Job machte sie mit größtem Engagement, das war keine Frage. Menschlich jedoch war sie Ben bisher eher fremd geblieben. Oft kam es ihm so vor, als stünde zwischen der jungen Kommissarin und ihrer Außenwelt eine gläserne Mauer, die zwar nicht sichtbar, aber dennoch unüberwindbar war. Für ein Team war das keine gute Voraussetzung. Die beiden Frauen mussten sich als Partner blind aufeinander verlassen können. Das Misstrauen und die Ressentiments, die Katharina Vivien nun entgegenbrachte, waren da absolut schädlich. Eine Vertrauensebene zwischen den beiden herzustellen, wie sie – ohne jegliches Dazutun seinerseits – zwischen Tobi und Katharina nahezu vom ersten Tag an geherrscht hatte, würde schwierig werden. Ben nahm sich fest vor, in Kürze mit beiden eindringlich zu sprechen und vor allem Vivien ein paar Regeln mit auf den Weg zu geben, an die sie sich in Zukunft zu halten hatte. Bei Katharina würde er auf ihre Erfahrung und ihr diplomatisches Geschick pochen müssen, um sie zumindest vorerst davon zu überzeugen, dass sie Vivien eine ehrliche Chance geben sollte. Inzwischen ärgerte er sich darüber, die beiden Frauen vorhin zusammen losgeschickt zu haben. Hoffentlich hatte er die Situation dadurch nicht noch mehr erschwert. Und wenn Frauen sich erst einmal in den Haaren hatten … seine Erfahrungen waren da nicht die besten. Wenn zwischen ihm und Alex irgendetwas war, tranken sie ein Bier zusammen, sprachen sich in knappen Worten aus und schlugen sich im Anschluss auf die Schulter, als wäre nichts gewesen, aber ob Katharina und Vivien es auch auf eine solche

Weise handhaben würden, daran zweifelte er. Gerade als der Hauptkommissar über eine mögliche Gesprächsstrategie nachdenken wollte, sah er die beiden Frauen auf sich zukommen. Gespannt versuchte er ihren Mienen etwas zu entnehmen, doch beide blickten eher neutral in seine Richtung. Er wollte auch nichts hineininterpretieren – er würde es abwarten müssen. So trat er in die offene Tür zum Gemeinschaftsbüro und fragte, an beide gewandt: »Und, was hat euer Besuch in Häcklingen gebracht?«

»Nicht viel«, ergriff Katharina direkt das Wort. »Das, was da passiert ist, ähnelt unseren Vorfällen mit den Fröschen schon, aber ansonsten sehe ich da keine Verbindung. Wenn wir von einer Erpressung ausgehen, macht der Umstand, dass es zwei Läden der gleichen Kette betrifft, absolut Sinn. Ein italienisches Restaurant passt da so gar nicht ins Bild.«

»Stimmt, da denke ich eher an Schutzgelderpressung«, bestätigte Ben, »allerdings kann ich mich nicht entsinnen, wann wir das in Lüneburg zuletzt auf dem Tisch hatten. Ich glaube schon, dass es vorkommt, aber in der Regel bekommen wir davon nichts mit.«

»Hätten wir in diesem Fall ja auch nicht«, warf Vivien ein, »Mattheo, also der Besitzer des Restaurants, hat die Polizei nicht informiert.«

»Da hat sie recht«, unterstützte Katharina die Aussage der Kollegin. »Hätte Vivien uns nicht davon erzählt, weil sie eine Parallele zu der Frosch-Geschichte gesehen hat, wäre das komplett an uns vorbeigegangen.«

»Ist auch nicht gerade unser Ressort«, gab Ben zu bedenken. »Nach wie vor zweifle ich daran, dass wir überhaupt einen Fall haben. Oder zwei. Wie auch immer.«

»Hat denn dein Besuch bei der Witwe des Imkers etwas Neues ergeben?«, wollte Katharina wissen.

»Negativ«, antwortete Ben. »Sie hat mir eine ganze Liste an Namen von Leuten gegeben, die sie mehr oder weniger verdächtigt oder sagen wir lieber, die mit ihrem Mann im Clinch lagen.«

»Scheint ja ein angenehmer Zeitgenosse gewesen zu sein«, unkte Katharina. »Gibt es denn ein handfestes Motiv?«

»Das werden wir in den nächsten Tagen in Erfahrung bringen müssen«, erwiderte Ben und zog den Notizblock aus seiner Hosentasche, auf dem die Namen, die Evelyn Rosskamp ihm genannt hatte, aufgeschrieben waren. »Das macht aber erst dann Sinn, wenn Frauke mit ihren Untersuchungen komplett durch ist. Wenn sie eindeutig ausschließt, dass ein Fremdverschulden vorliegen könnte, stellen wir die Ermittlungen ein. Ob die Rosskamp nun eine Bekannte von Mausners Frau ist oder nicht.«

»Frauke hat mir vorhin eine Nachricht geschrieben, dass sie heute in der Gerichtsmedizin ist, weil auch ihr das keine Ruhe lässt«, erklärte Katharina. »Ich kann ja gleich mal rübergehen und nachfragen, wie weit sie ist.«

»Mach das«, stimmte Ben zu. »Falls sie noch nichts hat, gib mir kurz Bescheid, und dann kannst du ins Wochenende gehen. Ist ja eh nicht mehr viel davon übrig.«

»Und ihr?«, fragte Katharina sofort zurück, und Ben erkannte eine Spur von Misstrauen und Unsicherheit in ihrem Blick. Er stöhnte innerlich. Das war genau das, was er nicht brauchte. Es gab für Katharina keinerlei Grund zu glauben, dass er mit Vivien etwas an ihr vorbei abstimmte oder agierte. Genau so erschien es ihm aber, und das wiederum bedeutete, dass sogar die Vertrauensebene zwischen ihm und ihr gestört war. Die Tatsache, dass sie beide auch auf privater Ebene miteinander verbunden waren, machte die Sache nicht leichter, und zwar für alle Beteiligten.

»Wir halten es genauso, sobald wir wissen, dass Frauke noch keine neuen Ergebnisse hat«, gab Ben so neutral wie möglich zurück. »Vivien muss herausfinden, wie es um die Lebensversicherung von Rüdiger Rosskamp bestellt ist, aber da erreicht sie vor Montag niemanden. Und die Witwe wird uns die Police freiwillig nicht aushändigen, da bin ich sicher. Verdächtig ist sie nicht, wir haben also keine Handhabe.«

»Okay, ich beeile mich und gebe dir gleich Bescheid«, sagte Katharina und wirkte auf Ben nun etwas besänftigt. Nachdem sie die Tür des Gemeinschaftsbüros hinter sich geschlossen hatte, wandte er sich an Vivien: »Bis Katharina sich meldet, müssen wir zwei uns mal unterhalten. Setz dich, bitte.«

13.37 Uhr

Frauke Bostel und der Biologe Carlsen hatten die Köpfe über einem zugedeckten Leichnam auf einer Stahlliege zusammengesteckt, als Katharina die Gerichtsmedizin betrat. Sie hatte Frauke nicht benachrichtigt, dass sie vorbeikommen würde, und nun hatte sie das unangenehme Gefühl zu stören – nicht beruflich, sondern vielmehr privat. Ihre Kollegin Frauke war Single, und soweit Katharina es wusste, war sie es gern. Katharina wusste aber auch, dass Frauke nichts gegen lockere und dabei doch intensive Flirts hatte, solange der jeweilige Mann nicht zu besitzergreifend wurde. Das, was sich da vor Katharinas Nase gerade abspielte, sah verdammt danach aus. Frauke und Carlsen waren etwas auseinandergerutscht, als sie Katharina bemerkt hatten. Während Carlsen ihr nur kurz zur

Begrüßung zulächelte und dann sofort ihrem Blick auswich, machte sich auf Fraukes Mund ein Grinsen breit. Sie war zu selbstbewusst, als dass sie sich für irgendetwas genierte. Das gehörte zu den Dingen, die Katharina an der Gerichtsmedizinerin so mochte, und so grinste sie verstehend zurück. Das unangenehme Gefühl in ihr verflog so schnell, wie es gekommen war, und sie ging direkt zu dem Grund für ihren Besuch in der Gerichtsmedizin über: »Hi, ich wollte nicht stören, aber ich wüsste gern, ob du schon mehr zu unserem Toten sagen kannst.«

»Alles gut«, erwiderte Frauke, und auch Carlsen schien sich neben ihr wieder zu entspannen.

»Wir haben tatsächlich etwas entdeckt, das sehr merkwürdig ist, und die bisherige Theorie, dass die Bienenstiche kein Zufall sind, stützt«, fuhr die Gerichtsmedizinerin fort und stupste den Mann neben sich an: »Willst du?«

»Okay«, nickte Carlsen und wandte sich an Katharina, die inzwischen neben die beiden getreten war: »Also, ungefähr im August entwickelt sich so ein Bienenvolk zum Wintervolk zurück. Die Bienen sammeln fleißig Vorräte und machen ihren Stock winterfest. Dann verkitten sie zum Beispiel Ritzen mit Harz, damit es nicht zieht.«

»Ich denke nicht, dass es Katharina interessiert, was die fleißigen Bienchen so im Detail machen«, unterbrach Frauke den Biologen, woraufhin die Kommissarin sagte: »Doch, doch, das interessiert mich.« Sie sagte das nicht, um Carlsen für sich einzunehmen, sondern weil es stimmte. Sie hatte in ihrer Berufslaufbahn die Erfahrung gemacht, dass detailliertes Wissen, das im ersten Augenblick vielleicht überflüssig erschienen war, schon so einige Male die Ermittlungen in eine Richtung gelenkt hatte, auf die sie sonst nicht gekommen wäre.

»Na, dann lasst uns in mein Büro gehen und setzen«, sagte Frauke und fragte, während sie in die Richtung ihres Büros ging: »Kaffee?«

Carlsen und Katharina nickten, und so machte die Gerichtsmedizinerin sich daran, die Kaffeemaschine auf ihrer Fensterbank in Gang zu setzen. Katharina ließ sich auf einen Stuhl nieder, und Carlsen tat es ihr gleich.

»Also, wo waren wir stehen geblieben?«, fragte der Biologe, doch die Worte waren eher an ihn selbst gerichtet als an die beiden Frauen. In seinen Augen blitzte es dabei begeistert auf, die Kommissarin konnte förmlich sehen, dass er in seinem Element war. Auf den ersten Blick wirkte Carlsen absolut unscheinbar, doch in ihm schien eine Leidenschaft zu brodeln, die ihn abenteuerlustig wie einen kleinen Jungen vor einem großen Kletterbaum aussehen ließ.

»Ach ja, beim Winterfestmachen des Stocks«, beantwortete wie erwartet Carlsen seine eigene Frage. »Also, wie gesagt, fängt das Bienenvolk damit bereits im August an. Sozusagen zur guten Zeit, wenn noch keine Herbststürme wehen und sie das Angebot der Natur an Nektar, Pollen und Harz zum Kitten noch voll ausschöpfen können. Tja, und dann kommt der September. Für die Bienen bedeutet dieser Monat etwas mehr Ruhe. Die Vorräte werden nach und nach eingelagert, und auch die Bruttätigkeit der Königin nimmt ab. Ab Mitte September machen sie sozusagen den Stock zu und wollen nicht mehr gestört werden. Nur die Drohnen, die werden aus dem Stock noch vorher rausgeschmissen. Du weißt, welche Aufgaben Drohnen haben?«

Katharina nahm kurz wahr, dass Carlsen sie geduzt hatte. Ihr war das recht, und sie würde es ab jetzt auch so halten, trotzdem kam sie sich ein bisschen vor wie in der Schule. Schnell kramte sie in ihrem Kopf nach altem Wissen, dann sagte sie mit einem Anflug von Stolz: »Ja, klar, das sind sozusagen die Männer. Männliche Bienen, die, ähm, die die Bienenkönigin begatten. Sagt man bei Bienen auch begatten?«

»Ja, sagt man«, mischte sich Frauke ein, die Katharina und Carlsen je einen Becher Kaffee reichte und sich hinter ihren Schreibtisch setzte, wo ihr Becher bereits stand.

»Genau«, stimmte Carlsen zu und schenkte Frauke einen kurzen, aber doch auffallend liebevollen Blick. Dann fuhr er fort: »Deswegen braucht das Bienenvolk die Drohnen zu diesem Zeitpunkt auch nicht mehr. Die Fortpflanzung ist für das Bienenjahr abgeschlossen, und jeder Esser mehr ist eine Last für das Volk.«

»Die Natur ist manchmal grausam, findet ihr nicht?«, sinnierte Frauke, doch ohne darauf einzugehen, redete Carlsen weiter: »So ab Mitte September beginnt auch für den Imker, na, sagen wir mal, eine gemächliche Zeit. Dann wollen die Bienen wie gesagt ihre Ruhe, und die gibt ihnen ein guter Imker und lässt sein Volk sich auf den nahenden Winter einstimmen. Erst im Oktober wird der Imker wieder aktiv und sichert seinen Stock für die kalte Jahreszeit. Oder eben im November, wenn der Oktober wie zum Beispiel in diesem Jahr angenehme Temperaturen hatte. Warme Tage nutzen die Bienen nämlich gern für ihren Reinigungsflug.«

»Reinigungsflug?«, fragte Frauke verwundert nach.

»Na, nur weil sie klein sind, heißt es ja nicht, dass Bienen sich nicht putzen. Tatsächlich sind sie sogar sehr reinliche Tierchen«, informierte Carlsen die beiden Frauen. »Und beim Reinigungsflug entleeren die Bienen ihre Kotblase. Das würden sie niemals im Stock tun.«

Unwillkürlich musste Katharina schmunzeln. Sie wusste genau, dass Tobi eine solche Information nicht kommentarlos aufgenommen hätte, und konnte seine Worte förmlich hören: »Das heißt, es kann sein, dass mir so eine Biene einfach mal eben so auf den Kopf ka... macht?«, hätte er sicher so oder so ähnlich gesagt und dann eine angewiderte Miene gemacht.

»Kann es sein, dass bei Rosskamp irgendwas verkehrt gelaufen ist, als er den Stock winterfest gemacht hat?«, fragte die Kommissarin ernst, um die Unterhaltung ihrem eigentlichen Ziel näherzubringen. »Vielleicht sind seine Bienen sauer geworden. Du sagst doch, sie wollen in dieser Zeit ihre Ruhe, wenn sie nicht gerade ...«

»... herumfliegen, um sich zu entleeren«, ergänzte Frauke Katharinas Satz trocken.

»Möglich ist das«, antwortete der Biologe gedehnt auf Katharinas Frage, »aber ich glaube es nicht. Rosskamp war ein professioneller Imker. Das habt ihr mir erzählt, und ich hab mich außerdem über den Mann schlaugemacht. Er hätte seine Bienen ganz bestimmt nicht gereizt, dafür war er viel zu erfahren.«

»Hm«, machte die Kommissarin, »und was glaubst du dann?«

»Gleich«, vertröstete Carlsen sie und begann, weiter über das Bienenjahr zu sprechen: »Im Laufe des Herbstes wird die Bruttätigkeit komplett eingestellt, und das Bienenvolk, das sich ab dann von seinen angelegten Vorräten ernährt, sammelt sich zu einer sogenannten Wintertraube zusammen. Die Bienen rücken dabei alle dicht aneinander, und in ihrer Mitte befindet sich ihre Königin. Je kälter es wird, desto enger rücken sie zusammen, um sich gegenseitig zu wärmen. Und sie verhalten sich sehr ruhig. Schon um Energie zu sparen. Wenn es allerdings sehr kalt wird, so wie jetzt im November oder im Winter, erzeugen die Bienen außerdem Wärme durch Muskelzittern. Das ist ein wirklich ausgeklügeltes System. Natürlich verbrauchen sie dann mehr Energie und entsprechend mehr Vorräte, aber das passt meistens schon. So, und wie gesagt: In dieser Zeit, und die haben wir gerade, lässt der Imker seine Bienen absolut in Ruhe. Das Einzige, was er ab und zu macht, ist nachzuschauen und sicherzustellen, dass keine Eindringlinge in den Stock geraten. Das wird der Tote ebenfalls getan haben, als er angefallen wurde, und deswegen hatte er auch keine Imkerausrüstung an. Wozu auch?«

»Aber er muss irgendetwas getan haben, was dazu geführt hat, dass die Bienen ihn plötzlich als Feind gesehen haben«, wurde Katharina langsam ungeduldig.

»Nee, als Imker, und dazu noch erfahrener Imker, wusste er, wie er sich verhalten muss, um seine Tiere nicht aufzuschrecken«, gab Frauke zu bedenken, und Carlsen bestätigte die Gerichtsmedizinerin: »Ganz genau, zumal Bienen friedliebende Tiere sind, die nur reagieren und nicht von allein aus angreifen. Und jetzt komme ich zum Punkt: Ich glaube nicht, dass es die Bienen von Rosskamp waren, die auf ihn eingestochen haben.«

»Wie bitte? Rosskamp war übersät mit Bienenstichen, und ein paar davon haben zu seinem Tod geführt«, reagierte Katharina irritiert.

»Ja, das bestreite ich ja auch gar nicht«, sagte der Biologe, »aber ich denke, dass es nicht seine eigenen Bienen waren, die ihn angegriffen haben. Darum habe ich dir ja so genau davon erzählt, an welcher Stelle des Bienenjahres sich die Tiere gerade befinden. Sie befinden sich in der Winterruhe, und durch die Traube, die sie in ihrem Stock miteinander bilden, setzen sie sich in dieser Zeit auch nicht gegen Feinde zur Wehr. Ich möchte wetten, dass Rosskamps Bienen nach wie vor friedlich in ihrem Stock zusammenhocken.«

»Verstehe ich das richtig? Du meinst, Rosskamp wurde von fremden Bienen zu Tode gestochen?«, runzelte die Kommissarin ungläubig die Stirn. Sie musste das Gehörte erst einmal verarbeiten. Dann plötzlich glaubte sie verstanden zu haben, worauf der Biologe hinauswollte: »Jemand hat fremde Bienen zu Rosskamp geschafft. Ist es das, was du mir sagen willst? Bienen, die nicht gerade in ihrer Winterpause stecken? Und diese Bienen haben dann den Imker gestochen, was wiederum zu seinem Tod geführt hat? Jetzt stellt sich für uns die Frage, ob derjenige, der die Bienen zu Rosskamp gebracht hat, gewusst hat, dass sie ihn angreifen würden. Dann hätte derjenige tatsächlich Rosskamps Tod in Kauf genommen, wenn nicht sogar geplant, und es wäre zumindest vorsätzlicher …«

»… Mord«, sprach Frauke Katharinas Gedanken aus.

»Ja, dann wäre es Mord«, wiederholte Katharina die Worte der Gerichtsmedizinerin leise vor sich hin. Dann wandte sie sich an den Biologen und fragte sachlich: »Kann man das an den Stichen erkennen? Also, ob das andere Bienen als die aus Rosskamps Stock waren?«

»Ja, das kann man«, erklärte Carlsen. »Frauke und ich waren gerade dabei, als du gekommen bist. Wir haben ein paar Stacheln aus dem Leichnam entnommen und wollten sie gerade unter dem Mikroskop begutachten.«

»Habt ihr schon eine Vergleichsbiene von Rosskamp?«, fragte die Kommissarin nach.

»Nein, noch nicht«, sagte Frauke und blickte zu Carlsen, der nun sagte: »Ich würde mir gern einmal den Ort anschauen, wo dieser Rosskamp gestochen worden ist.«

»Natürlich«, stimmte Katharina zu. »Am besten lassen wir das über Ben laufen, der war gestern bei der Witwe und kann dich ankündigen. Und dann würde ich direkt die Spurensicherung hinschicken.«

»Nein, noch nicht, bitte. Ich möchte mir zuerst selbst ein Bild machen«, erklärte Carlsen.

Katharina nickte: »Ja, da hast du recht, warum die Pferde scheu machen, die Witwe ist unkooperativ genug. Und dadurch, dass die Spurensicherung nicht gleich vor Ort war, sind mögliche Spuren eventuell nicht mehr eindeutig. Pass aber bitte trotzdem auf.«

»Ich geh mit und gebe acht, dass Carlsen auch wirklich Überzieher über seine Turnschuhe stülpt. Nein, im Ernst, mich interessiert das, und ich würde gern bei der ›Feldarbeit‹ dabei sein«, meinte Frauke und lächelte Carlsen verschmitzt zu, während Katharina bereits ihr Handy aus der Tasche zog und Bens Nummer wählte.

»Ben, hier ist Katharina«, sagte die Kommissarin kurz danach, »bist du noch im Büro?«

Als Ben bejahte, schilderte sie ihm schnell, was sie eben von dem Biologen erfahren hatte, und bat ihn darum, Frau Rosskamp über den geplanten Besuch des Biologen zu informieren. Den Exkurs zur Bienenkunde ließ sie bleiben, das würde sie dem Hauptkommissar später erzählen, falls nötig. Ben fragte auch nicht weiter nach dem Warum ihrer Bitte. Er bestätigte ihr, dass er die Witwe informieren würde und sie sich dann alle vor deren Haus treffen sollten. Als Katharina auflegte, überlegte sie, ob Ben mit »alle« auch Vivien gemeint hatte, dann schob sie diese Frage aber wieder aus ihrem Kopf. Sie wollte keine schlechte Laune bekommen.

»Nur in die erste Liebe mischt sich keine Eigenliebe.«

(Emanuel Wertheimer)

4. KAPITEL:

13.23 Uhr

Vivien Rimkus saß im Schneidersitz auf ihrem Sofa, den Laptop auf dem Schoß. Über zwei Stunden hatte sie bereits versucht zu recherchieren, wie die Frösche in die Biomärkte gelangt sein konnten. Und was noch viel kniffliger war: Wie war derjenige an die Frösche gekommen? Bis gestern war noch kein Bekenner- oder gar Erpresserschreiben bei den Biomärkten eingegangen, sodass die Ermittler inzwischen davon ausgingen, dass kein Erpressungsversuch vorlag. Aber was dann? Als Vivien mit den Froschvorfällen nicht weitergekommen war, hatte sie versucht, mehr zu den Fliegen herauszufinden, die in Häcklingen das Restaurant nahezu lahmgelegt hatten. Auch das war zu ihrem Ärger bisher wenig befriedigend. Es waren im Gegensatz zu den Fröschen vollkommen normale Fliegen gewesen, wie der Restaurantbesitzer Katharina und ihr gestern auf Nachfrage versichert hatte. Vivien wusste inzwischen, dass solche Fliegenlarven in Geschäften für Heimtierbedarf oder Zoohandlungen als Lebendfutter oder Köder für Angler angeboten wurden, und natürlich gab es im Onlinehandel unendlich viele Bezugsquellen. Herauszubekommen, woher genau die Exemplare stammten, die dem Wirt

Mattheo das Leben schwergemacht hatten, war geradezu illusorisch. An einem anderen Tag wäre Vivien trotzdem direkt in die Läden gefahren und hätte zumindest versucht, dort etwas mehr zu erfahren, doch am Sonntag konnte sie nicht einmal das in Angriff nehmen. Frustriert schob sie den Laptop von ihrem Schoß aufs Sofa und lehnte sich zurück. Sonntage waren so oder so nicht ihr Ding. Das waren die Tage, an denen sie sich einsam fühlte. Ihre Wohnung verstärkte das Gefühl noch. Zum wiederholten Mal fragte sich die junge Kommissarin, was sie geritten hatte, als sie von ihrer kleinen Dachgeschosswohnung in Lüneburgs Altstadt nach Häcklingen gezogen war. Natürlich, aus der alten Wohnung hatte sie ausziehen müssen. Sie hatte nur einen befristeten Mietvertrag erhalten, als sie vor knapp drei Jahren nach Lüneburg gekommen war, und aufgrund von Sanierungsmaßnahmen hatte sie ihn auch nicht verlängern können. Spätestens zum 1. Januar 2018 hätte sie die Wohnung räumen müssen, und auf den letzten Drücker hatte sie das nicht erledigen wollen, schon gar nicht zum Jahreswechsel. Darum war sie froh gewesen, dass sie nahezu beim ersten Durchstöbern des Marktes die Wohnung in Häcklingen im Internet in einer Immobilienbörse entdeckt hatte, und sie war zudem ein echtes Schnäppchen gewesen. Da sie regelmäßig joggen ging, hatte sie der Wald gereizt, der Häcklingen von Lüneburgs Stadtteil Bockelsberg trennte, doch mehr Vorteile sah sie persönlich nicht für sich. Obwohl ihre neue Adresse nur knapp fünf Kilometer entfernt von ihrer alten lag, tickten hier die Uhren langsamer, und es war in der Regel ruhig. Verdammt ruhig. So still, dass sie manchmal das Rauschen in ihren Ohren hörte. Dann musste sie erst einmal die Musik in ihren vier Wänden laut stellen, was ihren Nachbarn allerdings nicht gefiel. Vivien war definitiv noch nicht angekommen, und sie bezweifelte, dass sie das jemals tun würde. Obwohl sie schon seit zwei Monaten hier wohnte, standen überall noch unausgepackte Kartons herum, weil sie keine Lust hatte, sich einzurichten. Entsprechend unordentlich und ungemütlich fühlte sie sich in der Zwei-Zimmer-Wohnung. Sie hatte gerade keine gute Phase erwischt: Ein Zuhause, in dem sie nicht sein wollte, und nun noch der Ärger im Job. Hatte sie auch da – genauso wie mit der Wohnung – mal wieder zu schnell und unüberlegt gehandelt, als sie das Angebot von Mausner angenommen hatte? Natürlich war es ihr eigener Wunsch gewesen, in die Mordkommission zu wechseln, doch unter normalen Bedingungen. Im Prinzip hatte sie sich wieder einmal ein schönes Eigentor geschossen. Ihr Einstieg war mehr als schiefgelaufen, und obendrein war ihre neue Position so wackelig wie nichts anderes. Würde Tobias zurückkommen und seine Arbeit aufnehmen können, müsste sie sich erneut in einer anderen Abteilung oder möglicherweise sogar einer anderen Dienststelle behaupten, und das, obwohl ihr beides im Dezernat für Sexualdelikte gerade gelungen war. Wie dämlich konnte man eigentlich sein? Genervt stand die Kommissarin auf, holte sich aus der Küche ein Glas Wein und setzte sich damit auf die Fensterbank. Der Himmel war genauso grau und trist wie ihre Stimmung. In der vergangenen Nacht hatte sie schlecht geschlafen, das unangenehme Zusammentreffen mit Katharina im Büro hatte sie zu sehr beschäftigt. Auch das Gespräch mit Ben kam ihr immer wieder in den Kopf. Nachdem Katharina gestern zu Frauke in die Gerichtsmedizin aufgebrochen war, hatte er ihr klargemacht, dass sie sich an gewisse Regeln zu halten habe. So wie sie es von Ben gewohnt war, war er sehr ruhig und freundlich geblieben, doch die Botschaft war eindeutig gewesen: Diplomatie war gefragt. Vor allem im Umgang mit Katharina, und auch ganz allgemein in Bezug auf die Arbeit. Nicht gerade eine ihrer größten Stärken, das wusste Vivien. Im Nachhinein musste sie zugeben, dass es alles andere als klug und schon gar nicht diplomatisch gewesen war, gestern allein und ohne vorherige Absprache ins Büro zu fahren. Sie hätte damit rechnen müssen, dass Katharina oder Ben dort auftauchten. Schließlich wusste sie, dass gerade dieses Team nicht auf die Uhren oder Wochentage schaute, wenn es an einem Fall dran war, doch selbst dieses Aufeinandertreffen wäre nicht so schlimm gewesen, hätte Katharina gewusst, dass Vivien zum Team gehörte. Und genau das war der größte Fehler gewesen, den sie gestern hatte machen können: Sie hatte nicht sicher gewusst, ob bereits alle betroffenen Personen informiert worden waren. Sie hätte sich zuvor schlaumachen müssen. Sie hätte dafür Ben anrufen können, und schon wäre alles nur halb so dramatisch gewesen. Vivien massierte sich die Schläfen. Sie musste dringend an sich arbeiten und überlegter handeln, sonst käme sie irgendwann in Teufelsküche. Gestern war es nur hart für ihr Ego gewesen, denn bislang hatte Vivien angenommen, dass Katharina und sie sich einigermaßen gut verstanden. Sie waren keine dicken Freundinnen, aber die Kollegin war immer freundlich und fair zu ihr gewesen.

Die kalte und barsche Reaktion von Katharina gestern hatte sie ziemlich getroffen und verwundert. Offenbar hatte sie unterschätzt, wie nah sich die Kollegen in der Mordkommission standen. Vivien selbst fiel es schwer, persönliche Bindungen aufzubauen. Schon als Kind war sie in ihrer Art eher kühl und distanziert gewesen, und nachdem sie als Teenager brutal überfallen und vergewaltigt worden war, hatte sie sich noch mehr verschlossen. Die Isolation, in der sie lebte, war insofern durchaus selbst gewählt, und im Allgemeinen kam sie damit sehr gut zurecht. Sie vergaß dabei nur oft, dass andere Menschen offenherziger waren und sie die Ausnahme darstellte. Den Freak … Vivien verzog selbstironisch das Gesicht. In gewisser Weise war sie wirklich ein Freak. Mit den optischen Makeln hatte sie inzwischen zu leben gelernt, die Narben auf der Haut ließen sich verdecken. Doch die Narben auf der Seele hatten vielleicht doch größere Spuren hinterlassen, als sie vor sich selbst bisher hatte zugeben wollen. Immer häufiger spürte Vivien in letzter Zeit eine Art Sehnsucht nach einer festen Bindung in ihrem Leben, die sie sich bisher selbst verwehrt hatte. Das erste Mal war es ihr aufgefallen, als sie etwa vor drei Jahren – nicht ahnend, dass es sich um den Freund von Katharina handelte – mit Benedict Rehder geflirtet hatte. Auch so eine Geschichte, die die künftig enge Zusammenarbeit mit Katharina möglicherweise erschweren könnte. Eigentlich hatte Vivien mit Bene ihr übliches Spiel spielen wollen: Anmachen, heiß machen, abservieren – es gab ihr das Gefühl, Macht über Männer ausüben zu können. Doch bei diesem Mann hatte das nicht funktioniert. Er hatte eine Seite in ihr angesprochen, die sie zuvor nicht an sich gekannt oder, wie sie heute manchmal dachte, unterdrückt hatte. Dann hatte sie erfahren, dass Bene nicht nur der Zwillingsbruder des Hauptkommissars der Mordkommission war, sondern obendrein mit Katharina liiert. Der Kollegin, die Vivien auf Anhieb bewundert und respektiert hatte und die ihre erste Bezugsperson in Lüneburg gewesen war. Anstatt dann sofort einen Rückzieher zu machen, hatte sie Bene trotzdem gedrängt, sie noch einmal zu treffen. Als sie mehr daraus machen wollte, hatte sie eine klare

Abfuhr von ihm kassiert. Seitdem ging sie Bene möglichst aus dem Weg. Das war nicht allzu schwer. In der Hotelbar, in der er arbeitete, verkehrte sie nicht oft, das war ihr dort ohnehin etwas zu spießig. Vivien dachte nicht gern an die Geschichte zurück. Sie empfand sie ein Stück weit als entwürdigend, obwohl sie selbst schuld gewesen war und Bene sich mehr als fair verhalten hatte. Katharina war damals aus Viviens Sicht extrem cool mit der Situation umgegangen, aber vergessen hatte sie sie sicher nicht. Vielleicht war auch das ein Grund dafür, dass die Ältere gestern dermaßen heftig reagiert hatte. Vivien atmete tief durch. Sie wusste es nicht. Was sie aber wusste, war, dass das alles nicht unbedingt die besten Voraussetzungen für eine gute Partnerschaft in einem Job wie ihrem waren.

Entschlossen stand sie vom Fensterbrett auf und sah auf die Uhr. Vivien war genervt. Genervt von sich selbst, von den Regeln des Lebens, die sie nicht immer verstand, und von ihrer Aussicht auf eine ungewisse Zukunft. Und sie hatte wenig Lust, gleich ins Kommissariat zur Teambesprechung zu fahren, die ihr Chef kurzfristig anberaumt hatte. Sie hoffte, dass das Treffen zumindest nicht allzu lange dauern würde. Und plötzlich wusste sie auch, wie sie dem Tag zum Abschluss vielleicht doch noch etwas Gutes würde abgewinnen können: Sie würde den Abend im Restaurant von Mattheo verbringen. Er hatte bei ihren bisherigen Besuchen klar gezeigt, dass sie ihn interessierte, er war also das perfekte Opfer, um sich mal wieder selbst zu beweisen. Vivien brauchte einen Schuss Adrenalin und Selbstwertgefühl, um ihrem Job gewachsen zu sein. Mattheo würde ihr zumindest kurzfristig dazu verhelfen.

Hauptkommissar Benjamin Rehder hatte die Teambesprechung bewusst auf den frühen Nachmittag gelegt. Fast hätte er sie sogar erst für morgen früh angesetzt, doch da er sich unschlüssig war, mit was oder wem sie es in diesem merkwürdigen Fall oder Fällen zu tun hatten, wollte er das Risiko eines weiteren Anschlags minimieren, indem er die Ermittlungen vorantrieb. So hatte er sich und seinen Mitarbeiterinnen einen entspannten Sonntagmorgen und -vormittag gegönnt, und jetzt würden sie nach der Besprechung einmal sehen, wie der Tag zu Ende gehen würde.

Als Katharina ihn gestern angerufen hatte, war er gerade dabei gewesen, seinen Mantel überzuziehen und das Kommissariat zu verlassen. Nach dem Telefonat mit ihr hatte Ben umgehend bei Frau Rosskamp angerufen, um sich und die anderen anzumelden. Die Frau hatte etwas barsch reagiert und ihm mitgeteilt, dass sie gerade die Familie bei sich hätte und der Besuch der Ermittler etwas unpassend sei. Als er sie jedoch darauf hingewiesen hatte, dass sie eventuell neue Erkenntnisse zum Tod ihres Mannes hätten, diese aber noch überprüfen müssten, hatte sie sofort zugestimmt.

Im Nachhinein musste Ben sich eingestehen, dass sein Anruf ausgereicht hätte und er wie Katharina gar nicht erst hätte mitkommen brauchen: Die Witwe war dermaßen froh gewesen, als er ihr Carlsen und Frauke Bostel vorgestellt hatte, dass er bereits nach zehn Minuten gefahren war. Frau Rosskamp hatte sich endlich verstanden gefühlt und war überaus zugänglich gewesen. Als sie ihn an der Tür verabschiedet hatte, hatte sie ihm zugelächelt und gesagt: »Danke, dass Sie mir glauben, dass es Mord war.«

Ben hatte auf der Zunge gelegen, dass sie das nach wie vor noch überprüften, hatte die Worte jedoch heruntergeschluckt. Stattdessen hatte er zurückgelächelt und war mit einem Gruß gegangen. Er hatte seinen Grund dafür gehabt: Es war seiner Meinung nach noch nicht an der Zeit gewesen, Frau Rosskamp in die Ermittlungen einzuweihen. Er konnte die Witwe nach wie vor nicht recht einschätzen, auf jeden Fall wirkte sie nicht ganz ehrlich auf ihn. So hatte das Lächeln bei der Verabschiedung auch eher erleichtert als dankbar auf ihn gewirkt. Und wenn sich herausstellen sollte, dass ihr Mann tatsächlich durch einen geplanten Anschlag gestorben war, würde sie unter Umständen zum Kreis der Verdächtigen zählen. Auch jetzt grübelte er wieder darüber nach, warum es der Witwe so wichtig war, dass ihr Mann nicht eines natürlichen Todes gestorben war. Beruhte es tatsächlich auf dem durchaus verständlichen Gefühl, es »einfach wissen zu wollen«, wie die Witwe es bei Bens erstem Besuch betont hatte? Oder lag es doch an der Versicherung? Ben war gespannt, was Viviens Nachforschungen dahingehend nach dem Wochenende erbringen würden.

Der Hauptkommissar schaute auf, als sich die Tür zum Gemeinschaftsbüro öffnete und nacheinander Katharina, Vivien, Frauke und Carlsen eintraten und zu ihm an den Besprechungstisch kamen. Die vier setzten sich zu ihm, und nach einer kurzen Begrüßung des Hauptkommissars begann Carlsen zu berichten: »Wir wissen, dass Herr Rosskamp von Apis mellifera scutellata-Exemplaren gestochen worden ist.«

Der Biologe machte eine Pause, und gerade, als Ben fragen wollte, was diese Apis sonstwas für eine Bienensorte war – denn dass Carlsen von Bienen sprach, konnte Ben sich denken – und ob die Bienen von Rosskamp einer anderen Gattung angehörten, fuhr der Mann fort: »Das ist eine Killerbiene, und es tut mir leid, dass ich nicht früher darauf gekommen bin. Die Bienen des Imkers sind friedliche Honigbienen, die – auch wenn sie nicht gerade in der Winterpause sind – kaum aggressiv sind. Das kann man von den Killerbienen leider nicht behaupten, aber das habt ihr euch aufgrund der Bezeichnung sicher gedacht. Es handelt sich dabei um eine Unterart unserer westlichen Honigbiene, die jedoch nicht hier bei uns vorkommt, sondern in der afrikanischen Savanne.«

»Das ist doch wohl nicht wahr!«, entfuhr es Katharina, die abrupt aufstand, sich einen Schreiber von Bens Schreibtisch schnappte und an die Glaswand trat. Dort schrieb sie unter ›Bienen‹ den Hinweis ›afrik. Savanne‹. Dann zog sie einen Pfeil zu den Fröschen und schrieb unter diese ›Brasilien‹.

Auffordernd sah sie in die Runde: »So, und auch wenn die Fliegen aus dem italienischen Restaurant nur ganz primitive deutsche Stubenfliegen sind, haben wir meines Erachtens bereits ein Schema, und ich würde sagen, unsere Fälle gehören definitiv zusammen.«

»Was für Fliegen?«, fragte die Gerichtsmedizinerin.

Ben sah zu Vivien und nickte ihr auffordernd zu. Sie wirkte blass, soweit er das unter ihrem wie üblich dick aufgetragenen Make-up erkennen konnte. Etwas zögerlich wandte sie sich an Frauke und erklärte in knappen Worten, was es mit den angesprochenen Fliegen auf sich hatte. Die Gerichtsmedizinerin überlegte kurz und fragte dann in die Runde: »Seid ihr da absolut sicher, dass es sich um einheimische Fliegen handelt, oder sollen wir, besser gesagt, soll Carlsen sich die mal ansehen?« Sie blickte von Katharina zu Ben und schließlich zu dem Biologen, der bestätigte: »Klar, kann ich gern machen, sicher ist sicher.«

Katharina erwiderte etwas zerknirscht: »Ich fürchte, das wird nicht gehen. Der Inhaber des Restaurants hat den Vorfall nicht zur Anzeige gebracht und inzwischen seinen Laden längst gereinigt und wieder geöffnet. Ich denke nicht, dass es da noch etwas gibt, was man untersuchen könnte.«

»War das Gesundheitsamt denn nicht vor Ort?«, hakte Frauke Bostel nach.

»Soweit wir wissen nicht. Wie gesagt, uns war dieser Vorfall ja gar nicht bekannt, und somit vermutlich auch dem Amt nicht. Der Wirt hat seinen Laden aus eigenem Antrieb für einige Tage geschlossen. Ohne Vivien wüssten wir gar nichts davon«, informierte Katharina und Ben registrierte ihre faire Offenheit ebenso wie die Tatsache, dass sie der jungen Kollegin dabei keine weitere Aufmerksamkeit schenkte. Diese wiederum fügte hinzu: »Ich ... ich wollte eventuell nachher da vorbeifahren. Also, ähm, um mir eine Pizza zu holen. Wenn es hilft, frage ich Mattheo, also den Inhaber, danach.«

Ben wunderte sich über Viviens offensichtliche Unsicherheit, ging aber nicht weiter darauf ein, sondern stimmte ihr lediglich zu: »Schaden kann das nicht, vielleicht haben wir ja Glück. Große Hoffnung habe ich allerdings nicht, er wird wohl weder die Dosen, in denen die Larven gereift sind, aufgehoben haben noch die toten Fliegen. Und wenn irgendwo eine rumschwirrt, ist die vermutlich von heute und nicht von damals. Die leben doch gar nicht so lange, nicht wahr, Carlsen?«

»Na ja, das schwankt stark und ist unter anderem von der Umgebungstemperatur und dem Nahrungsangebot abhängig. Die Lebensdauer einer Fliege beträgt so im Schnitt sechs bis 40 Tage, und ich nehme an im Fall des Restaurants eher 40 Tage, denn dort ist es im Allgemeinen wohltemperiert, und bei aller Reinlichkeit ist auch ein gutes Nahrungsangebot vorhanden«, erklärte der Biologe und fragte: »Wann war denn das mit den Fliegen dort?«

»Puh«, machte Vivien und blähte kurz ihre Wangen auf: »Ich denke so vor knapp eineinhalb Monaten.«

»Na, dann könnten wir bei ganz viel Glück vielleicht doch noch eine altersschwache Fliege finden, die aus einem der Kartons geschlüpft ist. Wenn nicht, ist es aber auch gut möglich, dass die eine oder andere Fliege Eier gelegt hat und schon die zweite Generation, wenn nicht sogar die dritte dort herumschwirrt. Ich hätte heute nichts gegen eine Pizza und würde nachher mitkommen, wenn es recht ist«, sagte Carlsen daraufhin, und Ben nickte bestätigend: »Gut, dann fahrt ihr beiden da heute vorbei.«

Danach richtete er sich an die gesamte Runde: »Ich sehe das ähnlich wie Katharina, eine Verbindung scheint es zwischen den Vorfällen zu geben. Aber ich frage mich, was dahinterstecken könnte. Wir haben eine Kette mit Bioläden, einen einzelnen Gastronomiebetrieb und einen Imker – für mich zeigt sich allein bei den Opfern nicht der geringste Zusammenhang. Hat irgendwer eine Idee?«

Einhelliges Kopfschütteln blieb die einzige Rückmeldung, bis Carlsen das Wort ergriff: »Also, ich bin ja vermutlich gar nicht gefragt, ich bin ja kein Ermittler …«

»Momentan gehören Sie durchaus in gewisser Form zu diesem Team«, erwiderte Ben. »Ich bin sehr dankbar für Ihre Unterstützung, vor allem im Fall des Imkers. Also immer raus mit der Sprache.«

»Nun ja, kann es sein, dass irgendwelche schrägen Tier- oder Umweltschützer dahinterstecken? Die kommen oft auf die absurdesten Ideen, um Aufmerksamkeit zu erregen. Gibt es vielleicht eine Verbindung? Also, ich meine, vielleicht haben alle Opfer aus deren Sicht sich in irgendeiner Form schuldig gemacht …«

Ben dachte kurz über diesen Ansatz nach: »Ich gebe Ihnen recht, die Anfeindungen von Tierschützern sind oft radikal und die Mittel nicht immer sauber. Aber würden gerade Tierschützer seltene Tiere einsetzen, um Menschen zu schädigen?«

»Schwer zu sagen«, gab Carlsen zu. »Wie gesagt, die handeln nicht immer logisch. Wenn es ihnen um das große Ganze geht, gibt es bei den radikalen Gruppen sicher auch Ansätze, einzelne Tiere zu opfern, um jemandem zu schaden, auf den sie es abgesehen haben.«

»Und zumindest können wir wohl davon ausgehen, dass solche Leute sich mit Tieren gut auskennen«, pflichtete Katharina ihm bei. »Wir sind uns doch wohl schließlich nach wie vor einig, dass es nicht so einfach sein dürfte, an derart exotische Tiere wie die Giftfrösche und diese Killerbienen heranzukommen.«

»Haben wir eigentlich die Tierparks und Zoos mal abgefragt?«, fiel Ben plötzlich ein. »Möglicherweise sind dort zumindest die Frösche irgendwo entwendet worden.«

Katharina schüttelte den Kopf. »Nein, bisher nicht, aber klar, das sollten wir dringend machen.«

»Ich kann Ihnen gern eine Liste geben, wenn Ihnen das hilft. Ich stehe mit vielen Zoologischen Gärten in Verbindung«, bot der Biologe an.

»Das wäre großartig«, bedankte sich Ben, »und zumindest eine Zeitersparnis. Schaffen Sie das zu morgen früh?«

Carlsen nickte: »Kein Problem, ich schicke Ihnen die Kontaktdaten heute Abend noch rüber.«

»Gut«, fasste Ben mit einem Blick auf die Uhr zusammen. »Da wir weder die Tierparks noch die Versicherung heute erreichen, denke ich, war es das fürs Erste.« An Katharina und Vivien gerichtet, setzte er hinzu: »Seid bitte beide morgen spätestens um neun hier. Das sind die einzigen Ansätze, die wir bisher überhaupt haben, und ich möchte, dass ihr euch gleich morgen früh darum kümmert.«

16.07 Uhr

Katharina betrat den Hausflur und überlegte, kurz bei Julie vorbeizuschauen, als sie glaubte, das Telefon in ihrer Wohnung klingeln zu hören. Eilig hastete sie die Treppenstufen hinauf, schloss die Tür auf und griff nach dem Hörer in der Ladestation.

»Katharina von Hagemann?«, rief sie leicht abgehetzt, ohne vorher einen Blick auf das Display geworfen zu haben.

»Hallo, Katharina, hier ist Markus.«

Die Kommissarin brauchte einen Moment, um zu realisieren, dass es sich am anderen Ende der Leitung um ihren Halbbruder handelte.

»Oh hallo«, gab sie knapp zurück. Noch immer hatte sie sich nicht an den Gedanken gewöhnt, dass ihr Vater einen unehelichen Sohn gezeugt hatte, der einige Jahre jünger war als sie und von dessen Existenz sie erst vor nicht allzu langer Zeit erfahren hatte. Die aus dieser Eröffnung ihres Vaters hervorgegangene Trennung ihrer Eltern war inzwischen zweieinhalb Jahre her. Markus Wiechmann, so hieß ihr Halbbruder, hatte sie seither häufiger angerufen, als ihr lieb war. Ohne genau zu wissen warum, sträubte sie sich dagegen, ihn näher kennenzulernen. In letzter Zeit beschlich sie deswegen jedoch häufiger die Spur eines schlechten

Gewissens. Schließlich konnte Markus für die verkorksten Familienverhältnisse der von Hagemanns genauso wenig wie sie, und vermutlich hatte er das schlechtere Los gezogen. Obwohl ...

»Katharina, bist du noch da?« Markus' Worte holten Katharina aus ihren Gedanken zurück.

»Ja, klar. Ich bin nur ... ich bin gerade in der Tür.«

»Soll ich später noch mal anrufen?«

»Nein, da bin ich wieder unterwegs«, gab die Kommissarin zu, auch wenn es die einfachste Art gewesen wäre, das Telefonat zu umgehen. Sie wusste nie, worüber sie mit diesem Mann reden sollte, der zwar ihr Bruder war, ihr aber gleichzeitig völlig fremd. Allerdings war ihr bewusst, dass sie ihn nicht ewig abwimmeln konnte. Da sie Bene versprochen hatte, heute mit ihm zu essen und bei ihm die Nacht zu verbringen, würde sie es jetzt hinter sich bringen.

»Gib mir fünf Sekunden«, bat sie, legte den Hörer zur Seite, zog ihre Jacke aus und ging dann mit dem Telefon ins Wohnzimmer, wo sie sich auf das gemütliche Sofa setzte.

»So, ich bin da«, sprach sie in den Hörer.

»Tut mir leid, ich wollte dich nicht stressen«, sagte Markus, und es klang tatsächlich so, als täte es ihm leid. Er war stets sehr höflich und freundlich, ein weiterer Punkt, der Katharinas schlechtes Gewissen nährte, denn sie selbst hatte sich bisher immer sehr verschlossen und kühl gegeben.

»Kein Problem«, erwiderte sie daher. »Ich war nur gerade noch auf dem Kommissariat, und in einer halben Stunde muss ich wieder weg.«

»Oh je, du bist sogar am Sonntag im Dienst?«

»Nun, wie ich meinen Vater kenne, wirst du dich darauf auch vorbereiten können, wenn du seine Kanzlei übernimmst. Feierabend oder Wochenenden gibt es für ihn nicht, der Beruf geht immer vor. Also, ich meine natürlich unseren Vater ...« Katharina geriet ins Stocken. Der Ausdruck ›unser Vater‹ kam ihr nach wie vor nur schwer über die Lippen, doch Henning von Hagemann war nun einmal genau das.

»Ich weiß«, lachte Markus jedoch entspannt in den Hörer, ohne auf ihre letzten Worte einzugehen. »Das war so ziemlich das Erste, was er mir mit auf den Weg gegeben hat.«

Katharina schluckte. Bei allem Verständnis hatte sie definitiv keine Lust, diese alten Geschichten und das geheime Doppelleben ihres Vaters am Telefon zu bereden.

»Was kann ich für dich tun?«, fragte sie knapp, um dem Gespräch eine andere Richtung zu geben.

»Nun, du könntest mir sagen, dass du am kommenden Dienstagabend Zeit hast.«

»Wofür?«, fragte Katharina, um einer konkreten Aussage aus dem Weg zu gehen.

Es dauerte einen kurzen Moment, bevor Markus antwortete, und sein Ton wurde dabei nachdenklich und ernst. »Katharina, es wäre mir wirklich wichtig, dich endlich persönlich kennenzulernen«, gab er direkt zu. »Mir ist aber sehr wohl aufgefallen, dass dieser Wunsch eher einseitig ist. Jetzt würde ich gern den Zufall zur Hilfe nehmen, damit es vielleicht auf diese Art für uns beide etwas lockerer ist.«

Nun war Katharina gespannt: »Das heißt was genau?«

»Na ja, ich hab vorhin in der Zeitung gelesen, dass nächste Woche im Lüneburger Kloster eine Ausstellung stattfindet. Mich würde die Ausstellung interessieren, und das Kloster Lüne kenne ich auch noch nicht. Darum dachte ich, wir könnten uns dort treffen und gemeinsam durch die Ausstellung schlendern. Und wenn wir danach das Gefühl haben, dass wir uns doch das ein oder andere zu erzählen haben, könnten wir nebenan beim Griechen etwas essen gehen.«

Nun musste Katharina lächeln. Ob sie wollte oder nicht, seine geradlinige Art gefiel ihr. Und die Idee, sich in einem solchen Rahmen das erste Mal zu begegnen, war nicht die schlechteste. Es gab ihnen die Möglichkeit, sich zu beschnuppern, und ein unverfängliches Gesprächsthema würde die Ausstellung ebenfalls bieten, worum es da auch immer ging. Sie fasste sich ein Herz: »Okay, wann?«

Die Überraschung in den Worten ihres Halbbruders war nicht zu überhören: »Ernsthaft? Du sagst zu? Das freut mich total, danke, Katharina.«

»Du musst dich dafür nicht bedanken«, gab Katharina ehrlich zurück und fuhr fort: »Du hast ja recht. Ein solches Treffen ist sicher angenehmer, als wenn wir uns irgendwann auf dem Geburtstag unseres Vaters begegnen. Ich könnte aber nicht vor 17 Uhr.«

»Kein Problem, früher komme ich auch nicht weg. Soll ich dich abholen?«, erwiderte Markus, und Katharina konnte die anhaltende Freude in seiner Stimme hören.

»Nein«, widersprach sie eilig, denn das wäre ihr für das erste Mal doch zu nah. »Ich komme direkt vom Dienst. Sagen wir um 17 Uhr am Parkplatz vom Kloster Lüne?«

»Gern, ich werde pünktlich sein«, sagte Markus. »Dann hab noch einen schönen Abend – ich freue mich wirklich!«

Bevor Katharina noch etwas antworten konnte, hatte er aufgelegt. Gerade, als sie das Telefon neben sich aufs Sofa gelegt hatte, klingelte es erneut. Diesmal warf sie zuerst einen Blick auf das Display, auf dem sie Benes Namen las.

»Hey«, sagte sie fröhlich, nachdem sie das Gespräch angenommen hatte.

»Hey, schöne Frau. Ich wollte nur mal sehen, ob du schon zu Hause bist.«

»Bin ich«, lachte Katharina. »Aber nicht mehr lange. Ich wollte mich in diesem Moment frischmachen und dann zu dir kommen.«

»Dann will ich dich überhaupt nicht aufhalten, umso schneller bist du hier – ich freu mich auf dich!«

Auch dieses Gespräch endete, ohne dass Katharina etwas hinzufügen konnte, und sie musste angesichts der Parallele lächeln. Zwei Männer hintereinander, die ihr sagten, dass sie sich auf sie freuten – was wollte sie an einem Sonntagabend mehr? Gut gelaunt ging sie ins Bad, packte ein paar Sachen zusammen und machte sich zu Fuß auf den Weg zu Benes Wohnung.

16.37 Uhr

Gespannt blickte Leonie sich um, doch nirgendwo konnte sie die Person entdecken, auf die sie sich gefreut hatte. Ein wenig enttäuscht schob sie den Buggy vor sich her, in dem die kleine Emma munter vor sich hin brabbelte. Emma war drei Jahre alt, und Leonie passte seit rund vier Monaten regelmäßig auf sie auf. Emmas Mutter lebte seit Kurzem von ihrem Mann getrennt und war seitdem wieder Vollzeit berufstätig. Sie war über ein paar Ecken mit Leonies Mutter bekannt und hatte dringend nach einem Babysitter gesucht, der spontan einspringen konnte und zuverlässig war. Leonie hatte zugesagt – die Aufbesserung ihres Taschengelds war verlockend gewesen. Sie gab in der letzten Zeit einiges an Geld für Kleidung und Kosmetik aus, und da war ihr die Anfrage gerade recht gekommen. Außerdem mochte sie kleine Kinder im Allgemeinen und Emma ganz besonders. Das Mädchen war entzückend und zumindest bisher nur selten anstrengend oder quengelig. Meistens waren es ein, zwei Stunden am Abend oder mal ein Nachmittag am Wochenende, an denen Alexandra Sprengel, Emmas Mutter, Leonies Hilfe beanspruchte. Darüber hinaus hatten sie am Mittwochnachmittag einen festen Termin vereinbart, denn da hatte Alexandra frei. Sie arbeitete als Arzthelferin in einer Praxis, die mittwochs ab 12 Uhr für den Tag schloss, und Alexandra nutzte diese Zeit, um zum Sport zu gehen. Heute war der Anruf tatsächlich sehr spontan gewesen, er hatte Leonie noch im Bus auf der Rückfahrt aus Plön erreicht. Sie hatte sich ein bisschen überrumpeln lassen und vorschnell zugesagt. Erst danach war ihr eingefallen, dass ihre Mutter nicht gerade begeistert sein würde, wenn sie nur kurz ihre Sachen zu Hause ablieferte und dann wieder aus der Tür verschwand. Doch es war Leonie unangenehm gewesen, im Nachhinein wieder abzusagen. Außerdem hatte Alexandra Sprengel ihr einen Zehner extra versprochen, weil ihre Bitte dermaßen kurzfristig gekommen war. So war Leonie gegen 14 Uhr zu Hause reingeschneit, hatte im Eiltempo das Wichtigste erzählt und war dann wieder losgedüst. Ihre Mutter war in der Tat nicht sonderlich erfreut gewesen, hatte aber lediglich darauf gedrängt, dass Leonie am Montagabend zu Hause sein sollte, was Leonie ihr gern versprochen hatte.

Als sie im Bus mit Alexandra Sprengel telefoniert hatte, war es Claas gewesen, der sie überrascht hatte. Er hatte hinter ihr gesessen und einiges mitbekommen, während Laura und Julian auf den Nebenplätzen miteinander herumgealbert hatten. Nachdem Leonie das Gespräch beendet hatte, hatte Claas sich zu ihr nach vorn gebeugt und ihr von hinten zugeflüstert: »Schade, ich wollte dich eigentlich fragen, ob du nachher noch Zeit hast, aber da bin ich wohl zu spät dran.«

Zum wiederholten Mal an diesem Wochenende hatte sich daraufhin Leonies Herzschlag beschleunigt, und sie war nur froh gewesen, dass er hinter ihr saß und nicht sehen konnte, dass ihr schon wieder diese verflixte Röte ins Gesicht schoss. Sie hatte sich nach hinten gewandt und ihm durch den Spalt zwischen den Sitzen erklärt, dass sie zum Babysitten zugesagt hatte. Sie hatte befürchtet, dass Claas das uncool finden würde, doch er hatte vollkommen anders reagiert. Interessiert hatte er gefragt, wie alt das »Baby« sei, wie es hieß und was sie so mit der Kleinen unternahm. Schließlich hatte er gesagt: »Falls du eventuell nachher mit Emma zum Spielplatz im Kurpark gehen solltest, könnten wir uns dort treffen. Ich hab heute nichts Besseres vor.«

Leonie war ihm eine Antwort schuldig geblieben, denn im selben Moment hatte Julian Claas in Beschlag genommen. Sein Vorschlag war ihr allerdings nicht mehr aus dem Kopf gegangen. So hatte sie vor einer halben Stunde dem Jungen, der neuerdings ständig durch ihre Gedanken huschte, eine Nachricht auf sein Handy geschickt, dass sie sich auf den Weg zum besagten Spielplatz mache. Und jetzt war sie hier.

Kopfschüttelnd sah sie sich um. Es war eigentlich total verrückt, dass sie hier stand. Es wurde bereits dunkel, und auch wenn der Spielplatz gut beleuchtet war, war es nicht die beste Zeit, um mit einer Dreijährigen hier herumzulaufen. Alexandra Sprengel hatte das Haus verlassen, kurz nachdem Leonie dort eingetroffen war. Sie würde vor 19 Uhr nicht zurück sein. Auch wäre sie sicher nicht begeistert, wenn sie wüsste, dass ihr Babysitter sich anstelle eines ruhigen Spiels zum Abend hin für einen Ausflug entschieden hatte, noch dazu im November. Leonie beschlich ein schlechtes Gewissen und gerade, als sie beschloss, sich auf den Rückweg zu machen, sah sie Claas. Er winkte ihr von der anderen Seite des Spielplatzes herüber zu, wo er scheinbar gerade sein Rad angeschlossen hatte, und kam auf sie zu.

»Hey«, sagte er bei ihr angekommen mit dem Lächeln, das Leonie so wunderbar fand, und hockte sich sofort vor den Buggy. »Und du bist also Emma! Hallo, du Süße!«

Leonie beobachtete, wie Claas Grimassen für Emma zog, sie kitzelte und auf Anhieb zum Lachen brachte. Ihr wurde warm ums Herz. Sie kannte nicht allzu viele Jungs, die mit kleinen Kindern etwas anfangen konnten, geschweige denn, dass sie ein solches Interesse zeigten. In ihrem Kopf setzte Leonie einen weiteren Pluspunkt auf die bereits lange Liste von Claas' Vorzügen.

»Einen Euro für deine Gedanken«, hörte sie seine Stimme plötzlich neben sich. Sie war so versunken gewesen, dass sie nicht bemerkt hatte, dass Claas sich aufgerichtet hatte und nun ganz nah bei ihr stand.

»Was?«, gab sie erschrocken zurück und suchte nach einer passenden Antwort. Doch Claas schien keine von ihr zu erwarten. Stattdessen sagte er: »Wollen wir ein paar Schritte gehen? Wir könnten mal gucken, ob das Kurpark-Café noch geöffnet hat. Das hat doch jetzt nach einiger Zeit wieder einen neuen Besitzer und ich war noch gar nicht dort.«

»Ich glaube, das wird dann zu spät«, erwiderte Leonie entschuldigend. »Bei dem Wetter und um diese Uhrzeit – ich muss mit Emma bald wieder zu ihr nach Hause.«

»Du hast recht, ist ’ne blöde Idee. Aber hah, mir fällt da gerade was anderes ein. Wartest du einen Moment hier?«

Leonie nickte und sah verwundert, dass Claas zu seinem Rad lief und dort in seiner Fahrradtasche herumwühlte. Sie hockte sich zu Emma hinunter und schaute nach, ob die Kleine fror. »Nicht wahr, Emma – Claas ist total nett, oder?«

Emma schaute in die Richtung, in die der Junge gelaufen war, und sagte: »Claas.«

»Genau«, grinste Leonie, »das ist Claas. Und wenn wir beide Glück haben, dann sehen wir uns demnächst häufiger. Würde dir das gefallen?«

»Was würde ihr gefallen?« Schon wieder war es Claas gelungen, sich ihr so zu nähern, dass sie es nicht mitbekommen hatte. Schnell stand Leonie aus der Hocke wieder auf. »Ach, nichts, ich denke nur, es wird für Emma bald zu kalt, und sie muss auch noch ihr Abendbrot bekommen.«

»Schon da«, sagte Claas und hielt Leonie eine Packung Kinderkekse unter die Nase. »Vielleicht nicht unbedingt das, was sie üblicherweise zu Abend isst, aber ich sag dir: die sind lecker!«

Er öffnete die Packung und holte zwei verpackte Kekse heraus. Einen reichte er Leonie und den anderen befreite er von der Folie, bevor er sich bückte und ihn dem kleinen Mädchen vor die Nase hielt, das gleich seine Hände danach ausstreckte.

»Wieso hast du eine Packung Kinderkekse dabei?«, fragte Leonie ehrlich erstaunt, während auch sie ihren Keks auspackte. »Und wieso kannst du überhaupt so gut mit kleinen Kindern?«

»Kein Hexenwerk«, gab Claas achselzuckend zurück. »Ich habe drei kleinere Geschwister, auf die ich häufig aufpasse, wenn meine Mutter arbeitet. Darum hab ich immer sowas wie Kekse dabei. Die Drei haben nämlich ständig Hunger.«

»Drei?«, fragte Leonie überrascht. »Das hab ich gar nicht gewusst. Puh, und ich mach mir schon Gedanken, wie es bei uns zuhause mit einem Baby wird.«

»Deine Eltern bekommen noch ein Kind?«, fragte nun Claas nach.

»So ähnlich«, gab Leonie zurück, »das ist etwas komplizierter. Außerdem hab ich zuerst gefragt. Erzähl mal, wie alt sind deine Geschwister, sind es Brüder oder Schwestern, und wie ist das so als großer Bruder?«

»Du meinst wohl, du kannst von mir noch was lernen, was?«, grinste er zurück. »Okay, also ich habe einen achtjährigen Bruder, und meine beiden Schwestern sind elf und fünf Jahre alt. Bei uns zu Hause ist immer was los, wie du dir vorstellen kannst.«

»Wow, da hat deine Mutter ja bestimmt ordentlich zu tun«, vermutete Leonie.

»Hat sie, aber anders als du denkst. Meine Mutter ist Altenpflegerin, und da meine Eltern sich vor zwei Jahren getrennt haben, geht sie seitdem wieder Vollzeit arbeiten.«

Leonie wusste nicht recht, was sie darauf antworten sollte. Klar, ihre Mutter ging auch schon lange arbeiten, aber erst seit Leonie in der Schule war und in den ersten Jahren nur vormittags, wenn Leonie sowieso aus dem Haus war. Als sie ihre Arbeitsstunden aufgestockt hat, hatte Julie Leonie erklärt, dass sie das machen musste, damit genug Geld da war. Nicht nur für Essen und den täglichen Bedarf, sondern auch für Ansprüche, die Leonie selbst hatte wie Klassenreisen, Kleidung, Geschenke für Geburtstagseinladungen der Freunde, gemeinsame Urlaube, Hobbys und so weiter. Leonie hatte sich davor keine Gedanken über Geld gemacht und auch erst zu diesem Zeitpunkt die Zusammenhänge verstanden: Ihr leiblicher Vater, Bene, hatte schließlich bis vor ein paar Jahren gar nichts von ihrer Existenz gewusst und somit Leonie und ihre Mutter auch finanziell nicht unterstützt. Dennoch hatte es ihnen zu zweit an nichts gefehlt, und das war bis heute so geblieben. Zumal Bene, das hatte Leonie einmal in einem Gespräch zwischen ihrer Mutter und Katharina erlauscht, darauf bestand, Julie Unterhalt für Leonie zu zahlen, und zwar mehr, als er müsste, schon wegen der acht Jahre, in denen er nichts gezahlt hatte. Aber mit vier Kindern? Es war ja nicht nur das Geldverdienen, sondern auch die ganze Organisation der Familie. Ihre Mutter hatte nur Leonie manchmal bei den Hausaufgaben helfen oder zu Freundinnen sowie zum Sport- oder Musikunterricht fahren müssen. Inzwischen machte Leonie das alles allein, aber mit fünf oder sogar mit acht Jahren war das natürlich nicht der Fall gewesen. Und sie konnte sich gut daran erinnern, dass ihre Mutter damals oft gestresst gewirkt und nur sehr wenig Zeit für sich selbst gehabt hatte.

»Aber dein Vater muss doch Geld an deine Mutter zahlen, oder nicht? Und wer kümmert sich um deine Geschwister, wenn deine Mutter immer arbeitet?«, fragte sie deswegen ehrlich interessiert.

Claas zuckte gleichgültig mit den Schultern: »Na ja, meine Mutter hat abwechselnd Tages- und Nachtschichten. Dadurch verdient sie ein bisschen mehr. Mein Vater zahlt nämlich gar nichts. Er ist seit einigen Jahren arbeitslos. Tja, und wenn meine Mutter nicht da ist, dann kümmere ich mich um die Kleinen. Lena, das ist meine elfjährige Schwester, ist ja nicht mehr ganz so klein, sie hilft mir schon ziemlich. Und ich hab mich inzwischen dran gewöhnt, das ist ganz okay. Allerdings ist das auch der Grund, warum ich so oft zu spät in die Schule komme. Wenn meine Mutter Frühschicht hat, mache ich uns allen Frühstück, mache die Kleine fertig und bringe sie in den Kindergarten. Die beiden größeren gehen inzwischen zusammen allein zur Schule, aber ich muss sie immer drängeln, damit sie pünktlich losgehen. Klappt halt nicht immer.« Er grinste fast ein bisschen verlegen, und Leonie merkte Claas an, dass es ihm nicht leichtfiel, über seine Familiensituation zu sprechen. Umso mehr freute sie sich, dass er sich ausgerechnet ihr anvertraute.

»Respekt«, sagte sie voller Anerkennung. »Dann kann ich mir von dir tatsächlich einige Tipps für die Zukunft holen. Dass du mit Kindern kannst, hab ich ja gerade selbst erlebt, und da ich jetzt auch weiß, warum …«

»Genau, apropos«, fiel Claas ihr lächelnd ins Wort: »Jetzt bist du dran. Wann wirst du denn nun große Schwester?«

Leonie hatte zu ihrer eigenen Verwunderung absolut kein Problem damit, Claas nun die durchaus ebenfalls etwas komplizierten Zusammenhänge ihrer Familie zu erklären. Die Einzige, die als Außenstehende alles wusste, war bisher Laura gewesen, weil Leonie schlichtweg keine Lust hatte, dumme Fragen von Mitschülern zu beantworten. Sie war die ersten Jahre bei ihrer Mutter allein aufgewachsen, und da sie nach wie vor dort wohnte, hatte sie nicht jedem auf die Nase gebunden, dass inzwischen auch ihr Vater eine wichtige Rolle in ihrem Leben spielte. Dass darüber hinaus irgendwie alle miteinander irgendwie befreundet waren, ihre Mutter mit der Freundin ihres Vaters und der Freund ihrer Mutter mit ihrem Patenonkel, der wiederum der Zwillingsbruder ihres Vaters und der Chef von dessen Freundin war, machte es für andere nicht unbedingt leichter, die Verhältnisse zu durchblicken. Doch bei Claas war das etwas anderes. Während sie den Buggy mit der kleinen Emma durch den Park und Claas neben ihr sein Fahrrad schob, plauderte sie drauf los, und er hörte aufmerksam zu. Sie erzählte ihm von ihrem Vater, ihrer heißgeliebten Mutter und auch von Alexander. Sie erklärte, dass sie Alex zwar mochte, er aber sicher keine Vaterfunktion für sie einnehmen würde. Leonie redete, beantwortete Zwischenfragen von Claas, von dem sie sich absolut verstanden fühlte, und vergaß darüber komplett die Zeit. Erst als sie an einer großen Standuhr vorbeikamen, erschrak sie.

»Was? Schon kurz vor halb sieben?«, rief sie erschrocken. »Scheiße, ich muss sofort los und Emma ins Bett bringen.«

Beruhigend legte Claas ihr eine Hand auf die Schulter. »Hey, locker bleiben. Emma schläft schon seit einer ganzen Weile in ihrem Buggy. Mit ihr ist alles in Ordnung.«

»Ja, schon, aber ich habe höchstens eine halbe Stunde, bis Emmas Mutter kommt. Und wenn sie merkt, dass ich die ganze Zeit mit der Kleinen draußen unterwegs war …«

Nun nahm Claas Leonie in den Arm: »Das klappt schon. Wo ist der kürzeste Weg?«

»Da lang und dann da hinten um die Ecke«, antwortete Leonie unsicher.

»Gut, dann los jetzt – wir schaffen das, ohne dass du Ärger bekommst – versprochen!«

Schmerz klammert sich ans Herz.

(Deutsches Sprichwort)

5. KAPITEL:

MONTAG, 06.11.2017

08.26 Uhr

Katharina klopfte sachte an die Tür zu Tobis Krankenzimmer. Sie war schon ein paar Tage nicht hier gewesen und hoffte zudem, Jana anzutreffen – sie wollte sie fragen, ob es neue Erkenntnisse zu Tobis Zustand gab. Die Kommissarin wusste, dass Tobis Verlobte ihre kleine Tochter in der Regel um acht Uhr in den Kindergarten brachte, um dann schnell für zehn Minuten zu Tobi ans Krankenbett zu kommen, ihm einen guten Morgen zu wünschen und zu sehen, wie seine Nacht gewesen war, bevor sie zur Arbeit hetzte, denn seit zwei Wochen war Jana nicht mehr krankgeschrieben.

Gerade, als Katharina die Klinke herunterdrückte, hörte sie eilige Schritte hinter sich und dann Janas abgekämpfte Stimme: »Hi Katharina, kommst du oder gehst du? Puh, ich bin heute viel zu spät. Mia wollte mich im Kindergarten nicht gehen lassen. Sie hat fürchterlich geweint und sich an mich geklammert. Letzte Woche war das alles kein Problem – wahrscheinlich macht sie mal wieder einen Entwicklungssprung.«

»Hallo, Jana, nein, ich komme gerade und dachte, du bist schon da. Das ist ja blöd mit Mia. Du weißt, wenn du irgendwie Hilfe brauchst ...«, Katharina brach ab. Sie hatte den letzten Satz in den vergangenen Wochen schon so häufig gesagt – Jana kannte ihn.

»Ja, ich weiß, aber mit dieser Kindergartensache kann mir leider keiner helfen. Vielleicht ist es kein Entwicklungsschritt, und ich will mir das nur einreden. Für Mia ist das alles zu viel, und es liegt auch an mir. Ich war gestern Abend wieder so down, und selbst wenn ich mich zusammenreiße und nicht vor ihr weine, sie spürt, dass es mir nicht gut geht«, antwortete Jana bedrückt.

Die beiden Frauen waren vor der verschlossenen Zimmertür stehen geblieben. Katharina hatte die Klinke inzwischen losgelassen und hätte die junge Frau gern in den Arm genommen, aber sie ließ es bleiben. Sie sah Jana an, dass dann alle Dämme brechen und die Tränen kommen würden, denn um Janas Mund zuckte es bereits verdächtig. Stattdessen fragte die Kommissarin: »Ist denn akut etwas vorgefallen?«

»Nein, nicht wirklich, Tobis Zustand ist unverändert, aber ich mache mir trotzdem Sorgen. Gestern habe ich zufällig ein Gespräch der Schwestern mitbekommen, dass in der Klinik momentan irgendein Keim herumschwirrt. Ich habe mir einen der Ärzte gegriffen und ihn danach gefragt. Erst wollte er nicht recht herausrücken, aber dann hat er mir erzählt, dass sie momentan immer mehr Patienten haben, die sich mit einem Norovirus infiziert haben. Das Blöde daran ist, dass es nicht nur eine Art des Norovirus' gibt, sondern mehrere Untertypen, und die Klinik weiß momentan noch nicht einmal, um welchen es sich genau handelt.«

»Und jetzt hast du Angst, dass Tobi sich damit ansteckt?«, fragte Katharina behutsam und versuchte Tobis Verlobte zu beruhigen: »Das verstehe ich, doch wenn ich mich richtig erinnere, gab es auch im letzten und vorletzten Jahr einige schwere Norovirus-Fälle. Ich meine mal gelesen zu haben, dass die Erkrankungen mit Noroviren vor allem in den Wintermonaten gehäuft auftreten. Das Krankenhaus war und ist bestimmt gut darauf vorbereitet.«

»Ja, du hast ja recht, aber …«, gab Jana zu, wurde dann jedoch von Katharina unterbrochen: »Ich kann dich verstehen, Jana. Und ich weiß auch, dass so ein Virus gerade für ältere Menschen und Kinder oder eben geschwächte Personen gefährlich sein kann. Und ja, Tobi ist geschwächt, aber um ihm etwas anhaben zu können, muss der Virus erst einmal zu ihm gelangen.«

»Und wenn ihn irgendjemand bei ihm einschleppt? Was dann?«, gab Jana zu bedenken.

»Da mach dir mal keine Sorgen«, entgegnete Katharina behutsam. »Gerade hier auf diese Station kommt ja niemand so einfach rein. Aber wenn du möchtest, gehe ich zur Klinikleitung und hake nach. Vor allem auch, was die Sicherheitsvorkehrungen für die Patienten angeht, die nicht wegen des Virus' hier sind, ja? Ich lass einfach ein bisschen die Kommissarin raushängen, manchmal wirkt das.«

»Ja, wenn du das tun würdest, würde ich mich bestimmt besser fühlen«, ging Jana dankbar auf Katharinas Vorschlag ein.

»Weißt du was? Ich mach das gleich. Geh du zu Tobi rein und drück ihn von mir«, sagte Katharina und freute sich über das zaghafte Lächeln, das sich um den eben noch so traurigen Mund von Jana zeigte. Sie nahm die junge Frau zum Abschied nun doch kurz in den Arm und wandte sich ab. Sie würde morgen oder vielleicht heute Abend zu Tobi gehen. Jetzt war es wichtiger, dass Jana zu ihm ging und ein paar Minuten mit ihm allein verbringen konnte.

Eine halbe Stunde später verließ Katharina die Klinik, eilte zu den Fahrradständern, öffnete eilig das Schloss, stieg auf das StadtRAD, mit dem sie hierhergekommen war, und trat in die Pedale Richtung Kommissariat. Sie nutzte diese Alternative zum Auto häufiger, seit Tobi im Krankenhaus lag, vor allem wenn sie ihn vor Dienstbeginn besuchte. Der Weg von dort zum Kommissariat dauerte zu Fuß knapp eine halbe Stunde, und das war ihr zu lang. Mit dem Bus war sie zu festgelegt, und ihren Wagen wollte sie dafür nicht bewegen, denn sie genoss gerade morgens die frische Luft. Da sie kein eigenes Fahrrad hatte und es sowohl von ihrer als auch von Benes Wohnung nicht weit zu einer StadtRAD-Leihstation war, war das Angebot der Stadt für sie eine praktische Lösung. Sie hatte eben mit dem Ärztlichen Leiter des Klinikums gesprochen, denn so ganz hatte es nicht gestimmt, was sie Jana Helm gesagt hatte – auch Katharina war durch die Information um die Virus-Patienten im Krankenhaus beunruhigt. Jetzt, nach ihrem Gespräch mit dem Ärztlichen Leiter, fühlte sie sich zu ihrem Leidwesen darin noch bestätigt.

Der Mediziner war sehr offen und entgegenkommend gewesen, und sie hatte absolut nicht »die Kommissarin raushängen« lassen müssen. Er war gerade aus seinem Büro herausgekommen, als sie es betreten wollte, und so hatten sie mehr oder minder im Türrahmen ihr leises Gespräch geführt. Es hatte keine fünf Minuten gedauert, allerdings hatte Katharina einiges erfahren: Jana hatte zwar richtig mitbekommen, dass es Norovirus-Patienten im Krankenhaus gab, doch die waren nicht aufgrund des Brechdurchfalls eingewiesen, sondern wegen anderer Krankheiten im Krankenhaus stationär aufgenommen worden. Hier hatten sie sich zusätzlich mit dem Virus infiziert. Betroffen davon war die Geriatrie. Insgesamt gab es auf der Station elf Fälle. Der schnelle Verlauf des Brechdurchfalls und das gesamte Krankheitsbild hatten die Ärzte auf einen Norovirus als Auslöser schließen lassen, woraufhin die gesamte Station sofort für weitere Patientenaufnahmen und Verlegungen gesperrt worden war und den Quarantäne-Status erhalten hatte. Darüber hinaus waren die betroffenen Patienten umgehend von den anderen geriatrischen Patienten isoliert worden. Trotzdem war es noch zu fünf weiteren Erkrankungen gekommen, wovon akut auch zwei Krankenhausmitarbeiter betroffen waren. Als der Ärztliche Leiter seinen Bericht beendet hatte, beruhigte er Katharina sofort, indem er ihr sagte, dass sich das Virus bis jetzt nicht auf andere Stationen ausgebreitet hätte und man die Lage im Griff habe. Katharina hatte dennoch nachgefragt, was »bis jetzt« bedeutete, woraufhin der Mediziner ihr eingestand, dass es leider nicht zu garantieren sei, dass Mitarbeiter und Patienten von anderen Stationen verschont blieben. Nach einer kleinen Pause, in der Katharina diese Information hatte sacken lassen, war er fortgefahren: »Wir wissen mittlerweile, dass der Norovirus über einen Jugendlichen, der seinen Großvater besuchen wollte, übertragen worden ist. Das war natürlich grob fahrlässig von dem Jungen, allerdings kann man ihm keinen wirklichen Vorwurf machen, da bei ihm, wie er sagt, die Symptome nicht so stark waren. Tja, ist halt ein Jugendlicher, die stecken so etwas leichter weg.«

Katharina war inzwischen Am Ochsenmarkt angekommen, wo sich eine der StadtRAD-Stationen befand, an der sie ihr Fahrrad anschloss. Die letzten Meter zum Kommissariat legte sie schnellen Schrittes zurück – sie würde zwar einige Minuten zu spät kommen, aber wenn Ben erfuhr, dass sie bei Tobi gewesen war, würde er ihr das sicher verzeihen.

»… tja, also wie es aussieht, führt die Versicherungsspur zumindest nicht zu Frau Rosskamp«, schloss Vivien ihre kurzen Ausführungen Ben gegenüber. Sie war seit 7.30 Uhr im Büro, weil sie wusste, dass in Versicherungsunternehmen früh angefangen wurde. So hatte sie bereits kurz vor acht die Telefonnummer der Versicherung in Hamburg gewählt, bei der Rüdiger Rosskamp seine Lebensversicherung abgeschlossen hatte. Es hatte eine Weile gedauert, bis sie an den richtigen Ansprechpartner gelangt war. Nach einigem Hin und Her hatte ihr der Sachbearbeiter gesagt, zu wessen Gunsten die Versicherung ausgestellt war und was als Auszahlungssumme im Vertrag vereinbart war. Zu Viviens Überraschung war nicht Rosskamps Ehefrau die Begünstigte, sondern sein Sohn aus erster Ehe, ein gewisser Matthias Rosskamp. Diesem würde die Auszahlung zustehen, sobald die notwendigen Unterlagen bei der Versicherung vorlagen. Als Vivien Ben dies eben erzählt hatte, war er ebenso überrascht wie sie gewesen: »Wir müssen diesen Sohn aus erster Ehe auf jeden Fall checken.«

»Ja, mach ich«, sagte Vivien und blickte verstohlen auf die Uhr. Wo Katharina wohl blieb? Eigentlich war es nicht die Art ihrer älteren Kollegin, zu spät zum Dienst zu kommen, schon gar nicht, da Ben bezüglich des Arbeitsbeginns gestern eine klare Ansage gemacht hatte. Scheinbar konnte ihr neuer Chef Gedanken lesen, denn er sagte: »Katharina kommt sicher auch gleich. Ich nehme an, sie hat einen Grund, sich zu verspäten. Ist schließlich sonst nicht ihre Art.«

Den letzten Satz hatte er eher gemurmelt, bevor er aufgestanden war, um in sein Büro zu gehen. Auf dem Weg dorthin drehte er sich zu Vivien: »Danke für deinen Einsatz, Vivien, und gib Bescheid, sobald du was zu Rosskamps Sohn herausgefunden hast. Ruf mich dazu bitte an, ich werde jetzt zur Witwe fahren. Irgendwas verheimlicht die vor uns, da bin ich mir sicher. In jedem Fall hat sie uns nicht erzählt, dass es einen Sohn gibt.«

Vivien nickte und öffnete den Mund, weil sie Ben noch von ihrem Besuch im italienischen Restaurant erzählen wollte, als in diesem Moment eine rotgesichtige Katharina von Hagemann ins Büro eintrat: »Puh, tut mir leid. Ich war noch bei Tobi im Krankenhaus und musste dort etwas klären.«

»Was mit Tobi?«, reagierte Ben hellhörig.

»Nichts, mach dir keine Sorgen«, beruhigte Katharina sofort. »In der Klinik haben allerdings einige Patienten und auch Mitarbeiter den Norovirus. Aber Tobi ist nicht akut gefährdet, das Krankenhaus hat alle notwendigen Maßnahmen ergriffen, um die betroffenen Patienten von den restlichen zu trennen. Aber stellt euch vor: Eingeschleppt hat den Virus wohl ein Jugendlicher, der seinen Großvater besuchen wollte. Schon Wahnsinn, wie schnell so eine Ansteckung um sich greifen kann. Aber was ganz anderes: Vivien, wie war es gestern mit Carlsen beim Italiener?«

»Das wollte ich gerade erzählen«, sagte Vivien, woraufhin Ben sich mit der flachen Hand auf die Stirn schlug: »Entschuldige, natürlich, ich war schon ganz in Gedanken bei Frau Rosskamp, erzähl!«

»Ehrlich gesagt gibt es nicht viel. Carlsen hat tatsächlich vier Fliegen gefangen«, sie grinste bei der Erinnerung an den ihr durchaus sehr sympathischen Biologen, mit dem sie den gestrigen Abend länger als für die Ermittlungen notwendig verbracht hatte. »Die ganze Situation hat mich an das Märchen vom tapferen Schneiderlein erinnert mit seinen ›sieben auf einen Streich‹ – also Carlsen hat die Fliegen bereits begutachtet. Er hat mir heute Morgen eine Handynachricht geschickt und geschrieben, dass es sich um die ganz gewöhnliche deutsche Stubenfliege handelt und er davon ausgeht, dass mindestens eine von seinen Gefangenen von den Fliegen abstammt, die irgendjemand dort neulich platziert hat.«

»Hm, gut, dann wissen wir das auch, was auch immer wir damit anfangen können oder besser gesagt Carlsen«, kommentierte Ben Viviens Bericht. Für einen Moment herrschte Stille, dann fragte Katharina: »Wollte Carlsen uns nicht eine Liste mit den Ansprechpartnern diverser Zoologischer Gärten schicken?«

»Stimmt«, sagte Vivien, »ich werde ihn gleich anrufen und nachfragen.«

»Mach das bitte«, erwiderte Ben und schaute zu Katharina, »und du brauchst dich gar nicht auszuziehen, ich wollte gerade zu Frau Rosskamp und möchte, dass du als Beobachterin mitkommst. Mich interessiert deine Einschätzung zu der Frau.«

10.13 Uhr

»Und, wie war dein Eindruck von Tobis Zustand, hat sich ... hat sich was getan?«, fragte Ben, während er den Dienstwagen zum Hof der Rosskamps steuerte.

»Ehrlich gesagt habe ich ihn gar nicht gesehen«, gab Katharina zurück. »Gerade als ich zu ihm ins Zimmer wollte, kam Jana dort an – völlig abgehetzt und ziemlich aufgewühlt. Mia wollte nicht im Kindergarten bleiben, aber Jana wollte noch zu Tobi, bevor sie zur Arbeit muss ... Sie tut mir echt leid, das ist alles ganz schön viel für sie.«

»Das wäre es wohl für jeden von uns«, erwiderte Ben, »aber mit einem so kleinen Kind ist es natürlich nicht einfacher. Ich bin sicher, auch Mia spürt sehr genau, dass was nicht stimmt, auch wenn man ihr die genauen Umstände nicht richtig erklären kann.«

»Ja, das denke ich auch«, stimmte Katharina zu. »Und Jana stößt allmählich an ihre Grenzen. Und dann diese Geschichte mit dem Norovirus im Krankenhaus.«

»Aber du hast doch gesagt, die hätten das im Griff?«, hakte Ben nach.

»So hat es mir der Arzt gesagt, mit dem ich gesprochen habe. Aber was soll der auch anderes sagen? Du glaubst doch nicht ernsthaft, dass der zugeben würde, wenn es nicht so wäre. Ich war ja nicht dienstlich da, nicht so richtig jedenfalls«, erwiderte Katharina.

»Glaubst du ihm trotzdem?«

»Keine Ahnung. Ich kann das schwer beurteilen. Bei dem Wort Norovirus läuten bei mir grundsätzlich die Alarmglocken. Noch dazu im Krankenhaus. Man hört und liest genug von irgendwelchen Krankenhauskeimen. Andererseits würde ich denken, dass es besser ist, wenn der Virus in der Klinik kontrolliert werden kann, als wenn er sonstwo rumschwirrt.«

»Vielleicht solltest du Frauke und Carlsen nach ihrer Einschätzung fragen«, schlug Ben vor. »Dann könntest du Jana ein bisschen die Angst nehmen.«

»Gute Idee, das mach ich«, antwortete die Kommissarin.

Kurz darauf erreichten sie den Hof der Rosskamps, und Ben parkte den Wagen vor dem Haupthaus. Evelyn Rosskamp hatte sie offensichtlich ankommen sehen und trat mit missgelauntem Gesicht und vor der Brust verschränkten Armen vor die Haustür.

»Was wollen Sie schon wieder hier? Ich dachte, Sie nutzen Ihre Zeit und ermitteln im Fall meines Mannes«, fragte sie an Ben gewandt.

»Das tun wir. Und genau dazu haben wir ein paar Fragen an Sie«, erklärte Ben sachlich.

»Na, da haben Sie Glück, ich wollte eigentlich gleich los«, erklärte die Witwe, und Katharina wunderte sich nicht zum ersten Mal über diese Frau. Warum war sie so übellaunig? Natürlich, es gab Menschen, die schlecht gelaunt durch die Welt liefen und wie Bene sagen würde »zum Lachen in den Keller gehen«. Aber in einer solchen Situation? War ein Mensch da nicht eher traurig? Und wieso war Frau Rosskamp ihnen gegenüber so unfreundlich? Sie war es doch selbst gewesen, die insistiert hatte, dass ihr Mann ein Mordopfer sei und die Polizei aktiv werden sollte. Warum gab sie ihnen jetzt das Gefühl, dass sie sie belästigten?

»Es wird nicht lange dauern, Frau Rosskamp. Dürfen wir kurz reinkommen?«, fragte Ben, und in seinem Ton schwang deutlich mit, dass es nur eine rhetorische Frage aus Höflichkeit war und er ein Nein nicht dulden würde.

Tatsächlich machte die Witwe des Imkers eine einladende Handbewegung und führte die beiden Kommissare durch die Diele in die geräumige Wohnküche, wo sie ihnen sogar einen Platz in der Sitzecke anbot. Mehr jedoch nicht, wie sie klarstellte: »Einen Kaffee kann ich Ihnen aber nicht bieten, ich habe gerade alles weggeräumt, und wie gesagt, ich habe nicht viel Zeit.«

»Kein Problem, beantworten Sie uns einfach unsere Fragen und Sie sind uns schnell wieder los«, gab Ben zurück, während er sich neben Katharina an den Tisch setzte und fortfuhr: »Frau Rosskamp, wir sind ein wenig verwundert, weil Sie uns nicht erzählt haben, dass Ihr Mann einen Sohn aus erster Ehe hat.«

Es war mehr als offensichtlich, dass Evelyn Rosskamp auf diese Frage nicht vorbereitet war. »Nun, ähm, … mir war auch nicht klar, dass das für Sie wichtig ist«, gab sie stockend zur Antwort. »Es gab schon seit Jahren keinen Kontakt mehr. Ich bin … war mit meinem Mann fast 20 Jahre verheiratet und habe seinen Sohn in der ganzen Zeit nur zwei- oder dreimal gesehen. In den letzten Jahren ist der Kontakt zu Rüdiger völlig abgebrochen. Matthias, also sein Sohn, ist ins Ausland ausgewandert, ich glaube nach Hong Kong oder Shanghai oder so.«

»Und Sie sind sicher, dass Ihr Mann keinen Kontakt mehr zu seinem Sohn hatte?«, fragte Ben nach.

»Schon, ja, warum?«

»Nun ja, ich frage danach, weil Ihr Mann seine Lebensversicherung auf seinen Sohn ausgestellt hat«, erklärte Ben ohne Umschweife, während Katharina genau auf die Reaktion der Witwe achtete, deren Blick zunächst eine Menge unterdrückter Wut, aber auch ehrliche Überraschung verriet. Dann sagte Evelyn Rosskamp: »Das ist nicht Ihr Ernst, oder?«

»Doch, absolut«, erwiderte der Hauptkommissar. »Wir haben mit der Versicherung telefoniert, und deren Auskunft war in dieser Hinsicht eindeutig.«

»Dann … dann hat mein Mann vermutlich vergessen, das zu ändern. Ich bin mir sicher, dass er gewollt hätte, dass ich das Geld bekomme. Schließlich muss ich hier mit dem Hof und allem ja über die Runden kommen.«

»Wie sieht es denn mit dem Erbe aus?«, fragte nun Katharina. »Hat Ihr Mann ein Testament hinterlassen?«

»Ja, hat er«, antwortete Evelyn Rosskamp und erhob sich
von ihrem Stuhl: »Ich bin die Alleinerbin, Rüdigers erste
Frau ist vor einem halben Jahr gestorben, und ihr gemeinsamer Sohn bekommt seinen Pflichtteil. Das ist aber nicht
viel, die Lebensversicherung wird ihm mehr bringen. Hätte
sie mir auch. Wissen Sie, Rüdiger hat alles in seine Imkerei
und Bienen gesteckt. Der Hof gehört mir sowieso, ich habe
ihn von meinen Eltern geerbt. So, und nun muss ich wirklich los. Ich habe eine Verabredung mit unserem Pastor.«

Auch Ben und Katharina erhoben sich. Während sie alle
drei zur Tür gingen, fragte Ben beiläufig: »Woran ist denn
die Exfrau Ihres Mannes gestorben?«

»Sie hatte Brustkrebs«, bekam er zur Antwort, und dann
ließ die Frau die Tür hinter den beiden Kommissaren ins
Schloss fallen.

Bereits auf dem Weg zum Auto fragte Ben: »Und?«

Katharina wusste genau, dass er ihre Einschätzung zu
Frau Rosskamp hören wollte. Tatsächlich hatte sie sich
bereits eine Meinung gebildet: »Ich habe das Gefühl, dass
Frau Rosskamp ziemlich sauer auf ihren Mann ist und deswegen auch uns gegenüber so abweisend. Auf der einen
Seite spielt sie das, was von ihr erwartet wird, nämlich die
trauernde Witwe, die sogar die Polizei mobilisiert, weil sie
nicht glauben kann, dass ihr Mann eines natürlichen Todes
gestorben ist. Wobei ich mir beim letzten Punkt noch immer
nicht erklären kann, wo da ihre Motivation ist. Auf der
anderen Seite trauert sie in ihrem stillen Kämmerlein keines-
wegs um ihren Mann. Dass sie froh ist, ihn los zu sein, will
ich zwar nicht sagen, aber ein Verlust scheint es für sie nicht
zu sein. Zumindest kein emotionaler. Ich denke, die beiden
haben keine besonders harmonische, liebevolle Ehe geführt,
sondern eher eine Zweckgemeinschaft. Vielleicht können

wir hierzu unseren werten Herrn Kriminalrat befragen. Auf jeden Fall sollten wir uns dazu im Umfeld der Rosskamps umhören. Genauso sollten wir in Erfahrung bringen, wie es um die konkrete Finanzlage der Witwe steht. Der Hof mag ja ihr gehören, aber so ein großer Bestand verschlingt oft mehr Geld, als er einbringt. Von landwirtschaftlichem Betrieb sehe ich zumindest nicht viel, das heißt, das Einkommen der Rosskamps war auf die Imkerei ihres Mannes beschränkt. Und ich habe nicht den Eindruck, dass sie das weiterführen kann oder will. Ich würde fast darauf wetten, dass einiges in Stand gesetzt werden muss und sie dabei auf die Summe aus der Lebensversicherung gesetzt hat. Na ja, und dass sie uns quasi mit der Nase darauf gestoßen hat, dass es sich beim Tod ihres Mannes um Mord handelt, könnte auch dafür sprechen, dass sie von sich als Täterin ablenken will.«

»Danke, Katharina«, sagte Ben und startete den Wagen, in dem sie inzwischen saßen. »Ich sehe das ganz ähnlich. Wenn du allerdings tatsächlich im letzten Punkt recht hast, wäre das ganz schön starker Tobak. In jedem Fall werden wir sie im Auge behalten und in dieser Richtung weiterermitteln.«

Dasselbe Feuer reinigt das Gold und verschlingt das Stroh.

(Deutsches Sprichwort)

6. KAPITEL:

DIENSTAG, 07.11.2017

13.00 Uhr

Bene saß in seinem Wagen vor der Schule und wartete auf Leonie. Er hatte ein paar Meter entfernt parken müssen, konnte den Haupteingang von dort aus aber gut einsehen. Er freute sich sehr auf seine Tochter, denn er hatte sie einige Tage nicht gesehen und war gespannt, was sie von ihrer Konfirmandenfahrt erzählen würde. Zwar würde Leonie heute nicht bei ihm übernachten, weil sie am Abend etwas vorhatte, doch sie würden zumindest ein paar Stunden miteinander verbringen. Bene hatte seine Tochter schon ein paar Mal Dienstagmittag direkt von der Schule abgeholt – an den anderen Tagen hatte sie bis in den Nachmittag hinein Unterricht – und war mit ihr dann essen gegangen. Das hatte sie sich auch heute gewünscht. Er wusste, dass Leonie es mochte, in einem Lokal, das sie sich in der Regel aussuchen durfte, essen zu gehen und sich dabei offensichtlich sehr erwachsen fühlte. Zumindest hatte er es so vor Kurzem von Julie erfahren.

Die ersten Schüler verließen das Schulgebäude, und kurz darauf drängten sich ganze Horden eilig dem Ausgang zu. Bene versuchte, Leonie dazwischen auszumachen, doch das war gar nicht so einfach, zumal die zahlreichen

Kinder und Jugendlichen aufgrund des heute unfreundlichen Wetters meist in eine dicke Jacke, Mütze und Schal eingemummelt waren. Bene grinste innerlich über die vielen fröhlichen Gesichter und die Eile, die die Schüler an den Tag legten. Auch er hatte es früher kaum abwarten können, nach der letzten Stunde endlich aus der Schule zu verschwinden – egal wohin, Hauptsache weg. Nach einer Weile wurde der Strom dünner, und nun entdeckte Bene seine Tochter. Doch sie kam nicht, wie erwartet, auf sein Auto zu, sondern stand etwas versteckt an einer der Mauern, die den Schulhof umrandeten. Und sie war nicht allein. Neben ihr – sehr dicht neben ihr, wie Bene feststellte – stand ein Junge mit blonden Haaren, in engen Jeans und mit einem Rucksack, der schon bessere Zeiten gesehen hatte und den er lässig über die Schulter geworfen hatte. Bene rutschte auf dem Fahrersitz etwas nach vorn, um besser sehen zu können. Tatsächlich, er hatte sich nicht verguckt: Dieser Junge hielt die Hände von Leonie in seinen, und das Mädchen himmelte ihn geradezu an. Bene konnte sich nicht erinnern, seine Tochter schon einmal so strahlend gesehen zu haben. Und nun beugte der Junge sich zu Leonie hinab und küsste sie. Auf den Mund! Auch wenn Bene es sich in diesem Moment nicht wirklich eingestehen wollte, befremdete ihn der Anblick. Er hatte immer Wert darauf gelegt, dass Leonie viel Freiraum hatte, und auch Julie engte ihre Tochter sicher nicht ein. Aber die plötzliche Erkenntnis, dass seine »Kleine« sichtlich schneller erwachsen wurde, als ihm lieb war, ließ Bene schlucken. Wer war dieser Junge? Er hatte ihn noch nie gesehen. Allerdings hatte das nichts zu sagen. Im Grunde kannte er kaum jemanden von Leonies Freunden, denn wenn sich Vater und Tochter trafen, dann meistens allein.

Laura, Leonies beste Freundin seit der ersten Klasse, war eine Ausnahme, da er sie häufig bei Julie und Leonie angetroffen hatte, wenn er dort gewesen war. Bene lehnte sich in seinem Sitz zurück. In seinem Kopf ratterte es. Ob Leonie ihn überhaupt gesehen hatte? Sollte er aussteigen und sie rufen? Er könnte hupen ... Vielleicht wäre ihr das aber unangenehm. Vor allem könnte sie dann Eins und Eins zusammenzählen und sich denken, dass er diesen Kuss gesehen hatte ... Ob sie schon lange mit diesem Jungen zusammen war? Ob da mehr lief? Oh Mann, jetzt werd bloß nicht zum Spießer-Vater, ermahnte Bene sich selbst. Leonie ist 14, es war klar, dass sie sich irgendwann verlieben würde. Andererseits war sie erst 14 ... Bene musterte noch einmal den fremden Jungen. Sah er älter aus als seine Tochter? Vielleicht etwas, Bene fiel es schwer, das Alter einzuschätzen, zumal er ihn nur von der Seite betrachten konnte. Aber wenigstens sah der Kerl nicht wie 17 oder sogar 18 aus ... Warum hatte Julie ihn nicht zumindest vorgewarnt? Beruhigt beobachtete Bene, dass Leonie auf ihre Uhr sah und sich von dem jungen Mann löste. Sie gab ihm noch einen schnellen Kuss und ging an den Straßenrand, wo sie sich suchend umblickte. Bene startete den Motor und betätigte kurz die Lichthupe, woraufhin Leonie ihn erblickte und winkte. Mit einem noch immer vor Glück strahlenden Gesicht lief sie auf das Auto zu, warf ihren Rucksack auf die Rückbank und stieg zu ihm nach vorn auf den Beifahrersitz.

»Hallo, Paps«, sagte sie fröhlich und ließ sich von ihm umarmen.

»Hallo, meine Maus, schön dich zu sehen«, sagte Bene und machte eine Pause. Er überlegte nur kurz, bevor er sich entschloss, den Jungen vorerst nicht anzusprechen. Stattdessen fragte er: »Und, gnädiges Fräulein, wohin darf ich Sie heute ausführen?«

»Ich habe Appetit auf Pizza oder Pasta«, kam es wie aus der Pistole geschossen zurück.

»Ganz meine Tochter«, lachte er, »soll mir recht sein!« Eine Viertelstunde später parkten sie etwas außerhalb der Stadt vor einem eher unscheinbaren italienischen Restaurant.

»Hier war ich noch nie«, erklärte Leonie verwundert.

»Aber ich«, sagte Bene. »Und ich kann dir versprechen, hier schmeckt es fantastisch. Und beim Mittagstisch gibt es hinterher einen Nachtisch dazu.«

»Klingt gut«, lachte Leonie, während sie das Restaurant betraten und sich einen kleinen Tisch am Fenster suchten. Ein junger, italienischer Kellner brachte erst die Mittagskarte und nahm dann die Bestellung der beiden auf. Als sie wieder allein waren, fragte Bene: »Und, wie war deine Konfi-Fahrt? Habt ihr Spaß gehabt?«

»Oh ja, und wie!«, sprudelte Leonie los. »Das war total cool. Ich hatte ein Zimmer zusammen mit Laura, und wir …«

Bis der Kellner die lecker duftende Pizza für Leonie und ein Nudelgericht für Bene servierte, redete das junge Mädchen ohne Punkt und Komma, und Bene hörte lächelnd zu. Nun streute er frischen Parmesan über die Bandnudeln, während Leonie ihre Pizza in einzelne Dreiecke schnitt.

»Guten Appetit«, wünschte sie, bevor sie hungrig in das erste Stück biss.

»Dir auch, meine Große«, antwortet Bene. Einen Moment zögerte er, dann konnte er seine Neugier nicht mehr zügeln: »War der blonde Junge, mit dem ich dich vorhin vor der Schule gesehen habe, auch mit am Plöner See?«

Er hatte versucht, seiner Stimme einen möglichst unbedarften Klang zu geben und Leonie bei seiner Frage nicht direkt anzusehen, dennoch war ihm nicht entgangen, wie seine Tochter kurz zusammenfuhr und danach rot anlief. Dann lächelte sie ihn jedoch an und stellte ihrerseits eine Frage: »Ähm, du meinst … Claas?«

»Keine Ahnung, wenn du sagst, dass er Claas heißt, dann meine ich den wohl. Oder küsst du noch andere Jungs?« Er konnte sich ein Grinsen nicht verkneifen.

»Oh Paps!«, stöhnte Leonie gespielt auf, begann dann jedoch über das ganze Gesicht zu grinsen. »Ja, das war Claas. Und ja, er war auch mit auf der Konfi-Fahrt. Noch irgendwelche Fragen?«

»Och, da wären schon ein paar«, gab Bene zu, lächelte aber auch, weil er sich freute, wie glücklich seine Tochter war. Er begann stakkatomäßig aufzuzählen: »Wie alt ist dieser Claas, wo wohnt er, wie ist er, was machen seine Eltern …«

»Das ist jetzt nicht dein Ernst, oder?« Leonie sah ihn forschend an, gab sich aber selbst die Antwort: »Doch, es ist dein Ernst, ich hatte es befürchtet.« Sie griff nach dem nächsten Stück Pizza und blickte etwas nachdenklich, bevor sie fortfuhr: »Claas ist ein Jahr älter als ich und geht in meine Klasse. Er ist sitzengeblieben und war vorher auf einer anderen Schule. Wo er genau wohnt, weiß ich nicht, aber ich weiß, dass er …«, sie überlegte erneut einen Moment, bevor sie weitersprach: »… dass er drei Geschwister hat und total nett ist.«

»Schon ein bisschen mehr als nur nett, oder?«, bohrte Bene zwischen zwei Löffeln seiner Pasta weiter.

»Ja, okay, du lässt ja eh keine Ruhe. Claas ist mehr als nur nett, er ist toll, und wir verstehen uns super.«

»Seid ihr … zusammen? Sagt man das heute überhaupt noch so?«

»Du hast gesehen, dass ich ihn geküsst habe. Dann ist doch wohl klar, dass ich mit ihm zusammen bin, oder nicht?«, erwiderte Leonie.

Bene ersparte es sich, seine Tochter darüber aufzuklären, dass das allein nicht immer hieß, dass man ein Paar war – dieses Wissen würde sie sicher noch früh genug selbst erlangen. Jeder musste seine eigenen Erfahrungen machen. Was Bene jedoch tun konnte und wollte, war immer für seine Tochter da und gesprächsbereit zu sein. So wie jetzt. Er wusste, dass Julie auch so dachte und fragte deswegen: »Und was sagt deine Mutter dazu?«

Erschrocken blickte Leonie ihren Vater an: »Mama weiß noch nichts davon, also von ihm, von Claas. Und es wäre schön, wenn das auch erst mal so bleibt. Das musst du mir versprechen!«

»Ich habe äußerst ungern Geheimnisse vor deiner Mutter, vor allem, wenn es um dich geht, junge Dame. Da musst du mir schon erklären, warum sie nichts von Claas wissen darf«, runzelte Bene die Stirn, freute sich jedoch auch ein kleines bisschen darüber, dass Leonie sich ihm – wenn auch nicht ganz aus freien Stücken – vor Julie anvertraut hatte.

»Darf sie ja, aber nicht jetzt«, erklärte Leonie. »Ich hätte es dir auch noch nicht erzählt, wenn du uns nicht zusammen gesehen hättest.«

»Na, gut zu wissen«, brummelte Bene.

»Nein, Papa, im Ernst: Wenn Mama das hört, dann muss ich ihr Claas bestimmt sofort vorstellen.«

»Und was spricht dagegen, wenn er doch so toll ist?«, ließ Bene keine Ruhe.

»Mann, das wäre total peinlich! Das ist noch ... ganz frisch mit Claas und mir. Das vorhin, naja, das war erst das zweite Mal, dass er mich geküsst hat. Da kann ich doch nicht gleich zu ihm sagen, dass meine Eltern ihn kennenlernen wollen.«

Bene musste lächeln. Er selbst konnte sich noch bestens daran erinnern, wie sehr er derartige Antrittsbesuche bei seinen Freundinnen aus der Jugendzeit gehasst hatte. Zumal das nicht wenige gewesen waren. Seine Tochter hatte recht, damit würde sie diesem Claas sicher keine Freude machen.

»Okay, okay«, sagte er daher beschwichtigend. »Ich verstehe dich ja. Aber du musst mir zumindest versprechen, dass du mich grob auf dem Laufenden hältst. Und wenn das mit dir und Claas was Festes wird, dann sollte deine Mutter ihn demnächst mal zu Gesicht bekommen. Und ich gebe zu, ich würde ihn aus reiner Neugier auch gern mal kennenlernen.« Er zögerte einen Moment, dann grinste er verschwörerisch: »Vielleicht kann dein Freund dich ja mal bei mir abholen oder so. Ich nehme doch an, es interessiert dich vielleicht auch, was ich von ihm halte. Und ich verspreche dir, du wirst dich nicht für mich schämen müssen.«

»Hey, du bist der coolste Vater der Welt. Ich schäm mich doch nicht für dich ... aber ich weiß nicht ... Claas hat immer ziemlich viel um die Ohren. Es kann also sein, dass es eine Weile dauert ...«

»Schon gut, schon gut«, fiel Bene seiner Tochter ins Wort. »Ich hab verstanden. Und jetzt iss deine Pizza, bevor sie ganz kalt wird.«

Katharina parkte ihren Wagen auf dem Parkplatz am Kloster, der bereits gut gefüllt war. Sie wusste nicht, was für einen Wagen Markus fuhr, sah aber auch in keinem der parkenden Autos jemanden sitzen. Sie war aber auch überpünktlich, wie sie beim Blick auf die Uhr feststellte. Als sie das Schild des griechischen Restaurants entdeckte, das sich neben dem Kloster befand, musste sie unweigerlich an Tobi denken. Sie war dort einige Wochen vor seinem Unfall einmal mit ihm in der Mittagspause zum Essen gewesen – jetzt kam es ihr vor, als sei es gerade gestern gewesen. Während sie bei einem Salat geblieben war, hatte Tobi sich einen typischen Grillteller bestellt, der seine Gelüste nach Fleisch bestens gestillt hatte. Ben war wenig begeistert gewesen, als sie beide später mit einer erheblichen Knoblauchfahne und dem Geruch nach Gebratenem in ihrer Kleidung und den Haaren wieder ins Büro gekommen waren, doch Tobi hatte das nur mit einem Grinsen kommentiert und hinzugefügt: »Bist doch selbst schuld, schließlich hättest du mitkommen können.« Ben hatte ebenfalls gegrinst und versprochen, dass er das bei einem nächsten Mal auf jeden Fall auch tun würde. Dazu war es dann aber nicht mehr gekommen.

Katharina hatte ihr Vorhaben, Tobi im Krankenhaus zu besuchen, noch nicht wieder umsetzen können, aber sie nahm es sich fest für den kommenden Tag vor. Der Virus in der Klinik beschäftigte sie doch mehr, als sie angenommen hatte, und ihre Sorge um Tobi hatte deswegen erneut zugenommen. Hinzu kam die für sie unbefriedigende Tatsache, dass bis heute nicht klar war, wie der Unfall damals passiert war. Als Kommissarin waren ihr unaufgeklärte Umstände von Natur aus zuwider, aber in diesem Fall war das Bedürfnis nach Aufklärung natürlich vor allem privat begründet. Nur widerstrebend hatte Katharina die Ermittlungen einem anderen Dezernat überlassen, doch das war eine klare Ansage von Mausner gewesen, der weder sie noch Ben sich hatten widersetzen können. Zum einen gehörten Unfälle mit Fahrerflucht nicht grundsätzlich zu ihrem Aufgabengebiet, vor allem aber waren sie persönlich betroffen, und das war der ausschlaggebende Punkt für den Kriminalrat gewesen. Katharina kräuselte nachdenklich ihre Stirn. Sie hatte von den Kollegen schon lange nichts mehr gehört. Ob sie überhaupt noch ermittelten? Oder hatten sie Tobis Fall bereits zu den Akten gelegt? Kurzentschlossen griff sie nach ihrem Handy, um dort anzurufen, als jemand an das Fenster der Beifahrerseite klopfte. Erschrocken blickte sie auf und sah im Halbdunkel des Parkplatzes das Gesicht eines Mannes. Sie musste nicht überlegen, um wen es sich handelte – die Ähnlichkeit zu ihrem Vater war unverkennbar. Damit hatte sie nicht gerechnet, oder eher hatte sie sich darüber gar keine Gedanken gemacht. Fast bereute sie es schon wieder, sich auf dieses Treffen eingelassen zu haben, doch sie riss sich zusammen. Sie zog den Schlüssel aus dem Zündschloss, öffnete die Autotür und stieg aus. Markus kam langsam um das Auto herum und trat lächelnd auf sie zu.

»Hallo, Katharina!«

Die Kommissarin merkte eine unangenehme Unsicherheit in sich aufsteigen. Entschlossen schob sie das Handy in ihre Umhängetasche, verschloss das Auto und verstaute auch den Schlüssel, bevor sie Markus offen ins Gesicht blickte.

»Hallo, Markus«, erwiderte sie, und sie hätte sich gewünscht, dass ihre Stimme fester klang. Es war eine merkwürdige Situation. Ihm die Hand zu reichen, hätte Katharina ebenso unpassend gefunden wie eine Umarmung, das eine wäre zu förmlich, das andere für ihren Geschmack zu vertraut. Sie sah diesen Mann schließlich heute zum ersten Mal, und auch wenn sie wusste, dass er ihr Halbbruder war, wollte sie so viel Nähe noch nicht zulassen.

»Irgendwie komisch«, sprach Markus aus, was sie dachte, »ich warte schon so lange darauf, dich endlich einmal persönlich zu treffen, und jetzt weiß ich doch nicht so recht, wie ich damit umgehen soll.«

Obwohl seine Worte Katharina zeigten, dass er ähnlich verunsichert war wie sie, schien er die Situation entspannter zu nehmen – allerdings war er es ja auch gewesen, der den Kontakt überhaupt gewollt hatte. Katharina nickte ihm lächelnd zu. Langsam lockerte auch sie sich wieder: Bei aller äußerlichen Ähnlichkeit zu ihrem gemeinsamen Vater hatte er eine sehr viel freundlichere Ausstrahlung als Henning von Hagemann, das fiel Katharina sogar im dämmerigen Halbdunkel des Parkplatzes auf.

»Ja, mir geht es ähnlich«, bekräftigte sie ihre Geste noch einmal mit Worten. »Wollen wir reingehen?«

»Klar«, antwortete Markus, und sie gingen schweigend den kopfsteingepflasterten Weg entlang, der zum Haupteingang des Klosters führte. Katharina wühlte in ihrer Tasche und zog eine Schachtel Zigaretten hervor.

»Stört es dich, wenn ich noch eine rauche, bevor wir reingehen?«

»Quatsch«, kam es zurück, und er lachte auf. »Überhaupt kein Problem.«

Erneut blieben beide stumm, bis sie beim Eingang angekommen waren. Einige Leute verließen das Kloster, während andere eintraten.

»Scheint ja recht gut besucht zu sein, die Ausstellung«, stellte Markus fest.

»Worum geht es denn überhaupt?«, fragte Katharina und machte ein reumütiges Gesicht. »Ich weiß, ich hätte mich vorher schlaumachen können, aber ...«

»Schon gut«, grinste ihr Halbbruder. »Ich hab einfach etwas gesucht, was ich zum Anlass für ein Treffen nehmen könnte, und dazu noch einen Vorwand, der mich nach Lüneburg bringt, damit du es nicht weit hast. Na ja, und die Ausstellung klang nicht so uninteressant, auch wenn ich es mit Kirche und Bibel sonst nicht so habe. Abgesehen davon wollte ich mir das Kloster tatsächlich schon immer gern mal ansehen.« Er zog einen zusammengefalteten Zeitungsausschnitt aus der Hosentasche und zog ihn auseinander. »Also, es geht um die zehn biblischen Plagen. Das war eine Kette mehrerer Katastrophen, die im 13. Jahrhundert in Ägypten aufgetreten sein sollen. Wirklich belegt ist das alles wohl nicht, aber nach dem Alten Testament hat Gott diese Plagen geschickt, nachdem der Pharao sich weigerte, Mose und Aaron ziehen zu lassen, um das Volk Israel aus der Sklaverei zu führen.« Er lachte. »Da komme ich ausgerechnet einer Kommissarin mit einer Geschichte, die nicht mal erwiesen ist.«

Jetzt musste auch Katharina grinsen. »Na, ganz so pingelig bin ich da nicht, es geht ja nicht um einen Fall. Außerdem klingt es ganz spannend.« Sie drückte ihre Zigarette im Aschenbecher aus, der vor dem Eingang bereitstand. »Meinetwegen können wir«, sagte sie auffordernd und öffnete die Tür.

Während Markus den Eintritt für sie beide zahlte, sah Katharina sich um. Sie war, seit sie in der Hansestadt lebte, noch nie im Kloster Lüne gewesen. Aber sie erinnerte sich dunkel daran, als Kind einmal mit ihren Eltern hier gewesen zu sein.

»Ich freue mich wirklich sehr, dass du hier bist«, klang plötzlich Markus' Stimme in ihre Gedanken hinein. Er war neben sie getreten und hielt ihr eine der Eintrittskarten entgegen. »Ich habe zwar mal das ein oder andere Foto von dir gesehen, aber …«

Erstaunt sah Katharina ihn an, was ihm nicht entging, und so erklärte er: »Ich hab dich gegoogelt, und nachdem du schon so manchen spektakulären Fall gelöst hast, gab es ein paar Treffer.«

Katharina musste schmunzeln. Es hätte sie auch gewundert, wenn Markus behauptet hätte, ein Foto von ihr bei ihrem Vater gesehen zu haben. Wenn sie ehrlich war, hatte sie inzwischen eine ganze Menge Fragen an ihren Halbbruder, der ihr unerwartet sympathisch war. Allmählich war sie bereit, ihm entgegenzukommen und dieser neuen familiären Konstellation eine Chance einzuräumen. Er schien ihr zu offen und zu ehrlich, um sich dem auch weiterhin komplett zu verweigern. Zaghaft legte sie eine Hand auf seinen Oberarm: »Ich freue mich auch, dass wir hier sind – wirklich. Ich weiß, ich hab mich lange gesperrt. Die Situation war nicht ganz leicht für mich, und sie ist es auch immer noch nicht. Ich hoffe, du kannst das ein bisschen verstehen. Gib mir noch ein wenig Zeit, mich daran zu gewöhnen, dass ich plötzlich einen kleinen Bruder … einen Halbbruder habe, okay?«

»Ja klar, ich bin geduldig, und natürlich verstehe ich das.« Markus sah ihr direkt in die Augen, und langsam konnte Katharina seine geradlinige Art besser von der enormen optischen Ähnlichkeit mit ihrem Vater trennen.

»Ich habe oft darüber nachgedacht, wie das für dich und deine Mutter sein muss. Aber ich will auch ehrlich sein:

Ich habe viele Fragen, weil ich gern mehr über dich wissen würde. Ich meine, immerhin sind wir Geschwister, und ein paar deiner Gene hab ich auch in mir ... Und Henning war und ist da, na ja, sagen wir mal, nicht gerade sehr auskunftsfreudig«, gestand Markus.

»Das kann ich mir lebhaft vorstellen«, erwiderte Katharina mit einem zynischen Unterton. »Wie gesagt, gib mir ein bisschen Zeit und lass es uns langsam angehen, dann bin ich gern bereit dazu. Bis dahin würde ich dich gern etwas besser kennenlernen, so als wärest du eine neue Bekanntschaft, nicht unbedingt Familie.«

Markus nickte und setzte sich in Bewegung. Katharina tat es ihm gleich, und so schlenderten beide durch die Sammlung – mal betrachteten sie gemeinsam ein Exponat und mal allein, ganz nach Interesse. Katharina empfand das als angenehm, und sie begann sich zunehmend auf die Ausstellung zu konzentrieren und fast zu vergessen, dass sie heute zum ersten Mal mit ihrem Bruder unterwegs war. Die vielen Schautafeln boten eine Menge Text, und Katharina merkte, wie sehr sie es genoss, mal wieder etwas kulturelle Abwechslung zu haben. Früher war sie häufig in Museen, Ausstellungen oder ins Theater gegangen, aber das hatte sie in den letzten Jahren ziemlich vernachlässigt. So wanderte sie interessiert von Tafel zu Tafel und versuchte sich auf das Thema zu konzentrieren. Mit Kirchengeschichte oder der Bibel hatte sie wenig am Hut. Mehr als das normale Grundwissen aus der Schulzeit und dem Konfirmandenunterricht konnte sie nicht vorweisen, zumal sie es auch nie aufgefrischt hatte. Auch die von Markus genannten Plagen brachten in ihrem Kopf nicht mehr als eine verschüttete Erinnerung zutage. Sie schaute in der kleinen Ausstellungsbroschüre nach, ob dort Näheres zum Thema stand, aber sie fand nur einen Hinweis auf eine Übersicht, die am Anfang des Rundgangs hängen sollte. Sie musste sie übersehen haben. Katharina ging zurück, und tatsächlich entdeckte sie eine Tafel, auf der alle Katastrophen, die damals vermeintlich eingetreten waren, kurz beschrieben standen. Sie las von mit Blut versetztem Wasser, von Stechmücken und -fliegen, die die Bevölkerung geplagt hatten, von einer Viehpest, die ganze Tierherden getötet hatte, und von Schwarzen Blattern. Es folgten zerstörerischer Hagel und eine andauernde Finsternis sowie eine Heuschreckenplage und ein Punkt, den sie als besonders furchtbar empfand: der Tod aller Erstgeborenen in ganz Ägypten innerhalb einer Nacht. Die Übersicht verwies auf Einzelstationen der Ausstellung, an denen jede der Plage für sich und im Detail dargestellt und geschildert wurde. Katharina nahm ihren Weg wieder auf und sah sich die Ausstellungsstücke nun mit diesem laienhaften Hintergrundwissen noch einmal etwas genauer an. Bei dem ersten und zweiten ließ sie sich noch Zeit und las sich die detaillierten Beschreibungen in Ruhe durch, doch dann stellte sie fest, wie die Zeit davonlief, und überflog die nachkommenden Ausführungen lediglich. Plötzlich stolperte sie jedoch über ein Ereignis, das sie an ihren aktuellen Fall erinnerte, und sie sah es sich genauer an:

»Frösche wimmeln im Land: ›Und der Herr sprach zu Mose: Sage Aaron: Strecke deine Hand aus mit deinem Stabe über die Ströme, Kanäle und Sümpfe und lass Frösche über Ägyptenland kommen.‹ Und Aaron reckte seine Hand aus über die Wasser in Ägypten, und es kamen Frösche herauf, so dass Ägyptenland bedeckt wurde. (2 Mos 8,1 LUT).«

Was für ein merkwürdiger Zufall, dachte die Kommissarin. Auf die vermeintliche Parallele aufmerksam geworden, suchte sie als Nächstes ganz bewusst nach der Tafel, die die Plagen mit Stechmücken und Stechfliegen näher erklärte. Sie war völlig in den Text vertieft, als die angenehme Stimme von Markus neben ihr erklang. »Scheint, als hätte ich tatsächlich etwas vorgeschlagen, was dich interessiert«, sagte er erfreut.

»Das hättest du aber nicht ahnen können«, kommentierte Katharina und musste grinsen, als sie sein überraschtes Gesicht sah. Dann erklärte sie: »Es gibt ein paar Dinge, die mich sehr daran erinnern, was ich im Job gerade zu lösen habe. Ist einfach ein lustiger Zufall oder diese vielberufene ›subtile Wahrnehmung‹, und darum hat das Thema mein Interesse mehr geweckt als erwartet. Aber ich will dich nicht mit meinem Job langweilen.«

»Ich weiß nicht, ob eine Kommissarin einen langweilen kann, wenn sie von ihren Fällen erzählt«, schmunzelte er. »Im Vergleich zu meiner trockenen Paragrafenreiterei hast du sicher einen absolut aufregenden Job. Und du hast bestimmt nicht grundlos das Jura-Studium geschmissen, um zur Polizei zu gehen. Das ist übrigens etwas, was unser Vater gern erwähnt.« Er lehnte sich an die Wand und sah die Kommissarin erwartungsvoll an. »Ich weiß, wir sind noch nicht komplett durch, aber wenn ich ehrlich bin, hab ich allmählich ziemlichen Hunger. Und nachdem wir die heiligen Hallen des Klosters erfolgreich genutzt haben, um unsere anfängliche Scheu voreinander abzulegen – was hältst du davon, wenn wir abbrechen und nebenan was essen gehen? Oder musst du noch etwas herausfinden?«

»Nein, absolut nicht. Das hat nichts mit dem Fall zu tun, es hat mich nur daran erinnert. Also, lass uns gern was essen gehen. Zu dem Griechen nebenan?«

Irgendetwas störte Jan Reinking in seinem Schlaf. Müde hob er seine Lider und nahm als Erstes ein Flackern wahr. Schon seit Langem zog er nicht mehr die Jalousien herunter oder die Gardinen vor, wenn er sich ins Bett legte. Früher hatte Ines das gemacht, doch nachdem sie ihn verlassen hatte, war vieles anders. Bis auf Notwendiges wie Essen kochen und Wäsche waschen führte er bewusst keine Alltäglichkeiten aus, die zuvor zu ihren Aufgaben gehört hatten.

Er richtete sich, noch immer schlaftrunken, in seinem Bett auf. Das Flackern kam tatsächlich von draußen, doch was war es? War vielleicht eine seiner Birnen in der Außenbeleuchtung kaputt? Aber dafür war das Licht zu stark und zu gelb. Seine Beleuchtung über der Haustür beschien gerade einmal den Eingangsbereich. Ines hatte immer gesagt, dass man die »blöde Funzel« auch ganz weglassen könnte, und sich Lichter gewünscht, die den gesamten Hofbereich ausleuchteten. Natürlich hatte er sich immer vorgenommen, ihr diesen Wunsch zu erfüllen, doch dann war sie weg und er hatte keinen Gedanken mehr daran verschwendet. Jetzt, schon etwas wacher, schaute Jan Reinking noch einmal in das Flackern, und dann traf ihn die Erkenntnis wie ein Blitz. Plötzlich hellwach sprang er aus dem Bett und schaute mit klopfendem Herzen und an das Fenster gedrückter Nase hinaus in die Nacht. Das gelbe, flackernde Licht konnte von nichts anderem herrühren als von einem Feuer, dem absoluten Feind eines Landwirts wie ihm – zumindest, wenn er es nicht selbst entfacht hatte. Angestrengt starrte Reinking in das Flackerlicht, das – wie er nun erkannte – knapp 300 Meter von seinem Hof entfernt loderte. Er hatte sich also nicht getäuscht, es brannte! Das Feuer schien sich recht schnell über das Feld auszubreiten, soweit er es in der ansonsten tiefdunklen Nacht erkennen konnte. Für einen Moment war der Bauer erleichtert, und sein Herz beruhigte sich wieder. Es war keines seiner Felder, sondern eines des Nachbarhofes. Ob der alte Thieme brandrodete? Nein, sicher nicht um diese Uhrzeit, und Thieme hatte ihm heute Morgen, als sie beide sich zufällig über den Weg gelaufen waren, auch nichts von einem solchen Vorhaben erzählt. Darüber hinaus brandrodete heutzutage kaum mehr jemand, und wenn, musste man sich das inzwischen genehmigen lassen. Er stutzte und sagte laut vor sich hin: »Komisch, ganz, ganz komisch, das muss ich klären« – seit Ines nicht mehr da war, sprach er häufig mit sich selbst, es hörte ja eh keiner.

Der Landwirt schlurfte zum Telefon und wählte die Nummer der Thiemes, die er von einem Zettel auf der Pinnwand über dem Telefontisch ablas. Fast hätte er schon wieder aufgelegt, doch dann nahm endlich am anderen Ende jemand ab, und er hörte die knarzige Stimme von Thiemes Frau: »Hallo?«

»Jan hier«, sagte Reinking, während er aus dem Stubenfenster auf das Feuer blickte: »Sach mal, Moni, bei euch brennt's. Soll das so? Dann hättet ihr ja mal Bescheid geben können, nich dass das Feuer noch auf meine Felder rüberkommt.«

»Wie, es brennt? Unser Feld brennt?«, schrillte ihm die Stimme von Monika Thieme entgegen.

»Jo, sach ich doch«, meinte der Bauer und trat so nahe an sein Stubenfenster heran, wie die Telefonschnur es zuließ. Er hatte irgendetwas gesehen, was nicht zu dem Feuer passte. Es war mehr ein Schemen gewesen, aber er konnte sich auch geirrt haben.

»Uweeee«, schrie Monika Thieme laut nach dem alten Thieme, und Jan Reinking hielt sofort den Hörer weit von sich, aber so, dass die Sprechmuschel noch in Richtung seines Mundes zeigte.

»Musst du denn so laut schreien, Moni? Da knallt einem ja das Trommelfell weg! Kümmert euch um das Feuer, ich geh da jetzt raus!«, blaffte der Bauer und knallte den Hörer wütend auf die Gabel. Sein linkes Ohr schmerzte geradezu von diesem Weibergeschrei.

Während Reinking mit seinem Pyjama am Leib in die Gummistiefel stieg, die wie immer an der Haustür standen, murmelte er vor sich hin: »Ines hat auch immer geschrien. Is wohl so ein Frauending. Am Ende hat sie nich mehr geschrien. Da hätt ich es merken müssen, ich Idiot, und dann war sie weg. Wahrscheinlich hab ich es nicht besser verdient, aber deswegen einfach abzuhauen, ist doch auch keine Art. Dieses verflixte Weibsstück. Mich einfach hier allein zu lassen ...«

Weiter leise vor sich hin schimpfend öffnete der Bauer die Haustür und erstarrte: Keine zwei Meter von ihm entfernt huschten drei Schatten über seinen Hof, und einer von denen hatte eine brennende Fackel in der Hand. Nach der ersten Überraschung hatte Reinking sich schnell wieder gefangen, stolperte aus der Haustür hinaus, die mit einem Rumps hinter ihm zuschlug, und lief den Gestalten, die daraufhin in einen schnellen Sprint verfielen, brüllend hinterher: »Hey stehen bleiben, was soll das? Was wollt ihr hier? Ste-hen-blei-ben!«

Schon nach wenigen Metern blieb der Bauer schwer atmend stehen. Er würde die drei nicht einholen. Sie waren einfach flinker als er und hatten zudem einen Vorsprung. Dafür blickte er den Flüchtenden mit Argusaugen hinterher. Nach etwa 50 weiteren zurückgelegten Metern schienen diese bemerkt zu haben, dass sie ihren Verfolger abgehängt hatten. Sie verfielen in einen leichten Trab, und als dann die erste Gestalt stehen blieb, taten es auch die anderen. Die Gestalt mit der Fackel schwenkte diese jetzt in seine Richtung, doch Jan Reinking bemerkte nicht die Drohgebärde, die darin steckte. Vielmehr blickte er interessiert, denn die Fackel erhellte für den Moment die Gesichter der drei, und wenn ihn nicht alles täuschte, dann war ihm mindestens eines davon bekannt.

»*Nicht der Kopf muss zerbrochen werden, um in der Wahr-heit weiter zu kommen, sondern das Herz.*«

(Martin von Tours)

7. KAPITEL:

07.45 Uhr

Die Tageszeitung fiel von der Schreibtischkante zu Boden, als sie beim Vorübergehen dagegen stieß. Vivien beugte sich hinunter, um die zum Teil auseinandergefledderten Zeitungsseiten zusammenzuklauben, und spürte dabei ihren dumpfen Schädel, sodass ihr ein kleiner Ächzer entfuhr. Welcher Teufel hatte sie gestern bloß geritten, so tief ins Glas zu schauen? Und dann noch unter der Woche? Während Vivien sich mit der Zeitung in der Hand aufrichtete und sich auf ihren Schreibtischstuhl setzte, musste sie jedoch lächeln – bis auf die Kopfschmerzen und leichte Mattigkeit hatte sie zumindest einen schönen Abend gehabt. Leider hatte sie jedoch aufgrund des schönen Abends nun nicht nur diese Watte im Kopf, sondern auch kaum geschlafen. Immer wieder war sie in der sowieso für sie recht kurzen Nacht aufgewacht und hatte gegrübelt. Auch jetzt atmete sie bei dem Gedanken daran tief ein. Sie steckte in einem kleinen Dilemma und war sich nicht ganz klar darüber, wie sie es auflösen sollte.

Gestern Abend hatte plötzlich Carlsen bei ihr vor der Tür gestanden, gesagt, er hätte Hunger und gefragt, ob sie mit auf eine schnelle Pizza käme. Zunächst hatte Vivien sich nichts dabei gedacht, auch nicht darüber, dass der Biologe einfach so bei ihr aufgekreuzt war – er kannte ihre Adresse, weil er sie bei ihrem ersten gemeinsamen, sozusagen dienstlich verbrachten Abend nach Hause begleitet hatte. Da sie ebenfalls Hunger und nicht mehr viel im Kühlschrank gehabt hatte, war sie spontan mit ihm erneut zu Mattheo gegangen. Carlsen hatte sich tatsächlich für eine Pizza entschieden, sie nur für einen kleinen Salat mit Garnelen. Wahrscheinlich war das ihr erster Fehler gewesen. Der zweite war definitiv der Krug Chianti gewesen, den sie sich beide zusammen bestellt hatten, und dem später am Abend ein zweiter gefolgt war – und natürlich, eigentlich wusste ja jeder, dass zu viel Chianti einem nicht nur zu Kopf stieg, sondern diesen auch gern durcheinanderwirbelte, vor allem wenn die Grundlage nur ein Salat war. Allerdings wäre es auch ohne Alkohol im Blut ein lustiger Abend gewesen, und genau das machte Vivien Kopfzerbrechen. Sie hatte Carlsen gegenüber überhaupt keine körperlichen Gefühle verspürt, aber das war schließlich für sie der Normalzustand. Was sie sonst nicht von sich kannte, war die Tatsache, dass sie sich in Carlsens Gesellschaft nicht nur ungemein wohlfühlte, sondern ihm Vertrauen entgegenbrachte und auf eine ganz merkwürdige Weise eine Art Seelenverwandtschaft zu ihm empfand. Dabei kannte sie ihn kaum, und er war zudem ein Mann! Im Grunde wäre das alles noch hinnehmbar gewesen, wenn da nicht die Verbindung zu ihrem Berufsleben gewesen wäre. Gut, sie hatten auch ein bisschen über den Job geplaudert, und Carlsen hatte ihr einen Zettel zugeschoben, auf dem weitere Adressen von Zoologischen Gärten und Tierhandlungen drauf standen, wo es exotische Tiere gab. Sie hatten auch darüber geredet, dass es viel wahrscheinlicher war, dass der Täter die Tiere über das Netz oder andere für sie nicht nachverfolgbare Kanäle bestellt hatte. Carlsen hatte ihr angeboten, dass er sich einmal im Netz als Interessent für eben diese Tiere ausgeben würde, um so vielleicht weiterzukommen. Vivien hatte dankend abgewunken und gemeint, dass sie das tun würde. Sie wusste nicht genau, wie weit sie Carlsen in die Ermittlungen mit einbeziehen durfte oder von Ben aus sollte, und mit den dunklen Kanälen des Netzes kannte sie sich durch ihre Arbeit im Dezernat für Sexualdelikte auch selbst ganz gut aus. Nachdem dieser Punkt abgehakt war, waren sie beide mit dem Essen durch gewesen, doch anstatt aufzubrechen, hatten sie die zweite Karaffe Chianti bestellt und waren zu ihrem Privatgespräch übergegangen. Carlsen hatte von seiner Kindheit erzählt und aus seiner Heimat, einem kleinen Ort in Schleswig-Holstein an der Ostseeküste. Dort hatte seine Liebe zur Natur einen guten Nährboden gehabt. Dennoch war er nicht direkt nach der Schule ins Studium gestartet, sondern erst einmal mitsamt Rucksack und seiner damaligen Freundin nach Asien, um dort herumzureisen und von der Hand in den Mund zu leben. Dies und noch viel mehr hatte ihr Carlsen in seiner humorvollen Art, die sie immer wieder zum Lachen gebracht hatte, gestern Abend erzählt. Vivien hatte sich ungewohnt entspannt gefühlt und für einige Zeit ihre sonst kühle Art anderen Menschen gegenüber abgelegt. Sie hatte sogar ein bisschen von sich erzählt. Allerdings eher von der Gegenwart. Von ihrem überraschenden Teamwechsel und ihrer Freude darüber. Als Carlsen sie jedoch gefragt hatte, warum sie Polizistin geworden war, hatte sie sich wieder in ihr Schneckenhaus zurückgezogen, und bald darauf waren sie gegangen. Dennoch war es sehr spät gewesen. Oder früh, wie man es nimmt, dachte Vivien und griff nach der vor ihr liegenden

Zeitung. Eigentlich war sie zeitig ins Büro gekommen, weil sie sich zu Hause sowieso nur in ihrem Bett hin und her gewälzt und dann überlegt hatte, dass sie genauso gut arbeiten gehen könnte. Doch bereits beim Betreten des Büros hatte sie bemerkt, dass sie es heute Morgen doch besser etwas langsamer angehen sollte. Die LZ querzulesen war da genau das Richtige, allerdings fehlte eine Kleinigkeit. Vivien legte die Zeitung wieder auf den Tisch und erhob sich, um einen Kaffee zu machen. Genau in dem Moment, als sie sich wieder gesetzt und in die Zeitung vertieft hatte, hörte sie mit einem Ohr, wie die Tür zum Büro aufging und ihr gleich darauf ein »Morgen«, entgegenschallte.

»Guten Morgen, Katharina, konntest du auch nicht schlafen?«, begrüßte Vivien ihre Kollegin freundlich.

»Ach, du auch nicht?«, antwortete Katharina von Hagemann überrascht, während sie zu ihrem Schreibtisch ging. »Hatten wir Vollmond, oder was?«

»Keine Ahnung«, antwortete Vivien, »bei mir war es eher der Kopf.«

»Oh, wirst du krank? Oder meinst du das nervige Gedankenkarrussel, denn das war es ehrlicherweise bei mir, und da lenke ich mich dann immer besser mit Arbeit ab«, sagte Katharina frei heraus und fuhr fort: »Wo wir grad dabei sind, ich wollte dir sowieso sagen, dass ich immer ein offenes Ohr für dich habe. Ich weiß, ich habe neulich ziemlich heftig reagiert, als du da gesessen hast, und es tut mir leid, wobei die Sache mit Tobi … Ach, na ja, wie gesagt, wenn was ist oder so, sag es einfach. Schließlich sind wir ein Team und sollten zusammenhalten.«

»Ja … ähm, okay«, erwiderte Vivien überrascht. Sie wusste, dass Katharina ihr mit diesen Worten die Hand zur endgültigen Versöhnung ausgestreckt hatte, und freute sich darüber, allerdings fiel ihr partout nicht ein, was sie darauf sagen sollte. Doch allem Anschein nach erwartete die Kollegin auch gar keine Antwort, denn auch sie holte sich einen Kaffee, nachdem sie zuvor ihre Jacke und den Schal über ihren Stuhl gehängt hatte. Als Katharina mit dem Kaffeebecher in der Hand wieder auf ihren Schreibtisch zusteuerte, fragte sie: »Steht was Interessantes drin?«

Vivien Rimkus ließ ihre Augen kurz über die Zeitung gleiten: »Ich hab sie noch nicht gelesen.«

»Na dann«, kommentierte Katharina, stellte im Vorübergehen ihren Becher auf ihrem Schreibtisch ab und trat auf Vivien zu. Dann will sie jetzt also doch wissen, warum ich heute Nacht nicht schlafen konnte, dachte die jüngere Kommissarin und überlegte fieberhaft, was sie Katharina sagen sollte. Sie wollte der Kollegin nicht von ihren Gedanken zu Carlsen erzählen. Überhaupt wollte sie nicht erzählen, dass sie mit ihm gesumpft hatte. Das ging niemanden etwas an. Sie käme sicherlich nicht drum herum, im Team zu berichten, dass sie sich gestern getroffen hatten, doch sie würde es als rein berufliches Treffen darstellen. Während sie überlegte, ging Katharina kurz vor Viviens Schreibtisch mit den Worten in die Knie: »Du hast hier eine Seite verloren.« Es raschelte leicht, als Katharina die Zeitungsseite, die komplett unter Viviens Schreibtisch gesegelt war, aufhob, und dann herrschte für einen Moment Stille. Katharina war nicht wieder aus ihrer Hocke hochgekommen, darum beugte Vivien sich nach ein paar Sekunden nach unten und fragte ehrlich besorgt: »Alles in Ordnung mit dir?«

»Ja«, erklärte Katharina nachdenklich, während sie sich hochrappelte und dabei auf das Zeitungsblatt in ihrer Linken schaute. »Gestern Abend hat es gebrannt«, sagte sie dann, und es klang wie eine Feststellung.

»Aha«, meinte Vivien gedehnt, »wo denn?«

»Auf einem Feld bei Deutsch-Evern.«

»Hm, komisch bei diesem Wetter. Immerhin haben wir keinen Hochsommer, da wird es wohl kaum eine brennende Zigarettenkippe gewesen sein, die den Brand entfacht hat. Ist jemand zu Schaden gekommen?«, fragte Vivien.

»Nein«, antwortete Katharina, »hier steht, dass kein Personenschaden entstanden ist und auch sonst nichts Schlimmes, na ja, bis auf den Schaden für den Landwirt, aber der hat sich wohl in Grenzen gehalten, da die Feuerwehr ziemlich schnell gerufen worden ist.«

»Na dann …«, sagte Vivien. Für sie war die Information dazu abgeschlossen, doch für Katharina anscheinend nicht, denn die sagte: »Hier steht, es war Brandstiftung.«

»Na ja, aber das fällt nicht in unseren Aufgabenbereich«, entgegnete Vivien und rieb sich abermals die Schläfen. Die Kopfschmerzen waren stärker geworden. »Hast du eine Kopfschmerztablette für mich?«, fragte sie deshalb.

Mitfühlend schaute Katharina Vivien an. Der jungen Kommissarin kam es so vor, als sei die ältere weit weg mit ihren Gedanken.

»Ja, ich glaube schon«, sagte Katharina, ging zu ihrer Tasche, wühlte darin herum und hielt wenige Sekunden später triumphierend einen schon etwas mitgenommenen Blister hoch.

»Prima«, freute sich Vivien, stand auf und ließ sich von Katharina eine Tablette in die Hand drücken. Sie umschloss sie mit der Faust und holte sich ein Glas Wasser. Nachdem sie die Tablette eingenommen hatte, sah sie zu Katharina, die nachdenklich auf die Zeitungsseite blickte, die sie auf ihrem Tisch ausgebreitet hatte, und dabei an ihren Fingern gnibbelte. Vivien wusste von ihrer früheren Zusammenarbeit, dass die Kollegin das tat, wenn sie nervös oder besonders konzentriert war. Sie konnte nicht einschätzen, was es heute war, aber so ein Brand, der nicht einmal für ihr Dezernat bestimmt war, was war daran zum Nachdenken? Dann fiel ihr ein, dass die Kollegin nicht hatte schlafen können, weil ihre Gedanken in der Nacht Karussell gefahren waren. »Gedankenkarrussel«, hatte Katharina es genannt, und Vivien wusste nur zu gut, was sie damit gemeint hatte. Bestimmt brütete Katharina deswegen so an ihrem Schreibtisch.

08.10 Uhr

»Ich habe noch nie die Schule geschwänzt«, gestand Leonie ihrer Freundin Laura. Die beiden hatten sich wie immer an ›ihrer‹ Ecke getroffen, waren dann jedoch nicht zur Schule gefahren, sondern die Soltauer Straße entlang in Richtung Leuphana-Universität. Dort wollten sie nicht hin, aber in die Nähe der Uni, denn da wohnte Claas. Die beiden Mädchen waren mit ihm verabredet. Genauso wie mit Julian, der auch kommen wollte. Claas hatte sturmfrei – seine Geschwister waren im Kindergarten oder der Schule und seine Mutter bei der Arbeit.

»Ja, ich weiß, ich ja auch nicht so richtig«, erwiderte Laura und fuhr fort: »Außer, naja, Bauchschmerzen habe ich meiner Mutter schon mal vorgespielt, damit ich zu Hause bleiben durfte, als ich für eine Arbeit so gar nicht geübt hatte. Aber das auch nur ein oder höchstens zwei Mal.«

»Selbst das habe ich noch nie gemacht«, sagte Leonie und wunderte sich ein wenig über ihre Freundin – sie hätte

Laura nicht zugetraut, schon einmal geschwänzt zu haben. Die Begründung wiederum machte es logischer, denn Laura war ziemlich ehrgeizig.

»Hm«, machte Laura und gab dann zu: »Ehrlich gesagt habe ich ein schlechtes Gewissen. Also ich meine, dass ich Mama gesagt habe, ich gehe in die Schule und mach es gar nicht. Wenn das rauskommt, ist sie bestimmt echt enttäuscht von mir, und es gibt garantiert richtig Ärger.«

»Ja«, stimmte Leonie zu, »bei mir sicher auch, obwohl meine Mutter grad ziemlich mit ihrer Schwangerschaft beschäftigt ist. Heute Morgen ist sie bei ihrer Ärztin für eine größere Ultraschalluntersuchung. Das dauert sowieso. Falls also die Schule zu Hause anruft, ist eh keiner da.«

»Ach, die Schule ruft schon nicht an«, beruhigte Laura, doch Leonie hörte aus ihrer Stimme eine gewisse Unsicherheit heraus. Auch ihr war nicht wohl bei der Sache. Gar nicht deswegen, weil sie ein paar Stunden in der Schule verpasste. Das konnte sie sich als gute Schülerin erlauben. Sie wusste ganz genau, dass sie etwas Verbotenes tat, und hatte deswegen das Gefühl, ihre Mutter zu hintergehen. Und dass diese mit ihrer Schwangerschaft derzeit beschäftigt war, stimmte zwar, dennoch vernachlässigte sie Leonie nicht. Im Gegenteil, ihre Mutter bezog sie total in ihre Freude auf das Baby mit ein. Sie teilte auch ihre Ängste mit Leonie. Und gestern hatte sie Leonie sogar gefragt, ob sie nicht mit zu dem großen Ultraschall heute Morgen kommen wollte: »Du würdest zwar die ersten beiden Stunden verpassen, aber wenn du mitkommen möchtest, schreib ich dir eine Entschuldigung. Schließlich hat man nicht jeden Tag die Gelegenheit, sein ungeborenes Geschwisterchen zu sehen.«

»Oh Mist«, hatte Leonie schnell geantwortet, »das geht leider nicht. Wir schreiben nächste Woche einen Test, und ich möchte den Unterricht nicht verpassen.«

Kaum waren die Worte aus hier heraus gewesen, hatte sie sich schlecht gefühlt, denn da hatte sie bereits geplant, für das Treffen mit Claas am nächsten Morgen die Schule zu schwänzen. In dieser Form hatte sie ihre Mutter noch nie angelogen. Sicher hatte sie einige Male Notlügen benutzt, wenn sie etwas vergessen hatte oder auch einmal, als sie eine Vase kaputt gemacht hatte, die ihre Mutter von ihrer Großmutter geerbt hatte, aber das war anders gewesen. Seit gestern Abend hatte sie das Gefühl, sie würde ihre Mutter hintergehen, zumal diese im Gegensatz zu ihrem Vater nach wie vor nichts von Claas wusste. Leonie hatte ausschließlich seinetwegen gelogen. Sie wollte Claas jede freie Minute sehen, und als Julian am Tag zuvor in der Schule den Vorschlag gemacht hatte, dass sie alle mal einen »drauf machen sollten«, war sie sofort begeistert gewesen. Sie mochte Julian zwar immer noch nicht, aber was konnte es Schöneres geben, als mit der besten Freundin und dem Freund gemeinsame Stunden zu verbringen? Denn dass Claas ihr Freund war, war inzwischen keine Frage mehr für Leonie. Alle ihre Klassenkameraden wussten spätestens seit gestern, dass sie zusammen waren, denn da hatte Claas sie in der Pause vor allen in den Arm genommen, und als es wieder zur Stunde geklingelt hatte, waren sie Hand in Hand hineingegangen. Bei Laura und Julian war das anders. In der Schule beachtete der Klassenkamerad ihre Freundin kaum, und wenn sie sich nachmittags trafen, dann nicht in der Öffentlichkeit, sondern meist im Kurpark in einer versteckten Ecke oder bei Laura, wenn deren Mutter nicht da war. Laura hatte Julian darauf angesprochen, woraufhin er ihr erklärt hatte, dass er ziemlich strenge Eltern hätte und diese ihm keine Freundin erlauben würden. Als Laura ihr davon erzählt hatte, hatten die beiden Freundinnen sich fast gestritten, denn Leonie glaubte Julian kein Wort, und so hatte sie ihre Augenbrauen fragend hochgezogen. Das hatte schon gereicht, um Lauras Wut auf sich zu ziehen. Sie hatte Leonie sofort angefaucht: »Warum guckst du denn so komisch? Kann doch sein!«

»Ja, klar, aber …«, hatte Leonie begonnen, dann jedoch abgebrochen. Sie hatte das Gefühl, ihre Freundin wollte Julian gern glauben, und wozu sollte sie sie dann mit ihrer Meinung traurig machen? Darum beendete sie ihren Satz mit: »… aber pass auf, dass er nicht nur das eine von dir will, okay?«

»Ich bin ja nicht blöd, natürlich tue ich das, und wir knutschen auch nur rum, aber das kann er ziemlich gut«, hatte Laura schnell versöhnt und grinsend erwidert. Leonie hatte sich den Kommentar, dass Julian bekanntermaßen ziemlich viel Übung im Knutschen hatte, verkniffen, doch als er gestern den Vorschlag eines gemeinsamen Treffens während der Schulzeit gemacht hatte, hatte sie auch wegen Laura schnell zugestimmt.

Jetzt bogen sie gerade mit ihren Rädern in die Straße ab, in der Claas wohnte, und ihr Herz begann vor Vorfreude zu klopfen. Sie linste zu Laura rüber, und auch die sah ziemlich glücklich aus. Leonie horchte in sich hinein. Ihr blödes Gefühl, ihre Mutter angelogen zu haben und die Schule zu schwänzen, hatte sich in Nichts aufgelöst. Das Einzige, was sie verspürte, war Aufregung und Nervosität zugleich. Sie freute sich wahnsinnig auf ihren Freund und hoffte, vielleicht ein paar Minuten ganz allein mit ihm zu haben, und gleichzeitig fand sie es komisch, so heimlich in sein Zuhause zu kommen. Sie war bisher noch nicht bei ihm gewesen, und sie fragte sich, wie es ihr dort gefallen würde. Wie er wohl wohnte? Und wie hatte er sein Zimmer eingerichtet? Noch während sie sich das fragte, waren sie an seiner Hausnummer angekommen. Schweigend stellten die beiden Mädchen ihre Räder in den Ständer, der vor der Eingangstür des Mietshauses angebracht war, und schlossen sie ab.

»Julian ist schon da«, sagte Laura mit belegter Stimme und deutete auf ein ebenfalls angeschlossenes Jungenfahrrad. Leonie nickte nur, und ihr war klar, dass ihre Freundin genauso aufgeregt war wie sie. Sie traten an die Klingelleiste heran, suchten nach dem Namen Degenhardt und drückten darauf. Nur eine Sekunde später ertönte der Summer, und Leonie öffnete die schwere Haustür.

»Scheinbar hat Claas schon sehnsüchtig an der Tür gestanden und auf dich gewartet«, grinste Laura.

»Oder Julian auf dich«, konterte Leonie, insgeheim nahm sie jedoch auch an, dass es Claas gewesen war, der den Türsummer betätigt hatte. Julian gab sich nach außen viel zu cool, um so schnell zu reagieren. Er war eher der Typ, der hinter der Tür stand und extra eine kleine Weile verstreichen lassen würde, um zu zeigen, wie lässig er war, vor allem Mädchen gegenüber. Ein Blick nach oben in das Treppenhaus gab ihr recht: Über das Gelände lugte der Kopf von Claas, und als sein Blick auf den von Leonie traf, breitete sich ein Lächeln auf seinem Gesicht aus. Mit jedem weiteren Schritt, den ihre Füße auf den Treppenstufen nahmen, wurde ihre Freude auf ihn größer, und sie hatte das Gefühl, vor Glück gleich zu platzen. Schon jetzt hatte sich das Schuleschwänzen gelohnt. Aus den Augenwinkeln sah Leonie, wie Laura leicht ihre Nase rümpfte. Sie wusste, dass die Freundin nicht Claas meinte, sondern den Geruch, der im Treppenhaus hing – eine Mischung aus Kohl, Zwiebeln und abgestandenem Zigarettenrauch. Natürlich konnte es auch in anderen Wohnhäusern so riechen, aber hier unterstrich der Geruch das ungepflegte Treppenhaus mit den zum Teil unverputzten Stellen und Schmierereien an den Wänden. Leonie wunderte sich über sich selbst. Normalerweise reagierte sie auf solche Gerüche oder Schmutz ebenfalls empfindlich und angeekelt, aber hier störte es sie nicht. Hier wohnte Claas, und er konnte ja schließlich nichts dafür, wie sich einige seiner Nachbarn benahmen. Was zählte, war er als Mensch. Mit diesen Gedanken hatte sie die letzte Stufe erreicht, wo Claas sie kurz in den Arm nahm, um ihr einen kleinen Begrüßungskuss zu geben. Hinter ihm, im Türrahmen zur Wohnung, stand Julian, der Laura nur ein »Hi, Babe« zurief und dann auf das Handy in seiner Hand schaute. Er wirkte gelangweilt, und Leonie vermutete, dass auch das zu der Show gehörte, die ihn in den Augen anderer zu einem coolen Typen machen sollte. Ihre Freundin tat ihr leid. Laura hatte jemand Besseren verdient, aber das würde diese sich kaum sagen lassen, so verliebt, wie sie in Julian war.

»Hi«, hauchte Laura hinter Leonie, die sich jetzt von Claas löste. Dann betraten die Jugendlichen die Wohnung. Julian ging voran, als ob er hier leben würde, und die anderen folgten ihm. Die Wohnung erschien Leonie ziemlich klein für fünf Personen. Direkt neben der Eingangstür war eine schmale Küche, und gegenüber lag das Wohnzimmer, das allem Anschein nach auch als Schlafzimmer diente, denn im Vorübergehen erhaschte das Mädchen einen Blick auf ein ungemachtes Schlafsofa. Dann folgte eine geschlossene Tür, hinter der Leonie das Bad vermutete, und am Ende des kleinen Flurs ging wieder ein Zimmer ab, in das Julian nun eintrat. Claas folgte ihm, und da er Leonies Hand hielt, ging sie ihm einfach hinterher. Laura hingegen blieb wie angewurzelt an der Zimmertür stehen. In dem Zimmer standen zwei Etagenbetten – Claas teilte sich also einen Raum mit seinen kleineren drei Geschwistern. Überall lag Spielzeug auf dem Fußboden verteilt, doch Leonie wusste, dass es nicht die Unordnung war, die ihre beste Freundin irritierte: Julian hatte sich auf einem der unteren Betten niedergelassen, direkt neben einem schon etwas älteren Mädchen, vielleicht 16 oder 17 Jahre alt. Das Mädchen hatte kurz aufgeblickt und mit dem Kopf in ihre Richtung geblickt, als sie den Raum betreten hatten, sich dann jedoch wieder ihrem Handy gewidmet. Leonie kannte das Mädchen vom Sehen aus der Stadt, und sie war ihr auch schon ein paar Mal im Gemeindehaus über den Weg gelaufen, wenn sie dort zum Konfirmandenunterricht gegangen war. Eine unangenehme Stille herrschte im Raum, die Claas unterbrach, als er sagte: »Das ist Tilda, und das sind Leonie und Laura.« Er zog Leonie zu dem anderen Etagenbett, und sie setzten sich auf die untere Matratze. Laura stand nach wie vor wie bestellt und nicht abgeholt an der Tür. Jetzt ging ein kleiner Ruck durch ihren Körper, und sie stolzierte mit erhobenem Haupt zu Tilda, die nach Claas' Worten kurz ein gelangweiltes »Hey« von sich gegeben hatte. Laura sagte ebenfalls »Hey« und drängelte sich zwischen Julian und Tilda auf das Bett. Die Stimmung war angespannt. Julian machte keinerlei Anstalten, Laura näherzukommen. Im Gegenteil, er rückte erst von ihr ab und sprang dann auf, genau in dem Moment, als es klingelte: »Das ist Torben, ich mach auf.«

Als Julian aus dem Zimmer gehuscht war, fragte Leonie Claas im Flüsterton: »Wer ist Torben?«

Scheinbar hatte Leonie nicht leise genug gesprochen oder Tilda hatte verdammt gute Ohren, denn bevor Claas antworten konnte, tat es das ältere Mädchen: »Torben war mein Teamer, aber unsere Gruppe trifft sich immer noch – Torben ist einfach der Beste.«

Tilda war aufgestanden, während sie geredet hatte, und machte überhaupt keinen gelangweilten Eindruck mehr. Von Sekunde zu Sekunde wurde sie zappeliger. Sie ging im Raum auf und ab, strich sich die dunkelrot gefärbten, zu einem Undercut geschnittenen Haare zurück und drehte nervös an ihrem Lippenpiercing. Dann hörten sie jemanden laut »Hi Digger« sagen, worauf leises Gemurmel folgte. Kurz darauf kam ein junger Mann in das Zimmer. Bevor er etwas sagen konnte, trat Tilda auf ihn zu: »Hallo, Torben.« Sie hielt ihm ihre Wange zum Begrüßungsküsschen hin, was so gar nicht zu ihrer gelangweilten Art von eben passte. Torben beugte sich etwas herunter, da er einen Kopf größer war als das Mädchen, hielt kurz seine Wange an ihre und hauchte einen angedeuteten Kuss in die Luft. Tilda strahlte. Dann machte sie eine ausladende Armbewegung und sagte: »Das sind Laura und Leonie.«

»Hi Laura, hi Leonie, ich bin Torben«, begrüßte der junge Mann sie zu Leonies Überraschung recht höflich und wandte sich dann an Claas: »Hi Digger, was geht?«

Claas antwortete mit einem Brummton und stand vom Bett auf. »Ich hab's mir anders überlegt. Wir kommen nicht mit. Wir müssen zusammen für die Schule lernen.«

»Ihr müsst was? Das kannst du sonst wem erzählen, ihr schwänzt doch nicht Schule, um dann zu lernen«, erwiderte Torben ungläubig. »Also kommt, lasst uns los, sonst sind wir zu spät.«

»Nein, wir können nicht, stimmt doch, oder?«, entgegnete Claas mit fester Stimme und sah dabei Leonie eindringlich an.

»Ja, also nein, wir müssen lernen, deswegen sind wir ja hier«, sagte Leonie, ohne wirklich verstanden zu haben, was los war. Sie stand ebenfalls auf und schaute zu Laura, die ihr fragend entgegenblickte.

»So ein Quatsch«, meldete sich Julian, der hinter Torben stand. »Was wollt ihr denn lernen? Die nächste Arbeit schreiben wir erst in zwei Wochen in Mathe!«

»Latein«, log Leonie spontan – Claas, Laura und sie waren im Lateinkurs, Julian hingegen hatte Französisch.

»Ja, wir schreiben übermorgen einen Test«, ergänzte Claas Leonies Worte.

»Stimmt das?«, fragte Julian an Laura gewandt.

»Ja, ähm, ja klar«, nuschelte Laura verunsichert und blickte zu Boden. Leonie fragte sich allmählich, was das alles hier sollte. Wenn Claas mit ihr allein sein wollte, warum hatte er die anderen auch zu sich eingeladen? Irgendwas war hier im Busch, nur was? Sie hatte kein gutes Gefühl, was auch dadurch verstärkt wurde, dass Julian nicht erstaunt gefragt hatte, sondern mit einem merkwürdigen, leicht aggressiven Unterton.

»Tja, Digger, da kann man nichts machen«, beendete Torben die Diskussion. »Ich muss jetzt zu den anderen. Wer kommt nun mit?«

»Ich«, sagte Tilda und holte sich ihre Jacke, die auf dem Bett lag.

»Ich natürlich, weißt doch, dass du auf mich zählen kannst«, erklärte Julian und griff ebenfalls nach seiner Jacke.

»Gut, dann woll'n wir mal, und bei dir melde ich mich später noch«, sagte Torben in Claas' Richtung, bevor er auf dem Absatz kehrtmachte. Als die drei gerade das Zimmer verlassen hatten, schnellte Laura von ihrem Platz hoch und rief: »Wartet, ich komme auch mit.«

»Aber Laura ...«, begann Leonie, wurde jedoch von ihrer besten Freundin gestoppt, die ihr zuzischte: »Latein! Was Besseres ist euch auch nicht eingefallen, oder? Aber ehrlich, ich hab keine Lust, euch beim Knutschen zuzusehen und drittes Rad am Wagen zu sein. Außerdem will ich Julian nicht mit Tilda allein lassen ...« Nach diesen Worten verließ sie das Zimmer, und kurz darauf fiel die Wohnungstür lautstark ins Schloss.

08.45 Uhr

Ben trat gedankenverloren aus seiner Haustür. Er hatte nach einem sehr schönen Abend ausgesprochen gut geschlafen, was für ihn nicht unbedingt der Regelfall war. Vor allem nicht, seitdem er erfahren hatte, dass Bene und Katharina zusammenziehen würden. Es war zwar nicht so, dass er sich nicht für die beiden freute, aber obwohl die Beziehung der beiden schon seit einiger Zeit fest war, verspürte er nach wie vor diese ganz besondere Verbindung zu Katharina. Selbstverständlich achtete er darauf, dass niemand und als Allerletzte Katharina selbst es merkte, aber sie stand dennoch zwischen ihm und anderen Frauen. Unbewusst verglich er jede Frau, die ihm etwas näher kam, mit ihr, und die meisten konnten ihr nicht das Wasser reichen. Nur ein einziges Mal war das in der Vergangenheit anders gewesen, und dann wieder gestern.

Unwillkürlich wanderten seine Gedanken zu dem vergangenen Tag. Er war wegen des toten Imkers unterwegs gewesen.

Auf seine Aufforderung hin hatte die Witwe Ben eine Liste mit Namen von Leuten aufgeschrieben, die »vielleicht nicht gut auf Rüdiger zu sprechen waren«, wie sie es ausgedrückt hatte. Nacheinander hatte er die Adressen abgeklappert. Insgesamt standen vier auf der Liste. Die ersten beiden waren ebenfalls Imker und gehörten dem Vorstand des Imkerkreisverbandes an. Nach dem Besuch des ersten hatte der Hauptkommissar nahezu die gleiche Aussage vom zweiten bekommen: Rosskamp hatte im Clinch mit den Vorstandsmitgliedern gelegen. Er war nicht damit einverstanden gewesen, dass der Verein die Bienenschutz-Aktivitäten eines Großkonzerns öffentlich hinterfragte. Beide Männer beteuerten jedoch, dass sie darüber hinaus keine persönliche Abneigung gegen Rosskamp gehegt und privat ansonsten nichts mit ihm zu tun gehabt hatten. Ob das stimmte, würde sich noch herausstellen. Ben hatte vor, Vivien später, nachdem er sein Team mit ins Boot geholt hatte, darauf anzusetzen. Die dritte Person auf der Liste war die Schwester von Rüdiger Rosskamps Exfrau. Die war überhaupt nicht gut auf ihren ehemaligen Schwager zu sprechen, da dieser ihrer Meinung nach seiner ersten Frau bis zu ihrem Krebstod das Leben schwer gemacht hatte. Allerdings hatte Regina Haas, so hieß die Schwester, im Gespräch mit dem Hauptkommissar auch kein gutes Haar an der jetzigen Frau Rosskamp gelassen. Sie hatte Ben gegenüber deutlich gemacht, dass die zweite Frau Rosskamp ihren Mann massiv beeinflusst hatte, sodass Rüdiger Rosskamp den Verpflichtungen gegenüber seiner ersten Frau nicht mehr nachgekommen war. Als Ben das gehört hatte, war ihm seine eigene Scheidung in den Sinn gekommen. Er und seine Exfrau Simone hatten zwar keinen Scheidungskrieg geführt, aber gern erinnerte er sich dennoch nicht an die Zeit – glücklicherweise gehörte sie der Vergangenheit an. Er musste lächeln, denn die Gegenwart sah derzeit sehr viel rosiger aus: Sie war die vierte Person auf der Liste von Frau Rosskamp gewesen, und er hatte sie nach seinem Besuch bei Rosskamps ehemaliger Schwägerin aufgesucht. Obwohl er sie weit über 20 Jahre nicht mehr gesehen hatte, hatte Ben sie sofort wiedererkannt. Ihr war es genau so ergangen. Nachdem der Kommissar nichtsahnend auf dem kleinen Milchhof den Dienstwagen geparkt hatte, war er ausgestiegen und hatte die Klingel der Einliegerwohnung gedrückt, auf der der Name »Sellnow« stand. Sie hatte ihm die Tür geöffnet, zuerst ungläubig, dann freudig geschaut und ihn mit einem »Du?« begrüßt. Ben war ebenso perplex gewesen wie sie und hatte im ersten Moment gar nichts gesagt, dafür hatte er sie jedoch angestarrt, als wäre sie eine Erscheinung.

»Oh, wie ich sehe, hast du mich auch nicht erwartet. Allerdings hast du an meiner Haustür geklingelt, von daher nehme ich an, dass du dennoch zu mir möchtest. Da ich inzwischen allerdings einen anderen Nachnamen habe, verzeihe ich dir gern dein geschocktes Gesicht«, hatte sie fröhlich gelacht und gefragt: »Was kann ich für dich tun, Ben? Du bist doch Ben, oder? Nein, du musst Ben sein und nicht Bene. Du hattest damals schon diese ernsten Augen.«

Ben hatte noch einen weiteren Moment gebraucht, um sich zu sammeln, dann hatte er seinen Dienstausweis herausgeholt und gesagt: »Ich bin dienstlich hier.«

Sie hatte den Ausweis genommen und genau studiert. Dann hatte sie mit ihren großen blauen Augen, die sich bis auf die Lachfältchen darum herum keinen Deut verändert hatten, zu ihm hochgeblickt und zufrieden festgestellt: »Ich hatte also recht. Du bist nicht dein Zwilling!«

Da hatte auch Ben lachen müssen, und seine kurzzeitige innere Verkrampfung war so schnell verflogen, wie sie gekommen war.

»Ich habe ein paar Fragen an dich, darf ich hereinkommen?«, waren seine Worte gewesen, und während sie die Tür für ihn weit geöffnet und eine einladende Geste in das Innere der Wohnung gemacht hatte, hatte sie geantwortet: »Aber natürlich. Immerhin bist du ja ein Gesetzeshüter. War aber auch klar: Du gehörtest schon als Kind immer zu den Guten und nicht zu den Bösen, und bei dem Vatervorbild ... Aber komm doch erst einmal rein. Wie geht es übrigens deinen Eltern?«

»Ja, denen geht es gut. Sie werden überrascht sein, wenn ich ihnen erzähle, dass ich dich getroffen habe. Wie lange bist du schon wieder in Lüneburg?«, hatte Ben wissen wollen, nachdem Tine ihn in ein kleines, gemütliches Wohnzimmer geführt hatte, woraufhin sich eine Unterhaltung über ihrer beider Vergangenheit seit ihrem Wegzug entsponnen hatte. Sie hatte erzählt, und er hatte hier und da etwas dazwischengefragt.

»So, aber deswegen bist du ja nicht hier«, hatte Tine irgendwann festgestellt, woraufhin er sie zu ihrer Verbindung zum Imker Rüdiger Rosskamp befragt hatte. Sofort nachdem der Hauptkommissar den Namen des Toten genannt hatte, hatte sich Tines Miene versteinert und ihre Fröhlichkeit war wie weggeblasen.

»Ehrlich, es tut mir sehr leid, dass er gestorben ist, aber ich weine ihm absolut keine Träne nach«, gab sie zu. Und auch mit der Erklärung zu ihren Worten ließ sie nicht lange auf sich warten: »So ein menschliches Arschloch hab ich selten getroffen – na ja, bis auf meinen Exmann.«

»Wieso?«, hatte Ben gefragt.

»Wieso mein Exmann ein Arsch ist? Weil er seinen Verpflichtungen nicht nachkommt. Mir gegenüber wäre das ja nicht so wild, aber er zahlt keinen Cent für unsere Tochter.«

»Nein, ich meinte eigentlich Rosskamp. Wieso hältst du ihn für einen ...«

»Arsch?«

»Ja«, hatte Ben bestätigt.

»Als ich nach meiner Scheidung wieder nach Lüneburg zurückgekommen bin, musste ich mir eine neue Existenz aufbauen. Das habe ich dir ja eben erzählt. Angefangen habe ich damit, von Markt zu Markt zu tingeln und dort regionale Bio-Produkte zu verkaufen. Keine Produkte von hier, sondern aus der Steiermark, daher, wo ich jahrelang gelebt habe. Mein Konzept ist relativ schnell ziemlich gut angekommen, und inzwischen gehe ich weniger auf Märkte, sondern verkaufe die Produkte direkt von zu Hause, über meinen Onlineshop oder vereinzelt auch in ausgesuchten Läden. Den Rosskamps war das ein ziemlicher Dorn im Auge, dabei mache ich nun wirklich kein Vermögen, sondern verdiene gerade mal so viel, dass ich meine Tochter und mich ganz anständig über die Runden bekomme. Die Rosskamps – und ganz besonders Rüdiger Rosskamp – haben sich vordergründig darüber aufgeregt, dass ich unter dem Siegel ›Regional‹ Produkte vertreibe, die nicht aus der Heide-Region kommen. Darüber kann man sicher unterschiedlicher Meinung sein, zugegeben, aber meine Kunden hat es nicht gestört, also kann es so ganz verkehrt nicht gewesen sein. Die Rosskamps haben mir auf jeden Fall echt das Leben schwer gemacht. Dabei ging es ihnen überhaupt nicht um meine Produkte, sondern um meinen Vater«, hatte Tine ihm berichtet. Zunächst hatte Ben den Zusammenhang nicht verstanden, dann war ihm aber eingefallen, dass Tines Vater ebenfalls Imker war.

»Waren die beiden denn Konkurrenten? Und was ist überhaupt mit deinem Vater? Imkert er noch?«, hatte Ben gefragt.

»Na ja, es ging immer darum, wer die besseren Bienen hat, um das mal einfach auszudrücken. So war das schon früher, als ich noch klein war – wie im Kindergarten. Dann bin ich mit meiner Mutter weggezogen und hab nur noch in den Ferien davon mitbekommen, wenn ich ihn besucht habe. Papa lebt seit ein paar Jahren nicht mehr. Er hatte einen Herzinfarkt, und im Krankenhaus konnten sie nichts mehr für ihn tun.«

Mehr als ein »aha« war dem Hauptkommissar dazu spontan nicht eingefallen. Inzwischen schämte er sich, dass er nicht wenigstens gesagt hatte, dass es ihm leidtäte oder so, aber in dem Moment war er ganz Kommissar gewesen und hatte lediglich eine Verbindung zum Tod des Imkers ermitteln wollen. Anschließend hatte er nachdenklich gefragt: »Du hast die ganze Zeit immer von ›den Rosskamps‹ gesprochen, also auch von seiner Frau. Aber bei diesem Wettbewerb zwischen ihm und deinem Vater waren die beiden doch noch gar nicht verheiratet.«

»Das ist richtig«, hatte Tine bestätigt und erklärt: »Damals war Rosskamp noch mit seiner ersten Frau verheiratet. Die hat sich in der Regel rausgehalten. Da ist ihre Nachfolgerin von einem ganz anderen Schlag.«

»Inwiefern?«, hatte Ben nachgehakt.

»Na ja, mir kam es so vor, als ob sie in der Ehe das Zepter in der Hand hielt. Sie hat immer am lautesten gewettert und ihren Mann noch angestachelt. Der alte Rosskamp, so wenig ich ihn mochte, war fast die harmlosere Variante.«

»Wie weit kennst du dich mit der Imkerei aus?«, hatte Ben aus einer plötzlichen Eingebung heraus gefragt. »Du hast deinem Vater damals oft geholfen und bestimmt eine Menge dabei gelernt. Oder hast du seine Bienen sogar übernommen?«

»Gott bewahre, nein!«, hatte Tine sofort abgewunken. »Natürlich hab ich viel mitbekommen, und als kleines Mädchen fand ich das ziemlich spannend. Aber als Hauptberuf war das für mich nie eine Option. Allein die Vorstellung, mit den alteingesessenen Imkern wie Rosskamp und Konsorten zu konkurrieren oder im Verband zu kooperieren ... Ganz ehrlich: Ich hätte bestimmt keine Chance gehabt, mich dazwischen so zu etablieren, dass es zum Leben reicht. Ich weiß ehrlich gesagt nicht einmal, was mit den Bienenvölkern meines Vaters passiert ist, nachdem er gestorben ist. Unser Kontakt ist über die Jahre immer weniger geworden. Heute bedaure ich das zwar, aber so ist es nun mal.«

Die beiden hatten noch eine Weile über alte Zeiten gesprochen, sich an gemeinsame Schulfreunde erinnert und über ehemalige Lehrer gelästert, bevor Ben sich verabschiedet hatte. Es hatte ihn überrascht, dass Tine und er so schnell wieder vertraut gewesen waren, obwohl sie in etwa so alt gewesen waren wie Leonie heute, als sich ihre Wege damals getrennt hatten. Offenbar waren Freundschaften, die man in der Kindheit schloss, eben doch etwas, was man nie so ganz vergaß. Seine immer noch bestehende enge Bindung zu Alexander war der beste Beweis dafür. Bei dem Gedanken an Alexander nahm er sich vor, seinen besten Freund nachher in einer ruhigen Minute kurz anzurufen, um sich zu erkundigen, wie es ihm ging und was seine Vatervorfreuden machten.

10.01 Uhr

»Sollen wir reinkommen oder bist du noch nicht so weit?« Katharina stand an der Tür zu Bens Büro und sah ihn fragend an.

»Doch, klar, wir legen los. Ich hab die Zeit nicht im Blick gehabt«, entschuldigte sich der Hauptkommissar und erhob sich von seinem Schreibtischstuhl. Nachdem auch Vivien ihren Platz am Besprechungstisch eingenommen hatte, begann Ben direkt mit seinem Bericht.

»Also, ich habe ja gestern ein paar Leute befragt, die laut Aussage von Frau Rosskamp möglicherweise ein Motiv gehabt hätten, ihrem Mann etwas anzutun, oder die zumindest nicht gerade gut mit ihm ausgekommen sind«, begann er. »Die Gespräche waren nicht uninteressant, haben aber letztlich nur das Bild bestätigt, das wir ansatzweise von Rüdiger Rosskamp haben. Keine der Personen ist aus meiner Sicht wirklich zu den Verdächtigen zu zählen.«

»Auch dann nicht, wenn wir davon ausgehen, dass hinter dem Anschlag vielleicht keine Tötungsabsicht gesteckt hat, sondern jemand dem Imker einfach einen Denkzettel verpassen wollte?«, fragte Vivien. »Ich mein, weil, Carlsen gesagt hat, dass eigentlich niemand voraussagen kann, wie stark Bienen angreifen oder überhaupt reagieren. Und dann hängt es davon ab, wie der Imker sich verhält. Hätte er zum Beispiel die übliche Schutzkleidung getragen, wäre ihm vermutlich gar nichts passiert. Hätte aber jemand vorgehabt, Rüdiger Rosskamp zu töten, wären andere Methoden sicherer gewesen.«

Erstaunt sah Katharina ihre Kollegin an. »Wann hat Carlsen darüber so konkret gesprochen? Ich kann mich daran gar nicht erinnern.«

»Ähm, ach, das … das war so zwischendurch. Ich hab ihn danach gefragt, weil mich das interessiert hat«, brachte Vivien hervor, und Katharina hatte das Gefühl, dass irgendetwas der Kollegin unangenehm war. Schnell antwortete sie daher:

»Okay, das ist ein guter Ansatz. So habe ich das noch gar nicht betrachtet.«

Beide Frauen sahen erwartungsvoll zu Ben. »Um deine Frage zu beantworten, Vivien«, setzte er an, »nein, in meinen Augen kommen diese vier Personen auch dann nicht in Frage. Die ersten beiden sind ebenfalls Imker. Sie haben Rosskamp einhellig als schwierigen Menschen und Querulanten betitelt, der den anderen Mitgliedern und vor allem dem Vorstand des Kreisverbands immer wieder das Leben schwer gemacht hat. Es gab wohl kaum eine Entscheidung, die er nicht kritisiert oder in Frage gestellt hat, und bei einigen Themen ist er geradezu auf die anderen losgegangen. Aber letztlich wurde er fast immer überstimmt. Die Motivlage wäre hier, wenn überhaupt, eher umgekehrt vorhanden gewesen.«

Er nahm sein Notizbuch zur Hand und blätterte. »Dann war da noch die Schwester von Rosskamps erster Ehefrau. Auch die hat im Prinzip sofort losgeschimpft, aber das waren alte Geschichten. Die beiden haben schon seit Jahren keinen direkten Kontakt mehr.«

»Und wer war die Vierte?«, wollte Vivien wissen.

»Tine Sellnow«, kam es von Ben wie aus der Pistole geschossen. »Die kommt auch nicht in Frage.«

»Geht es vielleicht etwas genauer?«, hakte Katharina nach.

»Frau Sellnow vertreibt Bio-Produkte und ist den Rosskamps damit vermeintlich auf die Füße getreten. Da ging es um geschäftliche Konkurrenz, das ist in meinen Augen viel zu schwach für ein Motiv, wir sprechen nicht über Umsätze in Millionenhöhe oder so. Außerdem wäre Tine nicht der Typ für so was.«

»Tine?«, fragte Katharina verwundert, und Bens Reaktion irritierte sie für einen Moment. Ihr Chef, der sonst immer sehr souverän war, kam vorübergehend offensichtlich ins Schleudern.

»Tine Sellnow, ja, 'tschuldigung. Das ist mir so rausgerutscht. Ich kenne Frau Sellnow von früher.«

»Aha …«, konnte sich Katharina nicht verkneifen, und aus dem Augenwinkel sah sie, dass auch Vivien schmunzelte. Im selben Moment tat es ihr leid, dass sie Ben offensichtlich in Verlegenheit gebracht hatte, doch ehe sie zurückrudern konnte, kam er ihr zuvor.

»Kein Aha. Sowas ist ja hier in Lüneburg keine Seltenheit, so groß ist die Stadt schließlich nicht. Und früher heißt in diesem Fall aus der Schulzeit, aus der Mittelstufe, um noch genauer zu sein. Ich hatte sie zig Jahre nicht gesehen und wusste auch nicht, dass es sich bei dem Namen auf der Liste um sie handelt, bis sie mir gestern die Tür geöffnet hat. Sie trägt den Namen ihres Mannes.«

Er hatte seine Fassung schnell wiedergewonnen, wie Katharina erleichtert bemerkte. Während sie dennoch bewusst still blieb, schoss nun aber Vivien nach: »Na, dann muss diese Frau Sellnow aber einen bleibenden Eindruck hinterlassen haben!«

Katharina wunderte sich über eine solche Bemerkung der Kollegin, die sonst zumindest den Vorgesetzten gegenüber extrem zurückhaltend war. Auch Ben blickte augenscheinlich verwundert in Viviens Richtung, lächelte aber: »Wie man es nimmt, Vivien. Es war einfach überraschend, Tine nach über 20 Jahren plötzlich so unerwartet gegenüberzustehen. Ich kannte sie wie gesagt nur unter ihrem Mädchennamen, bin also im Vorwege auch nicht über den Namen gestolpert, den Frau Rosskamp mir genannt hatte. Somit ist es eher das spontane Wiedersehen, das mich möglicherweise kurzfristig beeindruckt hat. Und ich denke, damit ist diese Frage abschließend geklärt«, bügelte Ben den Kommentar ab. Ernst fuhr er fort: »Fakt ist, dass Tine Sellnow mit Rosskamp Schwierigkeiten hatte, aber nicht mehr als viele andere auch, die mit ihm zu tun hatten. Sie hat in meiner Befragung keinerlei Hehl daraus gemacht, dass sie den Imker – den sie übrigens schon als Kind kannte, da auch ihr Vater geimkert hat – nicht mochte. Viel interessanter fand ich allerdings etwas anderes.«

Sowohl Katharina als auch Vivien sahen ihn gespannt an, und er fuhr fort: »Die ehemalige Schwägerin von Rüdiger Rosskamp hat mir erzählt, dass es vor allem Evelyn Rosskamp war, die ihren Mann angetrieben hat, anderen Steine in den Weg zu legen. Ihrer Meinung nach war sie es, die dafür gesorgt hat, dass Rüdiger Rosskamp seinen Verpflichtungen der ersten Ehefrau gegenüber nicht nachgekommen ist. Und Tine Sellnow hat genau diese Meinung bestätigt. Sie kannte auch die erste Frau Rosskamp und hat mir erzählt, dass zwischen den beiden Frauen Welten lagen. Während die erste sich so ziemlich aus allem herausgehalten hat, war es die jetzige Witwe, die den Ärger angezettelt hat. Aber da ihr Mann derjenige war, der jeweils aktiv geworden ist, hat er den Ärger auf sich gezogen.«

»Das passt zu dem Eindruck, den wir von ihr bekommen haben«, bestätigte Katharina. »Sie war bisher weder ansatzweise sympathisch noch kooperativ. Und in welcher Form sie regelrecht darauf bestanden hat, dass ihr Mann ermordet worden ist … Vielleicht wollte sie dadurch nur von sich ablenken, weil sie zumindest ihre Finger da mit im Spiel hat. Oder, wartet mal, mir kommt da eine Idee: Vielleicht galt der Bienenanschlag ja ihr?«

»Hm, das finde ich etwas an den Haaren herbeigezogen«, erwiderte Ben.

»Na ja, könnte doch sein. Kümmert sie sich manchmal um die Bienen? Hält sie sich wegen anderer Sachen in der Nähe der Stöcke auf und so weiter? Möglich wäre auch, dass ihr Mann gar nicht hätte da sein sollen, sondern auf einer

Reise oder zumindest auf einem Termin. Ach was weiß ich, wie gesagt, ist mir eben nur grad eingefallen.«

»Ich finde das echt etwas weit hergeholt, und was deine letzte Vermutung angeht – dann müsste der Täter ja wissen, wann die Bienen ungefähr angreifen. Aber letztlich haben wir schon so manche abstruse Idee verfolgt, die sich plötzlich als Spur herausgestellt hat. Und fragen kostet schließlich nichts, vor allem, weil wir sonst nichts haben. Ich werde nachhaken. Und sowieso wollte ich Mausner zu ihr befragen. Und wenn der Anschlag doch ihrem Mann galt, wie ist das mit dem Erbe nun im Detail? Sie machte schließlich den Eindruck, als hätte sie damit gerechnet, vorrangig zu erben, was nun nicht der Fall ist. Apropos, Vivien – gibt es etwas Neues zu dem Sohn von Rüdiger Rosskamp?«

»Nein, leider nicht. Ich warte auf eine Rückmeldung von der Versicherung, aber ich hake gleich nach«, antwortete Vivien.

»Das können wir abkürzen«, sagte Ben. »Hätte ich gleich dran denken können. Die Schwester der ersten Frau Rosskamp hat mir gestern erzählt, dass sie ab und zu losen Kontakt zu ihrem Neffen hat. Sie wird also wissen, wo er genau lebt, und im besten Fall hat sie eine genaue Kontaktadresse. Ich kläre das und geb dir Bescheid.« Er sah zu Katharina: »Hast du was Neues?«

»Nein, momentan nicht. Nicht einmal einen neuen Ansatz«, gab sie missmutig zu. »Ehrlich gesagt habe ich auch keine Idee, wo das Ganze hinführt. Mir fehlt nach wie vor der Zusammenhang.«

»Das geht nicht nur dir so«, bestätigte Ben. »Ich fürchte, der tote Imker wird uns noch länger beschäftigen.«

»Jede Wahrnehmung der Wahrheit ist die Entdeckung einer Analogie.«

(Henry David Thoreau)

8. KAPITEL:

MITTWOCH, 06.12.2017

01.12 Uhr

Das Pferd versuchte sich aufzubäumen, doch es gelang ihm nicht. Sie hatten extra für diesen Zweck ein Halfter und einen Führstrick mitgebracht, mit dem der andere es am Boden hielt. Auch eine Taschenlampe hatten sie dabei, doch die brauchten sie nicht, der Mond schien hell genug auf die Koppel. Sein Herz hämmerte gegen seinen Brustkorb. Wollte er das wirklich tun? Seine Zweifel wurden von Sekunde zu Sekunde stärker. Andererseits war er so weit gegangen, da konnte er auch den letzten Schritt machen. Beinahe hätte er gelacht. Schritt – Schnitt. Das Wortspiel hatte in diesem Moment etwas und verharmloste sein Vorhaben. Zumindest in Gedanken …

»Los, mach hinne, wir können nicht ewig rumstehen«, raunte ihm sein Begleiter zu.

»Ja«, flüsterte er leise zurück und musste sich räuspern, weil seine Stimme versagt hatte. »Ja«, sagte er noch einmal, und dieses Mal etwas lauter in die Nacht. Auch er wollte sich nicht länger als notwendig hier aufhalten und es am liebsten schnell hinter sich bringen, aber seine Hand zitterte, und er bekam den Rucksack kaum geöffnet. Da, endlich schnappte der Verschluss auf, und er zog das lange

Küchenmesser heraus. Obwohl es seinen wahren Gefühlen in diesem Moment widersprach, hielt er es dem anderen triumphierend entgegen, sodass es im Mondlicht aufblitzte. Dann sah er die Augen des Tieres, das furchtsam schnaubte. Es hatte die Ohren angelegt und blickte so ängstlich und offensichtlich zugleich wissend, dass es ihm schauderte. Jetzt gab das Pferd einen röhrenden Laut von sich, der ihn einen Schritt zurücktreten ließ. War das Tier ein Hengst oder eine Stute? Er wischte mit dem Rücken der Hand, in der er das Messer hielt, den plötzlich aufgetretenen Schweiß von seiner Stirn. Warum machte er sich auf einmal solch einen Kopf? Das hatte ihn der Rest der Gruppe vorhin auch gefragt, als er nicht aus dem Wagen hatte aussteigen wollen, in dem sie alle saßen und nun hinten am Weg darauf warteten, dass er seine Aufgabe erfüllte. Nur einer von ihnen war mit ihm gekommen. Sie hatten auf ihn eingeredet. Seine Bedenken weggewischt mit den Worten: »Der Gaul wird dir dankbar sein oder hättest du Lust, jeden Tag im Kreis herumzulaufen und irgendwelche fremden Kinder auf dir herumzuschleppen? Du verschaffst ihm doch einfach ein paar Tage Urlaub, so musst du das sehen!«

»Und was ist, wenn es schiefgeht?«, hatte er zögernd eingewandt.

»Pass halt auf, dass das nicht passiert. Und wenn es doch danebengeht, ersparst du dem Vieh den Abdecker«, hatte der Anführer geantwortet. Er hatte genickt. Wenn er dazugehören wollte, dann blieb ihm nichts anderes übrig, als zu tun, wozu er sich bereit erklärt hatte. Sie hatten ihm sogar die Wahl gelassen, und er selbst hatte sich für das Pferd entschieden. Das war ihm am einfachsten erschienen. Und besser als die Sache mit dem Netz, denn er war noch nicht so weit, dass er sich das zutraute ohne vielleicht doch zurückverfolgt werden zu können. Sein einziger Freund, Joris, würde das demnächst machen. Doch bevor Joris loslegte, musste er das mit dem Pferd erledigen. Er hatte Angst. Als sie es geplant hatten, hatten sie nur abstrakt darüber gesprochen. Gut, er hatte auch da seine Bedenken nicht verheimlichen können. Man hatte sie ihm scheinbar angesehen. Einer in der Runde hatte gemeint, er würde doch auch Fleisch essen und fände das nicht grausam. Es stimmte, dass er Fleisch aß, aber das war etwas anderes. Hier und jetzt stand ein lebendes Tier vor ihm, und er war im Begriff es zu quälen. Das Pferd wieherte ein weiteres Mal auf, und aus einer anderen Ecke der Koppel erklang ein Antwortwiehern.

»Nun mach endlich, bevor jemand kommt«, sagte sein Begleiter, der inzwischen Mühe hatte, das verängstigte Tier zu halten. Warum war es überhaupt so ängstlich? Ahnte es, was er vorhatte? Was er machen musste, um endlich aufgenommen zu werden? Er stellte sich schräg zum Bauch des tänzelnden Tieres. Ich tu einfach so, als wäre es ein Sonntagsbraten. Den schnitt er zu Hause auch immer an, weil seine Mutter meinte, das sei »Männersache«, und da sie nur zu zweit waren, war es entsprechend seine Aufgabe. Ihm war klar, dass dieser Vergleich mehr als hinkte, doch die Vorstellung half ihm zumindest ein wenig. Er hob die Hand, in der er das Messer hielt, schloss die Augen und stach voller Wucht in den Unterleib des Tieres. In einer einzigen Bewegung ließ er die Klinge mit Druck durch das Fleisch gleiten, bis es nicht mehr weiterging und er das Messer herauszog. Er merkte, wie ihm etwas ins Gesicht spritzte. Es war warm und dickflüssig, und die Erkenntnis, dass es sich um das Blut des Pferdes handelte, ließ Übelkeit in ihm aufsteigen. Sein Begleiter stieß ihn an der Schulter an: »Ey Mann, gut gemacht, komm jetzt, wir müssen weg.«

»Ja«, hauchte er, und dann spürte er das Adrenalin durch seine Adern laufen. Er hatte es geschafft! Er sah kaum noch, wie das Pferd in sich zusammensackte, so schnell liefen sie zum Wagen, der bereits mit laufendem Motor auf sie wartete.

06.52 Uhr

Verschlafen rieb Katharina sich die Augen. Irgendetwas hatte sie geweckt, aber um sie herum war es stockdunkel. Nach einem kurzen Blick auf den Wecker tastete sie neben sich, doch die Bettseite von Bene war leer. Während sie überlegte, ob sie sich umdrehen oder lieber aufstehen sollte, ging die Tür von Benes Schlafzimmer auf. Mit einem Tablett in der Hand und einem munteren Lächeln im Gesicht trat er auf sie zu.

»Oh, jetzt habe ich dich mit dem Geklapper in der Küche doch geweckt, das sollte eigentlich der frische Kaffeeduft übernehmen«, sagte er leise, bevor er das Tablett auf seine freie Hälfte des Bettes schob und Katharina einen zärtlichen Kuss gab.

»Wie komme ich denn zu diesem ungewöhnlich frühen Vergnügen?«, fragte sie amüsiert. Normalerweise schlief Bene deutlich länger als sie.

»Na ja, ich dachte mir, am Nikolaustag kann ich dich mal mit einem Frühstück im Bett überraschen.«

Er rutschte vorsichtig neben sie, um das Tablett nicht umzustoßen, auf dem neben zwei Bechern dampfendem

Kaffee zwei Gläser Orangensaft sowie ein Korb mit kleinen Mini-Croissants standen.

»Du warst nicht wirklich schon beim Bäcker?«, fragte Katharina verwundert.

»Nicht ganz, die sind aufgebacken«, gab Bene zu. »Übertreiben wollte ich es nun auch nicht. Aber dafür habe ich eine andere Überraschung für dich.«

»Und die wäre?«, fragte Katharina neugierig und nahm sich ein Croissant.

Bene griff unter das Bett und zog ein paar zusammengeheftete Zettel hervor: »Voilà! Ich glaube, ich habe die perfekte Wohnung für uns gefunden. Und heute Nachmittag haben wir einen Besichtigungstermin.«

Katharina verschluckte sich prompt, nutzte den Moment aber, um sich eine diplomatische Antwort zu überlegen. Der geplante Umzug in eine neue und erste gemeinsame Wohnung war lange kein Thema mehr zwischen ihnen gewesen, und sie musste zugeben, dass sie sich in dieser Hinsicht keinerlei weitere Gedanken gemacht hatte. Doch dass es bei Bene ebenso war, war offensichtlich ein Trugschluss gewesen.

»Hoppla, na damit habe ich nicht gerechnet«, sagte sie und bemühte sich um ein überzeugendes Lächeln.

»So sollte es bei Überraschungen ja auch sein!« Bene reichte ihr den Ausdruck des Exposés. »Schau es dir an: Dreieinhalb Zimmer im Erdgeschoss, ein kleiner Garten, alles renoviert und in zentraler Lage. Eigentlich alles so, wie wir es wollen. Inklusive eines kleinen separaten Zimmers für dich und eines für Leonie.«

Katharina betrachtete die Skizze auf der ersten Seite, die die Zimmeraufteilung wiedergab. Bene hatte recht, soweit sie es auf den ersten Blick erkennen konnte, war die Wohnung perfekt geschnitten, selbst das halbe Zimmer hatte eine gute Größe. Die Fotos auf der zweiten Seite zeigten moderne und vor allem helle Zimmer, und auch an der Terrasse mit dem anschließenden Garten war spontan nichts auszusetzen. Katharina war klar, dass solche Fotos immer aus der bestmöglichen Perspektive gemacht wurden, wenn sie wie in diesem Fall von einem Makler kamen. Allerdings erschien es ihr, als wäre dieses Objekt tatsächlich eine gute Wahl für ihre Ansprüche, selbst wenn sich bei einer Besichtigung ein paar Mängel zeigen würden und sie Abstriche machen müssten. Sogar der Mietpreis war in Ordnung.

Jetzt wurde es also konkret. Katharina unterdrückte einen Seufzer. Sie wollte Bene nicht verletzen und haderte mit sich. Im Moment stand ihr nicht der Sinn danach, unter Umständen noch heute eine Entscheidung treffen zu müssen. Sie war seit Tagen nicht gut drauf. Sie hatte schon länger das Gefühl, in allen Bereichen auf der Stelle zu treten und nicht voranzukommen. Nach wie vor waren sie mit dem Todesfall des Imkers kein Stück weiter, obwohl bereits mehrere Wochen verstrichen waren. Vivien hatte alle Personen, die bekanntermaßen etwas gegen den Imker gehabt hatten, überprüft, ohne dabei etwas Verdächtiges zu entdecken. Das allein schloss eine Täterschaft natürlich nicht gänzlich aus, zumal sie nicht wussten, wann und wie das auslösende aggressive Bienenvolk in der Nähe des Imkers ausgesetzt worden war, doch es hatte sich kein Verdacht erhärtet. Auch Katharinas damalige spontane Vermutung, dass der Anschlag der Witwe gegolten haben könnte, hatte sich inzwischen in Luft aufgelöst. Evelyn Rosskamp hatte sich nach eigener und der Aussage von Nachbarn niemals auch nur in der Nähe der Bienenstöcke aufgehalten. Auch gingen sie nicht mehr davon aus, dass die Witwe ihren Mann auf dem Gewissen hatte. Sie hatten keine Beweise gegen sie und ebenso kein tragbares Motiv. Ohne das Auskommen des Imkers war es um die Finanzlage der Frau nicht mehr gut bestellt. Und auf Bens Nachfrage hin hatte zwar Kriminalrat Mausner durchblicken lassen, dass er Frau Rosskamp nicht sympathisch fand und die Beziehung zu ihrem verstorbenen Mann nicht unbedingt als harmonisch bezeichnen würde, sie aber doch wohl mehr von einem lebenden Mann gehabt hätte als von einem toten. Dies bestätigte sich insofern, als dass Rosskamps Sohn tatsächlich der Erbbegünstigte war, das aggressive Bienenvolk jedoch nicht im Garten seines Vaters hätte platzieren können, da er Deutschland seit drei Jahren nicht mehr besucht hatte. Inzwischen gingen Katharina und ihre Kollegen davon aus, dass sich das bewusste Bienenvolk irgendwie »verirrt« hatte und es ein Zufall gewesen war, dass es gerade in Rosskamps Nähe gelandet war. Natürlich war da dieser Restzweifel, vor allem, weil Carlsen betont hatte, dass das an den Tag gelegte Bienenverhalten in der kalten Jahreszeit sehr ungewöhnlich war. Dennoch: Da sich der Verdacht der Witwe auf eine vorsätzliche Tötung nicht bestätigt hatte und der Tod des Imkers zuvor bereits als Betriebsunfall eingestuft worden war, sah es so aus, als würden die Ermittlungen eingestellt werden. Zumindest hatte der Staatsanwalt diese Entscheidung angekündigt, und dem würde sich Mausner nicht widersetzen können. Die beiden Zwischenfälle mit den Fröschen hatten sie nicht weiterverfolgt, da sie keine Spur gehabt hatten und es keine weiteren Vorkommnisse dieser Art gegeben hatte. Dafür hatten sie zwischenzeitlich ein paar kleinere Fälle auf dem Tisch gehabt – zumeist tätliche Angriffe. Sie fielen ebenfalls in ihr Ressort, wobei die Sachlage meist schnell geklärt war und diese Fälle vor allem viel bürokratischen Schreibkram mit sich brachten.

Hinzu kam ihre Sorge um Tobi. Auch hier gab es keine positive Entwicklung. Eigentlich gab es überhaupt keine Entwicklung. Die Kollegen, die zu seinem Unfall ermittelten, hatten nach wie vor keinerlei neue Erkenntnisse, und das frustrierte Katharina mindestens genauso wie der Stillstand bei den eigenen Ermittlungen. Und privat? Da war mit Bene alles wunderbar, und genau das wollte sie nicht auf die Probe stellen. Ihre Beziehung hatte lange genug auf wackeligen Beinen gestanden, woran sie nicht ganz unschuldig gewesen war. Außerdem war es wirklich vernünftig, sich endlich auch räumlich zusammenzutun, nicht umsonst hatte sie vor Monaten in seinen Vorschlag eingestimmt ... Katharina schalt sich selbst. Was wollte sie eigentlich? Sie konnte nicht einerseits jammern, dass nichts voranging, um dann da, wo sie etwas daran ändern konnte, selbst zu blockieren. Außerdem wollte sie Benes Geduld nicht ewig strapazieren. Er hatte ihr mehr als genug Zeit gelassen, sie nicht gedrängt oder ständig mit der Durchsicht sämtlicher Immobilienanzeigen genervt. Stattdessen hatte er das offensichtlich allein in die Hand genommen, um ihr etwas zu präsentieren, das all ihren Wünschen, die sie geäußert hatte, entsprach. Es wäre mehr als undankbar, ihn damit jetzt im Regen stehen zu lassen. Sie gab sich einen Ruck: »Okay, wann ist der Termin und wo wollen wir uns treffen?«

08.07 Uhr

Ben saß vor seinem Computer und seine Augen glitten über den Bildschirm. Er war dabei, die Meldungen und Protokolle der Kollegen aus der vergangenen Nacht zu überfliegen. Am Sande hatte es eine Schlägerei gegeben, in Rettmer war ein Auto aufgebrochen worden und auf einer Koppel bei Adendorf hatte jemand ein Pferd mit einem Messer so übel zugerichtet, dass der Tierarzt es nur noch hatte erlösen können. Außerdem war bei einem Unfall mit Fahrerflucht auf der B 216 eine junge Frau schwer verletzt worden. Ben stöhnte. Es handelte sich um nur eine Nacht, mitten in der Woche, im vermeintlich so beschaulichen Hansestädtchen und seinem Landkreis – und das war nun die traurige Bilanz. Die Zeiten hatten sich im Vergleich zum Beginn seiner Zeit bei der Kripo gewandelt, und das nicht nur in seinem Bereich. Erst gestern hatte er sich in der Mittagspause mit einem Kollegen aus dem Betrugsdezernat unterhalten, der ihm von der starken Zunahme an Betrügereien berichtet hatte, die per Telefon ihren Lauf nahmen. Der mittlerweile bundesweit problematische »Enkeltrick« hatte längst in Lüneburg erste Opfer gefordert, die dabei viel Geld verloren hatten. Hinzu kamen Diebe, die sich als Handwerker oder Polizisten ausgaben und so die Wohnungen ausspionierten. Obwohl derartige Fälle ständig durch die Presse gingen und im Fernsehen dokumentiert wurden, schien gerade bei der vorrangig betroffenen Zielgruppe, alleinstehenden älteren Menschen, reichlich Aufklärungsbedarf zu bestehen. Ben mochte sich gar nicht vorstellen, wie hoch die Dunkelziffer war, denn er war sicher, dass viele Opfer sich schämten, solche Betrügereien zur Anzeige zu bringen, oder erst zu spät realisierten, dass die Polizei keinerlei Chance hatte, einer eindeutigen Spur zu folgen.

Was den Kommissar persönlich betroffen machte, war die Meldung vom Unfall mit Fahrerflucht. Sie ließ ihn an Tobi denken, zumal er heute am frühen Morgen zu seinem Kollegen ins Krankenhaus gefahren war. An erster Stelle um Tobi zu sehen, wobei ihn das von Mal zu Mal mehr frustrierte, weil keinerlei Veränderung zu erkennen war. Der einst so kräftige und agile Kollege war dünn geworden und lag nach wie vor im Koma. Heute war Ben bewusst so früh in die Klinik gefahren, um Jana abzupassen. Die Kollegen im Kommissariat hatten auf seine Initiative hin Geld gesammelt, um Tobis Verlobten die Umstände zumindest in finanzieller Hinsicht etwas zu erleichtern und ihr die Möglichkeit einzuräumen, ab und zu für Mia einen Babysitter zu engagieren, damit sie für sich mal zur Ruhe kommen konnte. Es war eine erstaunlich hohe Summe zusammengekommen, worüber Ben sich besonders freute. Fast jeder auf dem Kommissariat kannte und mochte Tobias Schneider. Bis zu seinem Unfall hatte er Kontakt zu vielen Kollegen aus sämtlichen anderen Dezernaten gehabt und war aufgrund seiner unkomplizierten und kumpelhaften Art allgemein beliebt gewesen. Ben hatte geahnt, dass Jana die Hilfe von Tobis Kollegen nur ungern annehmen würde, und er konnte es nachvollziehen. Ein gewisses Maß an Stolz gab ihr sicher die notwendige Kraft, diese schwere Zeit einigermaßen zu meistern und jeden Tag aufs Neue die Energie aufzubringen, ihren Alltag zu bewältigen. Darüber hinaus machte eine solche Unterstützung deutlich, dass alle davon ausgingen, Tobis Zustand würde sich nicht so schnell verbessern. Das wollte Jana verständlicherweise nicht wahrhaben. Ben hatte gestern noch schnell zwei kleine samtige Nikolausstiefel besorgt. Einen davon hatte er mit Julies Unterstützung mit Süßigkeiten gefüllt – er war für die kleine Mia gedacht. In den zweiten hatte er das Geld zusammen mit einer Karte gesteckt, auf der alle beteiligten Kollegen unterschrieben hatten. Auch die Karte war ihm wichtig gewesen, um Jana zu zeigen, wie viele Menschen im Kollegenkreis an Tobi dachten, auf seine Genesung hofften und ihr als seiner Partnerin Mitgefühl und Unterstützung bieten wollten. Jana hatte bereits in Tobis Krankenzimmer gesessen, als er dort angekommen war. Nach dem anfänglichen Sträuben hatte sie das Geschenk angenommen. Die Geste und das liebevolle kleine Präsent für Tobis Tochter hatte ihr die Tränen in die Augen getrieben. Auch hinter Bens Augäpfeln hatte es verdächtig gedrückt, doch er hatte sich um Janas Willen zusammengerissen und sie in Ermangelung von Worten kurzerhand in den Arm genommen. Sie standen sich zwar nicht besonders nah und kannten sich im Grunde nur oberflächlich, doch er hatte gewusst, dass sie nicht allzu viele Menschen um sich hatte, an deren Schulter sie sich für ein paar Momente anlehnen konnte, und so hatte er diese Rolle gern für den Augenblick übernommen.

Während der Hauptkommissar seinen Gedanken nachhing, stand Katharina plötzlich vor seinem Schreibtisch. Er war so in seinen Erinnerungen an den Morgen im Krankenhaus versunken gewesen, dass er sie gar nicht hatte kommen hören. Er rutschte in seinem Stuhl etwas hoch, machte den Rücken gerade und bemühte sich um ein lächelndes Gesicht: »Guten Morgen, Katharina.«

»Morgen, Ben. Alles okay bei dir? Du siehst müde aus.«

»Ja, alles gut so weit. Oder nein, vielleicht auch nicht. Ich war heute Morgen bei Tobi, und dir muss ich nicht erklären, wie es danach in mir aussieht.«

»Nein, musst du nicht«, gab Katharina gedämpft zurück und senkte den Kopf. »Ich nehme an, wenn es etwas Neues gäbe, hättest du mir das als Erstes gesagt?«

»Ja, ich wünschte, ich könnte was sagen. Aber ich soll dir liebe Grüße von Jana ausrichten.«

»Hast du ihr das Geld gegeben, das gesammelt wurde?«, fragte Katharina sofort.

»Ja, und wie erwartet hat es sie Überwindung gekostet, es anzunehmen, aber ich denke, ihr fehlte schlichtweg die Energie zur Gegenwehr. Sie ist wirklich tapfer, aber sie sieht von Woche zu Woche schlechter aus.«

»Das kommt mir auch so vor«, bestätigte Katharina. »Sie lebt nur noch für Mia und versucht, den Alltag ohne Tobi zu bewältigen, aber sie achtet zu wenig auf sich selbst. Ich stehe ihr aber nicht nahe genug, um ihr ins Gewissen zu reden.«

»Mich frustet vor allem, dass ich anfange, mich an den Zustand zu gewöhnen«, versuchte Ben zu erklären. »Wie soll ich das sagen, ich … ich stehe morgens nicht mehr auf mit der Hoffnung, es könnte heute eine neue Nachricht zu Tobis Befinden geben, sondern der jetzige Zustand hat sich so verankert, dass er inzwischen zur Normalität geworden ist. Ich will das nicht und fühle mich furchtbar, das zugeben zu müssen, aber es ist so.«

»Das geht mir genauso«, sagte Katharina leise. »Aber vermutlich ist das genauso normal, wie es traurig ist. Ich habe den Spruch ›Das Leben geht schließlich weiter‹ immer gehasst, aber jetzt merke ich zum ersten Mal, wie wahr er ist. Für uns geht der Alltag weiter, ob wir wollen oder nicht. Bestimmt ist das auch gut so, sonst würden wir alle verrückt werden.«

Für einen kurzen Moment schwiegen beide. Es hatte Ben gutgetan, seine Gedanken so klar aussprechen zu können, gerade Katharina gegenüber, die genau in derselben Situation steckte wie er. Doch mehr gab es dazu für den Moment nicht zu sagen. Auch Katharina schien so zu empfinden, denn sie fragte in die Stille hinein: »In diesem Sinne, was haben wir auf dem Tisch? Ist gestern Nacht etwas vorgefallen, worum ich mich kümmern müsste?«

Ben gab ihr einen kurzen Überblick über die Vorfälle, die er zuvor durchgesehen hatte. Bei der Info zu dem Pferdeschlitzer schien es ihm, als ob Katharina hellhörig wurde. Und er hatte sich nicht getäuscht, denn als er beim nächsten Vorfall angelangt war, unterbrach sie ihn: »Hat es in letzter Zeit häufiger Angriffe auf Tiere gegeben? Ganz neu ist so was traurigerweise nicht, aber ich kann mich an keinen Vorfall in den letzten Monaten erinnern. Oder war hier etwas anders oder auffällig?«

Verwundert sah Ben erst seine Kollegin an und dann das Protokoll auf seinem Bildschirm.

»Soweit ich das hier sehen kann, weder noch. Es gibt weder einen Hinweis auf vergleichbare Anschläge in letzter Zeit noch einen Hinweis auf Zeugen oder Auffälligkeiten. Es handelt sich um einen kleinen Reiterhof bei Adendorf. Der Besitzer hat die Stute heute Morgen bei seinem ersten Rundgang auf der Koppel entdeckt und sofort den Tierarzt und die Kollegen informiert. Leider musste der Veterinär das Tier erschießen, damit es sich nicht unnötig quält. Der Täter hatte ihm den gesamten Bauch aufgeschnitten.« Er schüttelte sich. »Unfassbar. Aber warum interessiert dich gerade dieser Vorfall so? Wie du selbst sagst, es ist leider schon früher vorgekommen und weiß Gott nicht nur bei uns in der Region.«

»Ja, ich weiß«, stimmte Katharina zu. »Ich kann dir das nicht erklären. Es ist eher ein ungutes Gefühl. Möglicherweise täusche ich mich.«

»Ah, dein berühmtes Gefühl – damit triffst du in der Regel ziemlich genau ins Schwarze.« Ben konnte sich ein Lächeln nicht verkneifen, denn obwohl gerade Männer es normalerweise als »weibliche Intuition« verlachen würden, wusste er, dass Katharina nie ohne Grund derartige Gefühle verspürte und erst dann darüber sprach, wenn sie sich ziemlich sicher war. »Gibst du mir wenigstens einen Hinweis?«, fragte er auffordernd.

»Gib mir eine Stunde«, sagte sie, drehte sich auf dem Absatz um und verschwand so schnell aus seinem Büro, wie sie eingetreten war.

08.42 Uhr

Leonie unterdrückte ein Grinsen – Claas hatte neben ihr gerade herzhaft gegähnt. Kein Wunder, diese Mathestunde war wirklich langweilig. Sie beugte sich zu ihm und flüsterte: »Na, gestern noch zu lange Netflix geguckt, oder was?«

»Schön wär's«, raunte er zurück. »Die Kleine ist krank. Sie hat aus dem Kindergarten die Grippe mitgebracht und meine Ma hatte Nachtschicht. Da musste ich mich kümmern, denn mit ihrem Fieber schläft sie nicht durch. Wo ist Laura eigentlich? Hat es die auch erwischt? Geht ja im Moment rum ...«

»Keine Ahnung, gestern war sie noch sehr gesund«, meinte Leonie und konzentrierte sich auf den Unterricht, da der Lehrer gerade die Hausaufgaben aufgab. Während sie die Aufgabenstellung notierte, wunderte sie sich gleichzeitig über die Frage von Claas. Sie war knapp einen Monat mit ihm zusammen, und aus Leonies Sicht lief alles super zwischen ihnen. Eigentlich hatten sie sich noch nie wirklich gestritten, außer wenn es um ihre jeweiligen Freunde ging. Seit dem Treffen mit den anderen bei Claas in der Wohnung hatte Leonie das Gefühl, dass er sie von seinen Freunden fernhalten wollte. Bis auf Julian, der schließlich in ihrer Klasse war,

hatte sie Tilda und Torben nur ein einziges Mal wiedergese-
hen, und das auch nur von Weitem am Brunnen auf dem Rat-
hausplatz. Sie war dort mit Claas verabredet gewesen, und
als sie gewunken hatte, hatte er sich von der Gruppe gelöst
und war ihr entgegengekommen. Anstatt mit ihr gemeinsam
zurückzugehen, hatte er darauf bestanden, dass sie mit ihm
in die andere Richtung zum Eiscafé in der Rosenstraße ging.
Danach hatte sie ihn immer mal wieder gefragt, warum sie
sich nur zu zweit trafen und nicht auch mit seinen Kumpels,
weil ihr die Situation am Rathausbrunnen nicht aus dem Kopf
ging und sie diese merkwürdig fand, woraufhin er jedes Mal
erwiderte, dass er die Zeit mit ihr nicht mit anderen teilen
wollte. Zu Beginn hatte es ihr geschmeichelt, doch inzwischen glaubte sie, dass er sich vor seinen Freunden für sie
schämte, warum sonst sollten sie nicht wenigstens ab und zu
mal alle zusammen abhängen? Sie trafen sich noch nicht einmal mit Laura und Julian, weil Claas es nicht wollte. Laura
hatte sich bereits darüber beschwert und gesagt, dass sie es
ziemlich blöd von Leonie fand, dass sie sich so wenig sahen,
seitdem sie mit Claas zusammen war. Tatsächlich trafen Leonie und Claas sich inzwischen fast täglich, und wenn nicht,
dann musste Leonie etwas für die Schule tun oder ihrer Mutter helfen, die durch die Schwangerschaft mit Ischiasschmer-
zen viel liegen musste. Als sie Claas von Lauras Beschwerde
erzählt hatte, hatte er nur mit den Schultern gezuckt. In seinen Augen war Laura eifersüchtig, weil Julian im Gegensatz
zu ihm weitaus weniger Zeit mit seiner Freundin verbrachte.

»Dafür nimmt er sie dauernd mit, wenn er sich mit eurer
Clique trifft«, hatte Leonie eingewandt, woraufhin Claas
das Thema gewechselt hatte. Leonie hatte es dabei belassen, obwohl es sie nach wie vor wurmte und beschäftigte.
Andererseits war es ansonsten mit Claas so schön, dass sie

nicht auf dieser Sache herumreiten wollte. Jetzt fragte sie sich aber doch, warum ihr Freund sich nach Laura erkundigt hatte. Auch wenn es wie nebenbei geschehen war, war es ungewöhnlich, da er es normalerweise vermied, über Leonies beste Freundin zu sprechen. Tatsächlich machte sie sich Gedanken, was mit Laura war. Ihre Augen huschten zu Julian, der schräg vor ihr saß. Er hatte den Kopf auf die Arme gestützt und sah im Gegensatz zu sonst ziemlich fertig aus. Ob die beiden sich gestritten hatten? Bevor sie über eine mögliche Antwort spekulieren konnte, klingelte es schrill zur kurzen Pause. Bücher wurden zugeklappt und in Rucksäcken verstaut, Stühle wurden gerückt. Leonie und Claas blieben sitzen. Während die Französischschüler den Raum wechseln mussten, konnten sie beide als »Lateiner« sitzen bleiben, da der Unterricht in ihrem Klassenraum stattfand. Auch Julian war aufgestanden und wollte gerade den Raum verlassen, als Laura die Klasse betrat. Julian stockte für einen Moment in seinen Bewegungen, dann schien er sich einen Ruck zu geben und ging an Laura vorbei, als wäre sie Luft. Auch Laura ging an ihm vorbei, ohne ihn eines Blickes zu würdigen. Leonie verfolgte die Szene mit einem unguten Gefühl. Sie musterte die Freundin, die auf sie zukam – ihre Augen sahen ziemlich verheult aus. Claas schien das ebenfalls alles beobachtet zu haben, denn Leonie hörte ihn in ihrem Rücken ein »Oh, ohhh«, sagen, das sie veranlasste aufzustehen und mit fragender Miene auf Laura zuzusteuern. Sie nahm die Freundin in den Arm und fragte: »Hey, was ist los?«

Laura vergrub ihr Gesicht an Leonies Schulter und sagte mit zittriger Stimme: »Kommst du mit mir aufs Klo?«

»Ja, ähm, klar«, erwiderte Leonie, warf Claas einen Blick zu, der besagte »ich muss mich hier jetzt kümmern« und verließ mitsamt Laura im Arm den Raum. Auf dem Gang begegneten die beiden Mädchen ihrem Lateinlehrer Dr. Tuchen. Dr. Tuchen gehörte der älteren Generation im Lehrerkollegium an und erfüllte alle Klischees, die einem Lateinlehrer anhafteten. Er trug stets einen ordentlichen, aber unmodernen Anzug und dazu eine schwere braune Doktortasche, besaß nicht mehr allzu viele Haare, und diese wenigen kämmte er über seine bereits kahle Stirn. Seine grauen Augen blitzten klug hinter einer Hornbrille hervor, und er schien nie ganz anwesend zu sein, sondern mit seinen Gedanken in einer anderen Welt – im alten Rom, wie seine Schüler vermuteten. Der Lehrer galt als gerecht, aber streng, und so zuckten die beiden Mädchen zusammen, als Dr. Tuchen sie ansprach: »Leonie, Laura, was macht ihr hier? Es klingelt gleich zur Stunde.« Wie zur Bestätigung erklang die Glocke, die die nächste Schulstunde einläutete.

»Ja, ähm, wir wollen zur Toilette, und ich dachte, es ist besser, wenn ich mich um Laura kümmere. Nicht, dass ihr Kreislauf schlappmacht und sie umkippt. Laura ist total schlecht, und sie hat … sie hat Bauchschmerzen«, log Leonie schnell und schob hinterher: »Na ja, also, Sie wissen schon …«

Wie von Leonie erhofft, machte der Lehrer ein unangenehm berührtes Gesicht. Es war bekannt, dass Dr. Tuchen mit diesem »Frauen-Thema«, wie er es nannte, nicht umgehen konnte. Am liebsten wollte er damit gar nicht konfrontiert werden, und so waren Periodenbeschwerden eine beliebte Entschuldigung vieler Schülerinnen für diverse Versäumnisse. Der Lateinlehrer ließ sie immer durchgehen. Er tat es auch jetzt, denn er wiegelte weitere Erklärungen von Leonie ab: »Ja, ja, ist schon gut, geht nur.« Dann eilte er

Richtung Klassenraum davon, und Leonie ging mit Laura weiter zur Mädchentoilette. Erst als sie die Tür hinter sich geschlossen hatten, brach Laura das Schweigen zwischen ihnen: »Zwischen mir und Julian ist es aus.«

Leonie sagte nichts dazu, sondern nahm ihre Freundin, der jetzt die Tränen die Wangen herunterliefen, in den Arm. Nach einer Weile schien Laura sich einigermaßen beruhigt zu haben und Leonie fragte sanft: »Wieso hat er Schluss gemacht?«

»Hat er ja gar nicht, das war ich«, erklärte Laura und fing wieder haltlos an zu schluchzen. Leonie war verwirrt. Wenn Laura Schluss gemacht hatte und trotzdem so dermaßen traurig darüber war, dann musste es einen schlimmen Grund dafür gegeben haben. Leonie erschrak, denn ihr war ein Gedanke in den Kopf geschossen.

»Hast du mit ihm ... hat er ... wollte er mir dir ... schlafen? Und du, du wolltest nicht ...?«, fragte sie vorsichtig und war überaus erleichtert, als Laura daraufhin vehement den Kopf schüttelte. Sie hatten vor einiger Zeit darüber gesprochen und beide für sich festgestellt, dass sie dafür noch nicht bereit waren. Claas legte es überhaupt nicht darauf an, und Leonie musste sich keine weiteren Gedanken darüber machen, aber bei Julian sah das anders aus. Er hatte Laura gegenüber bereits ein paar Mal angedeutet, dass er gern mit ihr schlafen würde und auch keinen Hehl daraus gemacht, dass sie nicht das erste Mädchen wäre, mit der er »es« dann tun würde. Als Laura ihr das erzählt hatte, hatten sich bei ihr alle Nackenhaare gesträubt, und sie war sich seitdem sicher, dass Julian es einzig und allein darauf anlegte, Laura ins Bett zu bekommen. Das passte auch zu seinem sonstigen Verhalten Laura gegenüber, das Leonie nicht gerade als verliebt bezeichnen würde ...

»Warum hast du denn Schluss gemacht?«, fragte Leonie stirnrunzelnd und stellte den Wasserhahn an.

Laura begriff, trat an das Waschbecken heran, hielt ihre Hände unter den Hahn und benetzte kurz darauf ihr vom Weinen verquollenes Gesicht. Während sie über das Waschbecken gebeugt stand und die Prozedur wiederholte, murmelte sie irgendetwas. Leonie verstand sie nicht und musste nachfragen. Laura richtete sich auf: »Ich mag seine Freunde nicht.« Sie wischte sich mit dem Ärmel das Gesicht trocken, doch sofort kullerten frische Tränen ihre Wange hinunter.

»Du meinst Torben und Tilda?«, wollte Leonie wissen, während sie ihrer besten Freundin ein Papiertuch aus dem Spender an der Wand reichte.

»Ja, die auch. Ich glaube, dass Julian eigentlich auf Tilda steht, aber nicht an sie herankommt, denn die steht total auf Torben und macht alles, was der sagt. Aber das allein ist es nicht«, erklärte Laura mit belegter Stimme und fuhr fort: »Da sind noch andere dabei, die Namen weiß ich nicht alle, und sie würden dir auch nichts sagen. Es kommen immer wieder neue Leute in die Clique. Die kennen sich irgendwie aus der Gemeinde oder dem Jugendzentrum, und jeder von ihnen hängt Torben an den Lippen. Das ist richtig heftig. Er war wohl mal so eine Art Sprecher der Jugendgruppe. Die machen ziemlich krasse Sachen, na ja, und als ich das geblickt habe, wollte ich nicht mehr mitmachen. Darüber haben Julian und ich gestern gestritten.«

Laura schluckte: »Du musst mir schwören, dass du niemandem davon erzählst.«

»Dass ihr euch gestritten habt und nicht mehr zusammen seid? Ich glaube, das blickt man, auch wenn ich es keinem sage«, erklärte Leonie sanft, aber deutlich.

»Nein, ich meine das, weswegen wir uns genau gestritten haben«, erklärte Laura.

»Ja, sicher, das schwöre ich, ist ja sowieso klar«, sagte Leonie und fragte sich, was noch kommen würde. Sie hatte kein gutes Gefühl. Und dann begann Laura zu erzählen.

09.12 Uhr

Katharina saß an ihrem Schreibtisch und blickte auf den Bildschirm. Zwar hatte sie gefunden, wonach sie gesucht hatte, doch nach wie vor war sie nicht sicher, ob sie richtig lag oder sich gerade in eine völlig absurde Idee verrannte. Auf jeden Fall war sie sich ihrer Sache bei Weitem nicht sicher genug, um Ben mit einzubeziehen. Als hätte er ihre Gedanken gelesen, stand er ihr plötzlich auf der anderen Seite ihres Schreibtischs gegenüber.

»Und? Verrätst du mir, was dein Gefühl dir dieses Mal eingeflüstert hat?«

»Ehrlich gesagt lieber noch nicht«, gestand sie. »Ich bin nach wie vor unschlüssig, aber das Gefühl ist tatsächlich da. Wenn du nichts dagegen hast, würde ich gern zu dem Pferdehof fahren.«

»Zu dem, wo das Pferd letzte Nacht geschlitzt wurde?«, fragte Ben verwundert.

»Ja. Ich weiß, das hat auf den ersten Blick nichts mit uns zu tun, und vielleicht bleibt es auch dabei, aber ich würde den Leuten dort gern ein paar Fragen stellen, sofern du mich im Moment nicht zwingend brauchst.«

Ben überlegte einen Augenblick, und Katharina sah ihm

an, dass er sich nur ungern mit so wenigen Informationen von ihr zufriedengab. Sie wollte gerade zu einer weiteren Erklärung ansetzen, als er sagte: »Okay, ich hab zwar überhaupt keine Ahnung, was du da willst, aber ich setze auf deine Intuition. Und hier ist im Moment nichts zu tun, was ich nicht auch mit Vivien abwickeln könnte.«

»Was ist mit mir?«, erklang es hinter ihnen. Vivien trat zu Katharina und Ben und streifte ihre Umhängetasche ab.

»Guten Morgen, Vivien«, begrüßte Benjamin Rehder seine zweite Mitarbeiterin. »Katharina hat einen Außentermin, und ich habe gerade erklärt, dass wir beide alles andere hinbekommen.«

»Na klar«, bestätigte die junge Kollegin. »Ich stehe zur Verfügung, Chef.«

Katharina lächelte Ben dankbar an. Sie war froh, dass er sich gegenüber Vivien so unklar ausgedrückt hatte, sodass sie auch hier nicht in Erklärungsnot geriet.

»Gut, dann bin ich weg«, sagte sie, schloss den Internetbrowser ihres Computers, nahm im Aufstehen ihr Notizbuch vom Schreibtisch sowie ihre Jacke von der Stuhllehne und verließ das Büro mit einem knappen »Tschüss, bis später ihr zwei«.

Als Katharina wenige Minuten später im Dienstwagen saß, zog sie das Notizbuch aus der Tasche, gab die Adresse des Reiterhofs in das Navigationssystem ein und machte sich auf den Weg. Während der Fahrt musste sie an die Überraschung denken, die Bene ihr am Morgen bereitet hatte. Seine Freude über ihre Zusage zur Wohnungsbesichtigung war eindeutig gewesen, und sie bereute nicht, sich einen Ruck gegeben zu haben. Möglicherweise würden sie beide heute Abend bereits in ihrem ersten gemeinsamen Zuhause stehen. Während der Fahrt nach Adendorf hing Katharina ihren Gedanken nach. Sie versuchte, sich den Grundriss der Wohnung, wie sie ihn heute Morgen im Exposé des Maklers gesehen hatte, vor Augen zu führen. Das sogenannte »halbe« Zimmer war ihr auf dem Papier groß genug für ihre Zwecke erschienen. Sie brauchte keinen Schreibtisch oder sonstige Arbeitsutensilien, ihr ging es vielmehr darum, einen Rückzugsort für sich zu haben. Ein kleines Sofa, ein Tischchen und ein Regal, das würde vollkommen genügen. Wenn sie Arbeit mit nach Hause nahm, dann auf Papier oder ihrem Laptop, und den nutzte sie ohnehin am liebsten auf dem Schoß. Das gemeinsame Wohnzimmer würde klar und minimalistisch eingerichtet sein, da musste sie nicht lange überlegen. Bene und sie hatten einen ähnlichen Geschmack, da würde es sicher keine Zankerei geben. Und das Schlafzimmer würde sie am liebsten neu kaufen. Ihren Futon würde Bene dankend ablehnen, und sie mochte Benes Bett nicht besonders. Und dann blieb noch das Zimmer von Leonie. Das sollte diese natürlich selbst einrichten, damit sie sich so wohl wie möglich fühlen würde. Ein Lächeln huschte bei dem Gedanken an Leonie über Katharinas Gesicht. Benes Tochter war ihr über die Jahre ans Herz gewachsen, auch wenn sie keinerlei Ambitionen hatte, in irgendeiner Form eine Mutterrolle einzunehmen. Leonie hatte mit Julie die beste Mutter, die man ihr nur wünschen konnte. Und für Katharina war Julie zugleich eine wunderbare Freundin. Katharina empfand sich Leonie gegenüber eher als ältere Freundin, gerade jetzt, wo das Mädchen zum Teenager herangewachsen war. Und sie war froh, dass sie ein vertrauensvolles Verhältnis verband. Leider hatten sie sich in letzter Zeit nur selten gesehen, da Leonie vermehrt ihrer eigenen Wege ging und oft gar nicht da war, wenn Katharina Julie besuchte oder bei Bene war. Umso mehr freute sich die Kommissarin darauf, dass sie in der neuen Wohnung die Möglichkeit hätten, gemeinsame Abende oder auch Wochenenden zu verbringen. Bisher war Benes Wohnung dafür zu eng gewesen; wenn Leonie dort übernachtete, blieb Katharina bei sich. Also ein weiterer Pluspunkt auf der Liste, vermerkte sie in Gedanken. Zu mehr kam sie nicht, denn sie sah am Straßenrand bereits das Schild, das zum Reiterhof wies. Langsam fuhr sie auf den großen Hof vor dem Stallgebäude, parkte den Wagen und stieg aus. Spontan angetan von der Atmosphäre sah sie sich um. Mehrere junge Mädchen in Reiterbekleidung liefen herum, einige mit einem Pferd an ihrer Seite, andere mit einer Schubkarre in den Händen, aber alle in irgendeiner Form aktiv und vor allem mit strahlenden Gesichtern. Katharina selbst war nie ein Pferdemädchen gewesen und hatte als Kind die Begeisterung einiger Freundinnen nicht teilen können. Die großen Tiere hatten ihr eine ordentliche Portion Respekt eingeflößt. Das war heute noch so, doch Katharina kam nicht umhin, die Eleganz der Pferde, die sie hier sah, zu bewundern. Die Hofanlage war groß und sehr gepflegt, gleichzeitig urtümlich und nicht so überkandidelt wie manch andere Reitanlagen. Auch das hatte sie als junges Mädchen vom Reiten abgehalten, denn wenn sie es überhaupt in Erwägung gezogen hätte, hätte ihr Vater mit Sicherheit einen Reitstall für sie ausgesucht, in dem es weniger um die Pferde und mehr um das Renommee ging. Ein rustikaler Ponyhof wäre sicher nie in seinem Sinne gewesen.

»Kann ich Ihnen helfen?« Eine freundliche, aber forsche Stimme riss die Kommissarin aus ihren Gedanken, und etwas erschrocken drehte sie sich um. Hinter ihr stand eine Frau in ungefähr ihrem Alter. Wie die meisten anderen, die Katharina bisher gesehen hatte, trug sie Reiterhosen, eine wattierte Jacke und die typischen Stiefel. Sie wirkte sehr sportlich, ihr Gesicht war trotz der Jahreszeit leicht gebräunt und natürlich, was zu dem langen, brünetten Pferdeschwanz passte und ihr eine jugendliche Ausstrahlung bescherte. Lediglich an den kleinen Fältchen um Augen und Mund herum, die Katharina nur allzu gut von ihrem eigenem Spiegelbild kannte, war das wahre Alter zu erkennen.

»Hallo«, Katharina reichte ihrem Gegenüber die Hand. »Mein Name ist Katharina von Hagemann, Kripo Lüneburg. Ich würde gern mit Manuela Thorwesten sprechen.«

»Das bin ich«, erwiderte die Frau und reichte Katharina ebenfalls die Hand. »Kripo?«, setzte sie mit fragendem Blick hinterher. »Geht es nochmal um Josy? Ich dachte, mein Mann und ich hätten alle Fragen der Polizei beantwortet. Oder haben Sie den Täter bereits gefasst?«

»Nein, das nicht«, erklärte Katharina. »Es geht vielmehr darum, dass es möglicherweise einen Zusammenhang zu anderen Vorfällen gibt, zu denen wir momentan ermitteln. Daher wäre es sehr hilfreich, wenn Sie bereit wären, auch mir zu schildern, was gestern Nacht passiert ist.«

»Sie meinen, das ist wieder eine Serie solcher grausamen Angriffe auf Tiere? Ich habe gar nichts mitbekommen in den letzten Monaten ...«, fragte Manuela Thorwesten verwundert.

»Dazu kann ich Ihnen im Moment nichts sagen, tut mir leid.« Selbst wenn die Kommissarin gewollt hätte, tat sie sich schwer mit einer Erklärung. Schließlich war sie bisher die Einzige, die überhaupt eine Verbindung zu den anderen Fällen für möglich hielt, ohne dass sie diese auch nur ansatzweise belegen konnte. Bewusst versuchte sie darum, das Gespräch in eine konkretere Richtung zu lenken.

»Gab es auf Ihrem Hof zuvor irgendwelche Vorkommnisse in dieser Art? Oder haben Sie einen Verdacht? Gibt es jemanden, der Ihnen schaden will?«

»Mein Mann und ich haben das Gut erst vor rund zwei Jahren übernommen. In dieser Zeit ist nie etwas Derartiges oder auch Vergleichbares passiert«, erwiderte die Frau. »Umso schockierter waren wir ja, als wir Josy heute in der Frühe entdeckt haben. Es geht mir nicht in den Kopf, was in einem Menschen vorgehen muss, der ein unschuldiges Tier so quält. Kommen Sie, ich zeige Ihnen, wo es passiert ist.«

Gemeinsam machten die beiden Frauen sich in Richtung der weitläufigen Koppel auf, die sich hinter dem Gutshaus erstreckte.

»Es gibt durchaus ein paar Menschen, die uns ..., na ja, sagen wir mal, nicht gerade lieben«, fuhr Manuela Thorwesten im Gehen fort. »Hier ist immer eine Menge Trubel, wir haben die Hofanlage übernommen, um Kindern und Jugendlichen eine kostengünstige Möglichkeit zum Reiten zu bieten. Viele der Pferde, die hier untergebracht sind, werden in Form von Reitbeteiligungen gehalten, haben also mehrere Besitzer. Wir selbst haben zehn eigene Pferde, mit denen wir Reitkurse, Reiterferien und mehr anbieten. Vor ein paar Wochen haben wir außerdem mit einem Gymnasium einen Schnupperkurs arrangiert, der gut angekommen ist. Daraus soll eine regelmäßige Kooperation mit der Schule entstehen. Einige Bewohner der Umgebung hätten es lieber gesehen, wenn das eine rein private Hofanlage geblieben wäre ohne viel Besucherverkehr.«

Katharina erinnerte sich, dass Leonie von einer Reitstunde erzählt hatte. Dann hatte diese vielleicht sogar hier stattgefunden. Auch sie war begeistert gewesen und hatte erzählt, dass die Schule eine Reit-AG für das nächste Schuljahr plante.

»Wie wurde der Hof denn betrieben, bevor Sie und Ihr Mann ihn übernommen haben?«, wollte sie wissen.

»Es war ein kleines Privatgestüt. Pferde gab es immer schon, aber ansonsten nur die Besitzer sowie einige Angestellte und keine Kinderscharen, die naturgemäß auch mal lauter sind. Der Besitzer konnte das Gestüt aber finanziell nicht mehr halten, und der Plan, einen rein privaten Interessenten für eine so große Hofanlage zu finden, ist relativ schnell gescheitert. Für uns war das die einmalige Gelegenheit, unseren Traum zu verwirklichen. Wir hatten schon lange nach einer Immobilie gesucht, aber erst diese entsprach perfekt unseren Vorstellungen und war zudem – aufgrund der Notlage des Vorbesitzers – für uns finanziell machbar.«

»Fällt Ihnen jemand ein, der etwas gegen Sie hat?«, fragte Katharina nach.

»Schwer zu sagen. Aber als im Sommer bekannt wurde, dass wir künftig Turniere austragen und das Haupthaus um weitere Ferien-Appartements erweitern wollen, gab es in der Gemeinde heftigen Widerspruch. Nicht von amtlicher Seite, von dort haben wir absoluten Rückhalt. Aber seitens der Bürger schon. Ich habe gehört, dass einige Einwohner eine Bürgerinitiative planen, um gegen unser Vorhaben vorzugehen.«

»Das tut mir leid«, sagte Katharina ehrlich. Die Frau war ihr sympathisch, und die Leute sollten sich doch lieber freuen, dass junges Leben hierher kam. Darüber hinaus wirkte der Hof auf sie sehr geordnet und mit viel Herz betrieben. »Was glauben Sie – steckt da eher Neid dahinter als die Befürchtung, dass die Ruhe der Gegend gestört werden könnte?«, fragte sie weiter.

»Vermutlich, Neider gibt es ja immer und überall«, erwiderte Manuela Thorwesten. »Aber es ist nicht so, dass wir protzen. Ganz im Gegenteil. Wir haben hohe finanzielle Belastungen auf uns genommen, um all das hier so umzugestalten, dass es für unsere Pläne passt. Da ist der Verlust eines Pferdes wie Josy nicht nur persönlich ein absoluter Tiefschlag, sondern auch ein finanzieller Schaden. Josy war ein Pferd, das wir für sehr viele Bereiche einsetzen konnten, weil sie so lammfromm und beliebt war. Sie hätte uns noch viele Jahre als Schulpferd begleiten können.« Sie blieb am Zaun der Koppel stehen, die sie inzwischen erreicht hatten. »Meine größte Sorge ist, dass einige Pferdehalter nach dieser Geschichte möglicherweise ihre Tiere hier wegholen, weil sie Angst haben, dass sich so etwas wiederholt und dann eines ihrer Pferde trifft. Das wäre nur schwer auszugleichen, vom Imageschaden mal ganz abgesehen.«

Auf der Koppel grasten mehrere Pferde, und Katharina genoss den Anblick der schönen Tiere, denen es offensichtlich wirklich gut ging.

»Sie haben in der letzten Nacht niemanden gesehen oder etwas beobachtet, was ungewöhnlich war?«

»Nein, absolut nicht«, sagte Manuela Thorwesten bedrückt. »Es waren einige Tiere draußen, und ganz bestimmt haben sie gewiehert, weil auch sie verschreckt waren. Aber unser Schlafzimmer liegt auf der Rückseite des Hauses, das können wir dort nicht hören. Hinzu kommt: Viele Tiere können laute Schmerzensschreie von sich geben,

Pferde nicht. Mein Mann ist heute Morgen wie immer gegen fünf Uhr hergekommen, um nach den Pferden zu sehen, und da hat er Josy blutend und schwer verletzt vorgefunden. Es war auf Anhieb klar, dass sie nicht mehr zu retten sein würde.« Die bisher so tough wirkende Besitzerin des Hofs wandte ihr Gesicht ab, und Katharina spürte, wie sehr der Tod des Tieres die Halterin getroffen hatte. Sie zog eine Visitenkarte aus ihrer Jackentasche und reichte sie Manuela Thorwesten.

»Sollte Ihnen doch noch irgendetwas einfallen, melden Sie sich bitte bei mir. Jede Kleinigkeit könnte helfen, den Täter zu finden. Und bitte senden Sie mir die Anschrift des Tierarztes, der Josy heute Morgen erlöst hat. Ich denke, es ist angenehmer für Sie, wenn ich ihn zu den genauen Details der Verletzungen befrage.«

»Mach ich«, versprach die Frau, die sich mit einem Ruck zu Katharina umdrehte und ihre Fassung zurückgewonnen hatte. »Ich hoffe, Sie finden diesen Tierschänder, bevor er weitere Taten begehen kann, ganz egal, ob hier oder anderswo.« Sie nahm Katharinas Karte und verstaute sie in der Innentasche ihrer Jacke. »Finden Sie allein zu Ihrem Auto zurück? Ich würde gern einen Moment hier bleiben und sehen, wie es den anderen Tieren geht.«

»Sicher«, bestätigte Katharina. »Ich wünsche Ihnen alles Gute, Frau Thorwesten, wäre ich Reiterin, ich würde sehr gern herkommen.«

Sie wandte sich ab und ging nachdenklich zurück zu ihrem Auto.

Gut gelaunt wie schon lange nicht mehr schlenderte Bene durch die Altstadt. Es war sein freier Tag, und er hatte sich mit Julie verabredet, bevor er von dort direkt zur Wohnungsbesichtigung aufbrechen wollte. Dieser Termin war der Hauptgrund für seine positive Stimmung, denn es war immerhin die erste Wohnung, die sie sich gemeinsam anschauen würden. Dass Katharina am Morgen so zustimmend reagiert hatte, hatte seinen Optimismus zusätzlich verstärkt. Er war nicht ganz sicher gewesen, wie sie sich verhalten würde, wenn er sie mit einem festen Besichtigungstermin überfiel, denn er wusste, dass sie es überhaupt nicht schätzte, vor vollendete Tatsachen gestellt zu werden. Doch offenbar hatte auch ihr das Exposé auf Anhieb zugesagt, und schließlich war es auch nur eine Besichtigung. Noch war nichts in trockenen Tüchern, und selbst wenn sie beide von der Immobilie überzeugt sein sollten, war längst nicht klar, dass sie den Zuschlag bekommen würden. Bei diesem Gedanken sank Benes Enthusiasmus für einen Moment. Er wusste, wie schwierig der Wohnungsmarkt in Lüneburg inzwischen war. Oft genug hatte er von Gästen in der Bar davon gehört, und es war bei Weitem kein Geheimnis, dass es für Objekte, die ansprechend und bezahlbar waren, extrem viele Interessenten gab. Allerdings schätzte er die eigenen Voraussetzungen als gut ein. Sie waren ein Paar mittleren Alters, hatten keine kleinen Kinder, bezogen ein festes Einkommen, und Katharina besaß obendrein den Beamtenstatus. Alles Punkte, die Vermieter in der Regel positiv bewerteten. Bisher hatte er außer mit Katharina mit niemandem über diese Wohnung gesprochen. Sein Bruder Ben wusste zwar, wie alle anderen auch, dass sie beide planten zusammenzuziehen, doch das hatten sie bereits vor einer geraumen Weile bekannt gegeben – oder vielmehr er allein. Es war seitdem nicht mehr thematisiert worden, außer ab und an von seiner Mutter, die ihn drängte, endlich für »geordnete Verhältnisse« zu sorgen, wie sie sich typischerweise ausdrückte. Er musste bei dem Gedanken daran lächeln. »Geordnete Verhältnisse« – die Tatsache, dass Katharina und er nicht verheiratet waren, würde bei der Wohnungssuche heutzutage sicher keinen negativen Einfluss haben, diese Zeiten waren mittlerweile hoffentlich überall vorbei. So sehr er sich den Zusammenzug mit Katharina wünschte, eine Hochzeit war bisher zwischen ihnen kein Thema gewesen, und er würde es auch nicht dazu machen. Nicht dass er nicht sicher war, in Katharina die Frau fürs Leben gefunden zu haben, aber dazu brauchte er keinen Trauschein. Und sie ganz sicher erst recht nicht. Die Einzigen, die darüber in schieres Entzücken ausbrechen würden, wären ihre beiden Mütter. So unterschiedlich die älteren Damen waren, da würden sie sich in jedem Fall einig sein. Und für Katharina wäre das ein Grund mehr, eine andere Position einzunehmen. Eigentlich fand er es schade, dass seine Freundin zu ihren Eltern ein so schwieriges Verhältnis hatte. Ihren Vater, Henning von Hagemann, hatte Bene in all den Jahren nicht ein einziges Mal getroffen, aber nach den Schilderungen von Katharina war er auch nicht besonders erpicht darauf. Zu Anne von Hagemann dagegen hatte er relativ schnell einen entspannten Kontakt gefunden, als sie damals vorübergehend bei Katharina gewohnt hatte. Ihre überaus konservative Art, gepaart mit dem plötzlich aufgekommenen Wunsch nach Unabhängigkeit und Eigenständigkeit, hatte ihn sowohl amüsiert als auch beeindruckt. Sich in dem Alter dermaßen zu verändern, stellte er sich nicht einfach vor. Seine Eltern kannte er nur als eingespieltes Team. Er konnte sich keinen von beiden ohne den anderen vorstellen, doch je älter sie wurden, desto bewusster wurde Bene, dass genau das irgendwann eintreten würde. Momentan waren beide topfit für ihr Alter, und sie schmiedeten zahlreiche Pläne für gemeinsame Reisen und andere Aktivitäten. Doch Bene war klar, dass das nicht so bleiben würde. Er würde irgendwann in nicht allzu ferner Zukunft mit Ben darüber sprechen müssen, wie sie dann damit umgehen sollten. Sein Bruder war während der vielen Jahre, in denen Bene sein eigenes Leben weit außerhalb geführt hatte, allein für die Eltern da gewesen. Jetzt war es an der Zeit, dass Bene etwas zurückgab und seinem Bruder bewies, dass auch er zu seiner Verantwortung stand. So wie er es bei Leonie tat. Seine Kleine war das Beste, das ihm in seinem Leben passiert war, und niemand – nicht einmal Katharina – war wichtiger für ihn. Die Tatsache, dass sie inzwischen ein Teenager war und zunehmend ihre eigenen Wege ging, war unumstößlich, und anfangs hatte Bene etwas Sorge gehabt, dass sie zwei sich dadurch etwas entfremden würden. Gleichzeitig hatte er festgestellt, wie gut es war, dass sie kein klassisches Vater-Tochter-Gespann waren. Leonie vertraute ihm, das hatte sich gerade wieder gezeigt, als sie ihm von ihrem ersten Freund, Claas, erzählt hatte, während Julie noch nichts davon wusste. Okay, ganz freiwillig war diese Offenlegung nicht erfolgt, aber das Ergebnis war das gleiche. Und er hatte nicht vor, das Vertrauen seiner Tochter zu erschüttern. Vor Kurzem hatte er Claas sogar kennengelernt, als die beiden bei ihm vorbeigeschaut hatten, um irgendetwas abzuholen, das Leonie in seiner Wohnung vergessen hatte. Der Junge war ihm bei diesem ersten Aufeinandertreffen durchaus sympathisch gewesen. Nichtsdestotrotz hoffte Bene, dass Leonies Mutter inzwischen von dem Jungen wusste. Er würde sie ungern anlügen müssen, sollte das Gespräch gleich bei ihrem Treffen auf dieses Thema kommen. Möglicherweise konnte er das selbst umschiffen. Er wollte Julie direkt erzählen, dass er eine Wohnung gefunden hatte, und diese – sofern es denn klappen sollte – ein eigenes Zimmer für Leonie haben würde. Er hoffte sehr, dass Julie sich ebenso wie er darüber freuen würde, und er wollte ihr anbieten, dass Leonie auch mal längere Phasen bei ihm wohnen könnte. Vor allem, wenn das Baby da war. Gerade in der Anfangszeit könnte das nicht ganz einfach für Leonie sein, die immer mehr in der Schule zu tun hatte, wie sie ihm gerade neulich erzählt hatte, und sich konzentrieren musste. Natürlich würden sie da alle mit Feingefühl vorgehen müssen. Leonie sollte sich keinesfalls zurückgesetzt, sondern überall willkommen fühlen. Und Alex und Julie durften nicht das Gefühl bekommen, dass Bene Leonie aus diesem neuen Familiengefüge herausholen wollte. Warum sollte er auch? Alex war in Ordnung, obwohl er und der Vater von Julies Baby nicht unbedingt auf einer Wellenlinie lagen. Sie waren alle erwachsen genug, um souverän damit umzugehen, selbst wenn sie in Zukunft häufiger miteinander zu tun haben würden. Außerdem blieb abzuwarten, ob Alex und Julie in Julies Wohnung bleiben würden. Bisher hatten Julie und Leonie dort immer nur zu zweit gelebt, zu viert würde es auf Dauer eng werden. Möglicherweise stand bald ein Umzug an. All das wollte er heute mit Julie bereden, und abgesehen davon freute er sich, sie mal wieder ganz allein zu treffen, denn das war in letzter Zeit nur selten vorgekommen. Voller Vorfreude klingelte er.

Katharina trommelte aufs Lenkrad. Sie hatte nicht geglaubt, dass ihr Aufenthalt auf dem Reiterhof so lange dauern würde, aber da Ben sich bisher nicht gemeldet hatte, hoffte sie, dass er ihr die lange Abwesenheit nicht übelnahm. Die Kommissarin war nervös. Sie hatte das untrügliche Gefühl, einen Schritt weitergekommen zu sein, konnte es aber nicht so ganz greifen. Oder wollte sie es gar nicht? Wenn ihre nach wie vor bestehende Vermutung stimmte, dann waren die ganzen Vorfälle in der letzten Zeit keine Einzeltaten, sondern gehörten zu einer Serie, bei der der Täter zumindest den Tod eines Menschen in Kauf genommen hatte. Konnte das sein? Katharina musste an den Film »Sieben« denken, den Thriller aus den 90er-Jahren mit Brad Pitt und Morgan Freeman, in dem ein Serienmörder nach dem Muster der sieben Todsünden seine Opfer aussuchte und tötete. Zu jedem Mord hatte der Täter einen Hinweis hinterlassen, um welche der Todsünden es sich handelte. Bei ihren eigenen Ermittlungen hatten sie allerdings keine Hinweise gefunden, die zu Katharinas Vermutung passten. Andererseits war »Sieben« ein Film, während sie sich mitten in der Realität befand. Und außerdem konnte es sein, dass sie sich täuschte und sich alles gerade so hinbog, wie es passte, nur damit die Ermittlungen in Schwung kamen. Andererseits … Katharina ging hart auf die Bremse und setzte automatisch den Blinker, als sie auf ihrem Weg von Adendorf nach Lüneburg das Hinweisschild zum Kloster Lüne erblickte. Sie bog in den Lüner Weg und von dort in Am Domänenhof ein, der Straße, in der das Kloster lag. Es war ein spontaner Entschluss, der ihr nur logisch erschien, weil sie ihrer vermeintlichen Spur weiter nachgehen wollte. Und wenn Ben sie suchen oder brauchen würde, wäre sie nicht mehr weit vom Kommissariat entfernt, auf eine halbe Stunde mehr oder weniger kam es nicht an.

Katharina suchte sich einen Parkplatz, stellte den Motor ab und stieg aus. Sie wusste, dass die Ausstellung, die sie sich vor einer Weile mit ihrem Halbbruder angeschaut hatte, bereits beendet war, aber vielleicht würde ihr ein Gang über das Klostergelände helfen, ihre Gedanken zu ordnen. Sie ging durch den kleinen Torbogen in der Klostermauer und blieb für einen Moment stehen, da sie von einer schwarz-weißen Katze begrüßt wurde, die ihr auf der Suche nach Streicheleinheiten um die Beine strich. Die Kommissarin ging in die Hocke und tat dem Kätzchen den Gefallen, während sie ihren Blick wandern ließ. Direkt vor ihr lag ein schmaler, bogenförmiger Durchgang. Von ihrem letzten Besuch wusste sie, dass dieser auf den kleinen Klosterhof führte. Rechts neben ihr befanden sich wohl Wohnungen und ein Schuppen, in dem, wie ein Schild besagte, die Toiletten für Klosterbesucher untergebracht waren. Die Katze schnurrte wohlig unter Katharinas streichelnder Hand, aber die Kommissarin fröstelte. Mit ihrer freien Hand zog sie sich ihre Jacke am Hals enger zusammen. Der kalte Wind pfiff hier ganz schön um die Ecken. Wie es wohl in früherer Zeit gewesen sein mochte? Katharina hatte nach ihrer Verabredung mit Markus über das Kloster gelesen. Es war im Mittelalter von Benediktinerinnen gegründet worden. Ob damals bereits der kleine Kräutergarten angelegt worden war, der links von ihr lag? Langsam erhob sie sich aus ihrer unbequemen Haltung und wandte sich dem Gärtchen zu, das hinter einem Zaun lag und ansonsten von den Mauern des Klosters geschützt wurde. Sie spähte über den Zaun und machte eine Bank aus.

Obwohl Spätherbst war und nichts mehr blühte, machte der Garten einen einladenden Eindruck auf Katharina. Sie kam sich vor wie in einer anderen Welt. Alles war so ruhig, und die Zeit schien stehen geblieben zu sein. Sämtliche Unruhe und Hektik der Stadt reichte nicht bis hier her und das, obwohl Lüneburgs Zentrum nicht weit entfernt war. Ohne länger darüber nachzudenken, öffnete Katharina das Zauntor und betrat den Garten. Die Katze folgte ihr auf leisen Sohlen. Katharina setzte sich auf die weiß gestrichene Bank und ließ ihren Blick durch den Kräutergarten schweifen. Irgendwie kam ihr die Szenerie aus dieser Perspektive bekannt vor, als erlebte sie gerade ein Déjà-vu, doch das konnte gar nicht sein. Sie war definitiv noch nie in diesem Garten gewesen und hatte bislang auch keine Bilder von ihm gesehen. Oder doch? Plötzlich fiel es der Kommissarin wieder ein. Es musste so vor zwei Jahren gewesen sein. Sie hatte mit einer heftigen Grippe eine ganze Woche im Bett verbracht, was für Katharina eine absolute Seltenheit war, da sie so gut wie nie krank war. Aus purer Langeweile hatte sie während ihrer Krankheit relativ viel ferngesehen, und das zu für sie ungewöhnlichsten Uhrzeiten. Der Bericht, an den Katharina sich erinnerte, musste auf einem der Regionalprogramme gelaufen sein, die am frühen Abend ausgestrahlt werden. Ein Gartenkrimi war genau hier im Kräutergarten des Klosters vorgestellt worden. Katharina hatte sogar vorgehabt, sich das Buch zu kaufen, weil ihr der Bericht gefallen hatte. Normalerweise las sie als Polizistin ungern Kriminalromane, genauso, wie sie nicht den »Tatort« am Sonntag anschaute. Es war gar nicht so sehr, weil darin die Polizeiarbeit – ihre Arbeit – häufig nicht richtig abgebildet wurde. Das verstand sie sogar. Polizeiarbeit hieß ja nicht nur, mit gezückter Waffe einen Täter zu verfolgen, zu stellen und hinter Gitter zu bringen, sondern sehr viel mehr. Vor allem Schreibtischarbeit. Doch wer wollte das lesen oder sich anschauen? Nein, sie las einfach nicht gern Krimis, weil sie in ihrem Alltag genug mit den Abgründen der Menschheit konfrontiert wurde, da wollte sie sich das nicht auch noch privat antun. Dieser Gartenkrimi sollte aber anders sein. Nicht so grausam. Eher wie Miss Marple-Krimis. Während sie sich an den Auslöser für das Déjà-vu erinnerte, schoss ihr in den Kopf, warum sie vorhin so kurzentschlossen zum Kloster abgebogen war: Hier war ihr das erste Mal dieser merkwürdige Gedanke gekommen, dass die einzelnen Fälle alle in einem Zusammenhang standen. So unterschiedlich die Vorkommnisse gewesen waren, auf eine gewisse Art passten sie zusammen. Dafür brauchte Katharina keine Hinweise, wie sie der Täter in dem Film »Sieben« gegeben hatte, sondern musste einmal ganz in Ruhe und gewissenhaft eins und eins zusammenzählen. Bisher war es nach wie vor nur eine Vermutung, die beim Versuch einer Erklärung an den Haaren herbeigezogen klang, wie die Kommissarin frustriert vor sich selbst zugeben musste. Das war auch der Grund, weshalb sie Ben und Vivien nicht in ihre Gedankengänge eingeweiht hatte. Sie brauchte erst etwas Greifbares. Erneut konzentrierte sie sich auf die einzelnen Ereignisse – das mit einem Messer brutal verletzte Pferd, das brennende Feld, die Frösche in den Bioläden, von denen sie nicht hatten herausfinden können, woher sie stammten, die Fliegen beim Italiener, die Vivien als Plage bezeichnet hatte, wie ihr einfiel, und der tote Imker. Der wollte in das Bild nicht so richtig hineinpassen. Der Imker war das einzige menschliche Todesopfer. Zwar hatte das Pferd nicht überlebt, doch das war die Folge gewesen, die der oder die Täter nicht unbedingt hatte vorhersehen können. Obwohl, überlegte Katharina, auch beim Imker hatte man nicht voraussehen können, dass er in die Mundhöhle gestochen und an der daraus resultierenden Anschwellung ersticken würde. Dann waren da die junge Auszubildende und der kleine Junge, die wegen des Froschgifts im Krankenhaus erschienen, aber nicht ernsthaft verletzt worden waren. Oder hatten sie nur Glück gehabt? Und bei der Fliegenplage sah sie auf den ersten Blick gar keine Gefahr, keine körperliche jedenfalls. Sie würde Carlsen noch einmal danach fragen. Als sie an Carlsen dachte, fiel ihr unwillkürlich die Situation ein, in der der Biologe und Frauke ihre Köpfe eng zusammengesteckt hatten und sie in diese intim erscheinende Situation hineingeplatzt war. Damals hatten die beiden das mit den unterschiedlichen Bienenvölkern bei dem toten Imker herausgefunden. Katharina stutzte. Vielleicht war es genau das, vielleicht musste sie den Fall des toten Imkers sozusagen umdrehen, damit er in die Reihe passte. Ja, genau das war es! Wenn Katharina grundsätzlich mit ihrer Vermutung richtiglag, dann ging es im Fall Rosskamp gar nicht um den Imker, sondern um seine Bienen! Katharina stand so plötzlich von der Bank auf, dass die Katze aufschreckte und sie anfauchte. Die Kommissarin hatte es mit einem Mal eilig, zurück ins Kommissariat zu kommen. Sie war in der vergangenen Minute genau an dem Punkt angekommen, nach dem sie die ganze Zeit gesucht hatte, und nun war es Zeit, Ben und Vivien mit ins Boot zu holen. Wenn es stimmte, was sie sich zusammengereimt hatte, dann hatten sie sowieso schon viel zu viel Zeit verloren. Katharina wollte gerade den Garten verlassen, als eine ältere Dame auf diesen zusteuerte. Die Kommissarin hielt der Frau die Pforte auf, sodass sie sich für einen Augenblick direkt gegenüberstanden. Die beiden Frauen begrüßten sich mit einem stummen Kopfnicken, und wie zuvor Katharina ging die Frau in die Hocke, um die Katze zu kraulen, die sofort begonnen hatte, die Beine des Neuankömmlings zu umschmeicheln. Gerade als Katharina sich zum Weitergehen abwandte, sagte die Frau: »Sie haben Zula bestimmt auch kennengelernt. Sie holt sich überall ihre kleinen Streicheleinheiten ab, und wir alle haben immer eine kleine Leckerei für sie in der Tasche, das weiß sie ganz genau, nicht wahr, Zula?«

Die Frau stand auf, nestelte in ihrer Mantelasche herum und beförderte ein paar Leckerlies hervor, die sie Zula auf den Boden warf.

»Ja«, bestätigte Katharina und musterte die Frau unauffällig – irgendwie kam sie ihr bekannt vor, und dann fiel es ihr ein: Sie hatte die Frau bei ihrem Besuch mit Markus im kleinen Klosterladen gesehen, in dem sie sich kurz umgeschaut, aber nichts gekauft hatte.

»Gehören Sie zum Kloster?«, fragte Katharina.

»Na ja, gehören? Aber wenn Sie es so nennen wollen, dann ja«, sagte die Frau über Katharinas Wort schmunzelnd. »Ich bin eine der Konventualinnen und wohne hier.«

Katharina nickte als Zeichen, dass sie verstanden hatte. Dann kam sie zur Sache: »Erinnern Sie sich an die Sonderausstellung zu den zehn biblischen Plagen?«

»Aber natürlich, Kindchen, wie gesagt, ich lebe hier. Darüber hinaus engagieren wir Konventualinnen uns im Klosteralltag. Schon allein deshalb kenne ich jede unserer Ausstellungen. Mein Name ist übrigens Henrike von Lehmden«, antwortete die Frau nach wie vor ausgesprochen freundlich. Dennoch kam Katharina sich tatsächlich grad wie ein kleines, noch unwissendes Kind vor.

Ohne sich diese Empfindung jedoch anmerken zu lassen, erwiderte sie: »Katharina von Hagemann.« Sie reichte Frau von Lehmden die Hand, die diese unerwartet kräftig schüttelte.

»Können Sie mir etwas zu der Ausstellung erzählen?«, fragte die Kommissarin nun.

»Ich kann Ihnen eine Menge zu den zehn Plagen sagen, aber zur Ausstellung auch nur das, was Sie vermutlich selbst gesehen haben«, bekam Katharina zur Antwort, woraufhin sie sagte: »Das ist nett von Ihnen, die zehn Plagen kenne ich, aber vielleicht darf ich ein anderes Mal darauf zurückkommen. War die Ausstellung direkt vom Kloster ausgerichtet oder von einem externen Veranstalter, der Ihre Räume genutzt hat?«

»Es war eine extern organisierte Ausstellung, ich kann Ihnen aber nicht sagen von wem, das weiß ich nicht. Im Büro müssten allerdings noch ein paar Flyer liegen, wollen Sie vielleicht einen mitnehmen? Da steht sicher etwas über den Organisator. Kommen Sie.«

Frau von Lehmden wartete Katharinas Antwort nicht ab, sondern machte sich direkt auf den Weg hinaus aus dem Kräutergarten und durch den kleinen Gewölbegang, der auf den Klosterhof führte. Sie steuerte auf die Holztür des Klosters zu, durch die Katharina und Markus die Ausstellung betreten hatten. Der Kommissarin, die der Konventualin gefolgt war, kam es vor, als sei es eine Ewigkeit her. Seitdem hatte Markus sie zweimal angerufen, doch zu einem weiteren Treffen war es bisher nicht gekommen. Vor der Klostertür blieb Frau von Lehmden stehen, holte einen Schlüsselbund heraus und schloss auf. Als sie eintraten, befiel Katharina ein merkwürdiges Gefühl, das sie sich selbst mit Ehrfurcht am ehesten beschrieb. Und das, obwohl sie nicht gläubig war. Doch die schlichte Schönheit des altertümlichen Gemäuers strahlte auch auf sie ab. Als sie mit Markus die Ausstellung besucht hatte, war das anders gewesen. Wahrscheinlich, da einige Menschen mehr die Räume gefüllt hatten und sie zudem das erste Mal ihren Halbbruder getroffen hatte. Ihr Blick für die Umgebung war damals nicht so bewusst gewesen wie heute. Katharina bemerkte erst jetzt, dass sie stehen geblieben war, um alles auf sich wirken zu lassen. Nun folgte sie Frau von Lehmden in den Raum, in dem sie damals die Postkarten betrachtet hatte. Schräg neben dem Postkartenständer stand ein Tisch, auf dem Bücher und Prospekte ordentlich gestapelt auslagen. Frau von Lehmden griff nach einem der kleinen Stapel und entnahm ihm einen Flyer, den sie der Kommissarin reichte.

»Mehr Material habe ich leider nicht. Aber sagen Sie, weshalb interessiert es sie so? Ich habe das Gefühl, dass es Ihnen gar nicht um die Ausstellung geht, sondern um etwas anderes«, fragte Frau von Lehmden – es klang in Katharinas Ohren nicht neugierig, sondern eher wie aus dem Mund einer Lehrerin, die ihre Schülerin befragt.

»Doch, doch«, sagte Katharina schnell, »mir haben die Ausstellung und die Darstellungen der Plagen gut gefallen, das ist alles.« Sie sah demonstrativ auf die Uhr: »Oh, schon so spät, vielen Dank für Ihre Mühe, Frau von Lehmden.«

»Dafür nicht«, erwiderte die ältere Frau. Dann begleitete Henrike von Lehmden sie bis zum Kräutergarten, wo sich ihre Wege trennten.

Vivien hatte sich gerade bei Ben in die Mittagspause verabschiedet und schlüpfte in ihre Winterjacke. Mehr aus
Höflichkeit hatte sie gefragt, ob er mitkommen wolle, und
war erleichtert gewesen, als er dankend abgelehnt hatte. Sie
mochte Ben als Chef, er war fair und gab ihr nie das Gefühl,
die Neue im Team – oder noch schlimmer, das Küken –
zu sein, das er nicht ernst nahm. Das hatte er auch nicht
getan, als sie früher nur im Team ausgeholfen hatte. Dennoch war ihr bewusst, dass zwischen ihnen beiden eine sehr
viel größere menschliche Distanz lag als zwischen ihm und
Tobi oder erst recht Katharina. Gerade die beiden empfand
die junge Kommissarin als auffallend miteinander verbunden. Obwohl sie wusste, dass Ben für Katharina nicht nur
der Chef war, sondern zwischen ihnen auch familiäre und
freundschaftliche Verhältnisse eine Rolle spielten, fühlte
sie sich in ihrer Gegenwart häufig leicht ausgegrenzt. Aber
das war für sie nicht neu. Sie tat sich seit jeher schwer mit
einem engen Kontakt zu anderen Menschen, und wenn
überhaupt würde nur sie selbst daran etwas ändern können. Offensichtlich war sie an einem Punkt in ihrem Leben
angelangt, an dem sie erstmals seit ihrer Jugend das Bedürfnis nach Freundschaft und menschlicher Nähe verspürte.
Schließlich war ihr das bei dem gemeinsamen Abend vor
einiger Zeit mit Carlsen aufgefallen. Diese neuen Gefühls-
regungen verunsicherten sie, weil sie sie nicht recht ein-
ordnen geschweige denn mit ihnen umgehen konnte. Und
so schob sie in letzter Zeit häufiger einen Grund vor, ihre
Pausen nicht mit den anderen, sondern allein zu verbringen. Mal waren es angebliche Einkäufe, die sie erledigen
wollte, mal Termine beim Arzt, und manchmal verzichtete

sie ganz auf eine Pause mit der Begründung, keinen Hunger zu haben und die Zeit für die Arbeit nutzen zu wollen. Vermutlich würden die Kollegen sie bald gar nicht mehr fragen, ob sie mitkommen wollte. Auf ihrem vorherigen Dezernat war das anders gewesen. Sie hatte zu den dortigen Kollegen einen recht guten Draht gehabt, aber privat war nicht viel ausgetauscht worden. Das lag sicher daran, dass sie vor allem mit den Kollegen zusammen gewesen war, die den Hauptteil ihrer Tätigkeit am Computer verbrachten und nach pornografischen Aufnahmen oder anderen Dingen suchten, die für die Polizei relevant waren. Diese Nerds, wie man sie im Allgemeinen bezeichnete, standen ihr in ihrer Art naturgemäß näher und taten sich nicht schwer damit, ihre distanzierte Haltung zu respektieren oder sie sogar selbst an den Tag zu legen. Seit sie zu Bens Team gehörte, hatte sie allerdings zu diesen Kollegen so gut wie keinen Kontakt mehr. Das war das traurige Ergebnis einer solchen Haltung – niemand vermisste einen wirklich. Vivien runzelte die Stirn und versuchte, die negativen Gedanken aus ihrem Kopf zu bekommen. Sie wollte es doch so, also hatte sie keinen Anlass zum Jammern. Sie würde jetzt, wie meistens, wenn sie allein in die Stadt ging, dem kleinen Café in der Stadt einen Besuch abstatten, das im oberen Stockwerk eines Altstadthauses lag. Dorthin verschlug es nur äußerst selten andere Kollegen, und sie konnte sich dort wunderbar zurückziehen, ohne von anderen entdeckt zu werden. Außerdem reichten ihr die kleinen Snacks, die in diesem Café zum Mittag angeboten wurden. Sie griff gerade nach ihrem Portemonnaie, das in der Schreibtischschublade lag, als Katharina ins Büro gerauscht kam. Anders konnte Vivien es nicht beschreiben, denn die Kollegin lief beinahe und hatte ziemlich rote Wangen. Ob von der Kälte draußen oder vor Erregung konnte Vivien nicht sagen, doch das war auch nicht nötig, denn Katharina blieb neben Viviens Schreibtisch stehen und fragte: »Hey, willst du gerade Mittag machen?«

»Ja, das war mein Plan«, bestätigte Vivien.

»Dann bin ich ja froh, dass ich dich noch erwische. Sofern du keinen dringenden Termin hast, würde ich dich bitten, deine Pause zu verschieben. Ich glaub, ich bin da auf was gestoßen und möchte dir und Ben davon erzählen.«

Auch Ben kam aus seinem Büro zu den beiden. »Hab ich da meinen Namen gehört? Was ist los, Katharina? Kommst du jetzt erst vom Pferdehof zurück?«

»Nein, nicht direkt. Tut mir leid, dass es länger gedauert hat als geplant. Könnten wir uns bitte gleich zusammensetzen? Ich hab es schon zu Vivien gesagt: Ich denke, ich hab endlich einen Ansatz gefunden.«

Vivien beobachtete Katharina. Die Kollegin schien tatsächlich leicht aufgeregt, aber im positiven Sinne. Aufgedreht war vielleicht sogar die bessere Bezeichnung für ihr Verhalten. Die Neugier war stärker als ihr Hunger oder das Bedürfnis, sich eine Stunde in der Einsamkeit zu verkriechen.

»Kein Problem für mich«, antwortete sie darum und zog ihre Jacke wieder aus. Auch Ben nickte zustimmend, und die drei gingen zusammen in sein Büro an den Besprechungstisch.

»Also Katharina, spann uns nicht länger auf die Folter«, forderte Ben die Kollegin auf. »Was hat dein Besuch auf dem Hof so Spannendes hervorgebracht?«

»Das allein war es ehrlich gesagt nicht«, erklärte Katharina. Während Ben und Vivien sich an den Tisch gesetzt hatten, war sie stehen geblieben und trat nun an die Glaswand, an der normalerweise die Fotos und Ermittlungsstichpunkte des aktuellen Falls festgehalten wurden. Momentan war die Wand so gut wie leer, denn sie hatten dort lediglich den Tod des Imkers vermerkt und mit wenigen Fotos von ihm, dem Fundort der Leiche und seinem Hof ergänzt und die anderen zu den Giftfröschen längst abgenommen.

»Ben, ich hab dir doch gesagt, dass ich das Gefühl habe, dass wir etwas übersehen«, erklärte die rothaarige Kommissarin.

»Dein berühmtes Bauchgefühl, ja, ich erinnere mich«, bestätigte der Hauptkommissar lächelnd. Vivien verspürte einen leichten Stich, denn das war genau so einer der Momente zwischen den beiden, an die sie vor wenigen Minuten gedacht hatte. Dieses Miteinander, zu dem sie sich nicht zugehörig fühlte. Nun stell dich nicht so an, sagte sie sich selbst und konzentrierte sich auf ihre Kollegin.

»Also«, fuhr Katharina fort, »ich glaube, dass all die merkwürdigen Ereignisse in den vergangenen Wochen miteinander zusammenhängen. Wir haben nicht lauter einzelne Fälle, wie wir dachten, sondern einen großen Fall.«

Vivien beugte sich gespannt nach vorn. Was meinte Katharina damit? »Welche Ereignisse meinst du konkret?«, fragte sie laut.

»Ich zeige es euch«, sagte Katharina und griff nach einem der Glasschreiber auf dem kleinen Schrank nahe der Glaswand. Weit links neben die Notizen zum getöteten Imker schrieb sie »Fliegen im Restaurant«, rechts notierte sie »Frösche im Bioladen«. Dann trat sie ein paar Schritte zur Seite und vermerkte an den Stichpunkten zum Fall Rosskamp »Brandstiftung auf Feld« und daneben »Pferdeschlitzer«. Als sie fertig war, drehte sie sich zu ihren beiden Kollegen am Tisch um, die sie verwundert ansahen.

Ben war der Erste, der reagierte: »Du glaubst, dass all diese Dinge zusammenhängen? Und was ist das für eine Brandstiftung?«

»Das stand in der Zeitung«, erklärte Vivien spontan mit einem Blick auf Katharina und erinnerte sich an den Morgen, an dem Katharina über den eigentlich für sie so nebensächlich erschienenen Bericht in der Tageszeitung gestolpert war.

»Jepp«, bestätigte Katharina. »Es ist eine Weile her und auch nie auf unserem Tisch gelandet, aber ich bin mir ziemlich sicher, dass das Feuer mit in diese Reihe gehört.«

»Also, unsere Aufmerksamkeit hast du, denke ich«, gab Ben von sich und sah zu Vivien, die nickte.

»Jetzt muss ich kurz ausholen«, setzte Katharina ihre Schilderung fort. »Ich war vor Kurzem im Kloster Lüne zu einer Ausstellung. Da ging es um die zehn biblischen Plagen. Sagt euch das etwas?«

Vivien kramte in ihren Erinnerungen. Religion hatte nicht gerade zu ihren Lieblingsfächern gezählt, und spätestens das schmerzhafte Erlebnis in ihrer Jugend hatte ihr jeglichen Glauben an irgendeine gütige Gottheit geraubt, dennoch waren manche Geschichten aus der Bibel zumindest ansatzweise bei ihr hängen geblieben. »Ich weiß nicht mehr, wer diese Plagen warum verbreitet hat, aber da waren verschiedenste Katastrophen, die die Welt heimgesucht haben, oder?«

»Ganz genau«, stimmte Katharina zu. »Es betraf zwar nicht die ganze Welt, sondern nur das Land Ägypten, und es war den Überlieferungen nach Gott, der diese Plagen schickte, um das israelische Volk zu befreien. Aber das spielt für uns keine Rolle. Denke ich zumindest.«

»Das ist ja gut und schön«, wandte Ben ein, »aber ich sehe den Zusammenhang nicht.«

»In dieser Ausstellung waren alle zehn Plagen bildlich dargestellt und näher erläutert«, fuhr Katharina fort. »Im ersten Moment habe ich es nicht wirklich erkannt, aber ich hatte seitdem ein vages Gefühl, dass da irgendwas war, ich es nur nicht gesehen habe. Als du mir heute Morgen von dem Pferdeschlitzer erzählt hast, musste ich sofort daran denken. Damals war es nicht ein einzelnes Pferd, sondern eine Pest, die jegliches Vieh getötet hat, aber mit etwas Fantasie passt es dennoch in die Reihe.«

»Fantasie, aha, du weißt, dass ich mich in der Regel lieber an Fakten orientiere«, gab Ben zu bedenken, und Vivien musste aufpassen nicht zu grinsen, als sie seinen skeptischen Blick registrierte, der auf Katharina gerichtet war. Die jedoch nahm Bens Einwand gelassen auf. »Das sehe ich im Prinzip genauso«, gab sie zu, »aber wenn wir es mit einem Täter zu tun haben, der – wenn man es so nennen will – ›kreativ‹ denkt, dann kann es sicher nicht schaden, wenn wir auch etwas freier überlegen. Oder hast du inzwischen eine Erklärung für all diese merkwürdigen Vorfälle?«

»Nein«, gestand Ben und gab Katharina mit einem Kopfnicken das Zeichen, dass sie fortfahren solle.

»Also, passt auf!« Sie ging zu der Notiz mit den Fröschen. »Frösche waren in der Bibelerzählung die zweite der zehn Plagen. Sie haben damals das ganze Land belagert.« Sie ging einen Schritt weiter nach links und deutete auf die dortige Anmerkung: »Auch Stechfliegen waren eine Plage, und zwar die vierte, wenn ich mich nicht täusche. Das sollen dann wohl die Fliegen bei dem Italiener sein.«

»Und ein Feuer gab es bei den Plagen auch?«, fragte Vivien, die zunehmend gebannt von Katharinas Schilderung war.

»Nein, ein Feuer nicht. Aber dafür Hagel, der sämtliche Ernten vernichtet hat.«

»... den aber ein Täter nicht hervorrufen kann, wenn er keine göttlichen Kräfte hat«, ergänzte Vivien. »Aber die Ernte wurde auch hier vernichtet.«

»Ganz genau!«, meinte Katharina und warf Vivien einen Blick zu, den diese als dankbar interpretierte.

»Okay, und bei dem Pferdeschlitzer siehst du die Parallele zur Viehpest, soweit habe ich das verstanden«, sagte Ben. »Aber was ist mit Rosskamp und seinen Bienen?«

»Das könnte das Gegenstück zu den Stechmücken in der Bibelerzählung sein, die kommen bei den Plagen vor den Stechfliegen, also an dritter Stelle«, erklärte Katharina.

Vivien zählte die Notizen an der Wand, bevor sie sich an Katharina wandte: »Das wären dann bisher fünf. Wie hast du so schön gesagt – kreative Umsetzungen der biblischen Plagen in die heutige Zeit. Wenn du recht haben solltest, müssen wir mit fünf weiteren rechnen?«

»Ja, davon gehe ich aus«, sagte Katharina. »Sollte der Täter in der Reihenfolge der Plagen vorgehen, müssen wir auf jeden Fall noch auf die erste und die sechste Umsetzung kommen und sicherheitshalber auch auf die danach, bis auf den Hagel beziehungsweise die Brandstiftung. Denn wer weiß, nur weil wir keine weitere Plage oder einen Anschlag oder was weiß ich mitbekommen haben, heißt das nicht, dass sie nicht umgesetzt wurde. Von den Fliegen beim Italiener wissen wir auch nur durch den Zufall, weil du da manchmal hingehst, Vivien. Ansonsten scheint unser Täter in der Reihenfolge der Plagen zu arbeiten, wenn wir davon ausgehen, dass die Bienen bereits vor den Fliegen ausgesetzt wurden und der Täter nur den Zeitpunkt nicht bestimmen konnte, wann sie angreifen.«

»Und was waren die erste und die sechste bis zehnte Plage?«, wollte Vivien wissen.

Katharina zog den Flyer hervor, den sie aus dem Kloster mitgebracht hatte, sich aber bisher nicht genauer angesehen hatte. Sie blätterte ihn auf und las vor: »Bei der ersten Plage wurden sämtliche Gewässer in Blut verwandelt. Und bei Nummer sechs waren es Schwarze Blattern, heute würden wir wohl von Geschwüren sprechen, die Mensch und Tier befallen und krank gemacht haben. Die siebte war der Hagel, aber wie gesagt, das könnte meines Erachtens die Brandstiftung sein, bei der achten Plage haben in der biblischen Geschichte Heuschrecken das Land bedeckt und alles Grün, das nicht durch den Hagel bereits weg war, aufgefressen, und mit der neunten Plage kamen drei Tage Finsternis über das Land. Bei der zehnten Plage geht es darum, dass alle Erstgeborenen von Mensch und Vieh den Tod finden.«

Als Katharina die letzte Plage wiedergegeben hatte, war ihre Stimme leiser geworden. Jetzt schwiegen sie alle drei für einen Moment. Wenn Katharina wirklich richtig mit ihrer Vermutung lag, war das mehr als heftig. In Gedanken ging Vivien noch einmal die Plagen durch. Wenn der Täter chronologisch vorging, musste Katharina etwas übersehen haben. Was war mit der ersten Plage und den in Blut verwandelten Gewässern? Der jungen Kommissarin fiel dazu nichts ein, dafür aber zu der sechsten Plage, der mit den Blattern. Sie sah auf und sagte: »Habt ihr mir nicht erzählt, dass in der Klinik, in der Tobi liegt, aus unerfindlichem Grund irgendwelche Keime grassieren? Ich mein, so Schwarze Blattern sind ja eine Infektionskrankheit. Vielleicht müssen wir gar nicht nach Geschwüren suchen ...«

»Du hast vollkommen recht«, fiel Katharina ihr ins Wort. »Darauf bin ich bisher gar nicht gekommen. Aber das könnte tatsächlich sein.«

»Für die Verwandlung von Wasser in Blut habe ich allerdings keine Idee«, erklärte Vivien.

»Das müssen wir nachprüfen«, antwortete Katharina. »Möglicherweise gab es Vorfälle von verunreinigtem Grundwasser oder Ähnliches, wovon wir nichts mitbekommen haben, weil es rechtzeitig behoben werden konnte. Und gibt es nicht auch einen sogenannten Blutregen? Also dieser rote Regen, der deswegen rot gefärbt ist, weil irgendwelche Winde eine Sahara-Staubwolke bis hierher gebracht haben? Ich kenn mich da nicht mit aus, aber hatten wir letztes Jahr nicht so einen Regen? Ich glaube, da war irgendwas.«

»Ich check das, wobei das ja ein Naturphänomen wäre«, wandte Vivien ein.

»Stimmt, hast recht, solch einen Regen kann kein Mensch hervorrufen«, pflichtete Katharina ihr bei.

»Ich kann das trotzdem recherchieren, und wegen einer Verunreinigung des Grundwassers frage ich beim Wasserbeschaffungsverband nach«, bot Vivien an, und Katharina nickte.

»Na, ihr beiden scheint euch ja sehr einig und ziemlich sicher zu sein«, sagte nun Ben und blickte von einer zur anderen. »Ich persönlich finde das Ganze sehr mystisch, muss ich zugeben, aber da wir nichts anderes haben ... Was mich allerdings interessieren würde, wenn ihr recht habt: Was für ein Motiv vermutest du dahinter, Katharina? Ein religiöses?«

»So weit bin ich noch nicht«, räumte die Kommissarin ein. Wieder trat für einen Moment Ruhe ein, und Vivien rechnete bereits damit, dass ihr Chef die Zusammenhänge doch vom Tisch fegen würde. Aber sie täuschte sich, denn der Hauptkommissar sah sie direkt an und wollte wissen: »Okay, Vivien, du bist schon auf das Pferd mit aufgesprungen, aber mal so ganz sachlich gefragt: Was sagst du grundsätzlich zu Katharinas These?«

Vivien setzte sich aufrecht hin und blickte ihrem Vorgesetzten fest in die Augen: »Ich gebe zu, ich wäre nie darauf gekommen, aber ich finde Katharinas Erklärung schlüssig. Zumindest wäre es ein neuer Ermittlungsansatz. Und wenn sie recht hat und wir daher mit weiteren Anschlägen dieser Art rechnen müssen, wäre es fatal, wenn wir diesen Ansatz nicht verfolgen.«

Ben lächelte: »Dem kann ich so kaum widersprechen, auch wenn ich noch nicht überzeugt bin. Gut, also dann. Vivien: Du checkst die Sache mit dem Wasserverband und guckst, ob du Weiteres herausbekommst, was passen könnte.«

Vivien nickte. Sie zollte Katharina höchsten Respekt für diesen neuen Ansatz, selbst dann, wenn er sich nicht bewahrheiten sollte. Ben unterbrach ihre Gedanken: »Katharina, du bringst das bitte alles in Kurzform zu Papier, ich kann mir die einzelnen Verbindungen so ehrlich gesagt nicht merken, und ich fürchte, ich sollte vorbereitet sein, sobald unser Kriminalrat von deiner These Wind bekommt.«

Katharina grinste: »Das kann sicher nicht schaden. Ich werde außerdem versuchen, ein erstes Täterprofil zu erstellen, vielleicht kommen wir dann einem möglichen Motiv eher auf die Spur. Aber das wird eine Weile dauern.«

»Wenn du willst, helfe ich dir«, sagte Vivien und war selbst überrascht über ihren Vorschlag. Täterprofile waren Katharinas Spezialgebiet, und vermutlich würde sie sich dabei kaum ins Handwerk pfuschen lassen, auch wenn es

Vivien brennend interessierte, wie ihre Kollegin an eine solche Analyse heranging. Zu ihrem Erstaunen antwortete Katharina jedoch: »Das ist eine gute Idee, dann kommen wir auf jeden Fall schneller voran, danke, Vivien.«

Vivien lächelte ehrlich erfreut – jeglicher Gedanke an eine einsame Pause oder die Ausgrenzung ihrer Person war wie weggeblasen.

14.17 Uhr

Juliane Lippert betrachtete ihre Tochter verwundert: »Geht es dir nicht gut oder warum isst du nichts?«

»Alles okay«, war die einsilbige Antwort.

Julie stand am Herd und füllte sich eine weitere Portion Spaghetti Bolognese auf den Teller – Leonie hatte im Gegensatz zu ihr noch nicht einmal ihre erste Portion angerührt. »Hast du heute ausnahmsweise in der Schulkantine gegessen? Du hast doch sonst nach der Schule Hunger für zwei«, mutmaßte sie, da sie wusste, dass Leonie normalerweise einen weiten Bogen um die Großküchengerichte machte, die die Kinder in der Schule aufgetischt bekamen.

»Musst du grad sagen«, maulte Leonie und sah demonstrativ auf Julies Bauch.

»Wirst du etwa krank?«, fragte Julie besorgt, stellte ihren Teller auf den Küchentisch und wollte ihrer Tochter die Stirn fühlen. Die entwand sich jedoch der Hand der Mutter und meinte genervt: »Mama, lass das, ich bin doch kein Kleinkind mehr. Ich hab kein Fieber und bin auch sonst nicht krank, ich hab einfach keinen Hunger, okay?«

»Ja, entschuldige, ich wollte doch nur ...«, begann Julie
sich zu rechtfertigen, ruderte dann jedoch zurück. Im
Grunde hatte Leonie recht, sie war kein kleines Kind mehr,
das war ihr gerade heute Vormittag wieder bewusst geworden, als Bene ihr von Leonies Freund erzählt hatte. Julie
hatte es einen kleinen Stich versetzt, dass Leonie sich ihr
nicht anvertraut hatte, dann hatte jedoch die Freude für
ihre Tochter die Oberhand gewonnen. Julie erinnerte sich
nur allzu gut an ihre erste Verliebtheit. Allerdings wusste
sie noch ebenso genau, wie sehr ihr erster Liebeskummer
wehgetan hatte. War es vielleicht das? War Leonie deswegen so still und in sich gekehrt. Zeigte sich deshalb nicht ihr
sonst so gesunder Appetit? Oder bekam sie die üblichen
Erscheinungen der Pubertät zu spüren? Bisher war Leonie
sehr umgänglich gewesen, doch warum sollte es Julie anders
gehen als anderen Müttern? Genau in dem Augenblick, als
Julie sich setzte, seufzte Leonie einmal auf, schob den noch
vollen Teller von sich und sagte: »Ich geh in mein Zimmer,
okay? Ich hab einiges für die Schule zu tun und so.«

Julie stutzte für einen Moment, dann sagte sie: »Kannst
du bitte so lange sitzen bleiben, bis ich aufgegessen habe?«

Im Grunde war Julies Bitte keine. So selten, wie sie aufgrund von Leonies Stundenplan und Julies Arbeitsalltag
zusammen aßen, stand bei ihnen niemand auf, wenn der
andere noch nicht fertig war. Leonie blieb sitzen, zeigte
aber durch ihre stocksteife Körperhaltung, dass sie keine
Lust darauf hatte. Julie kannte ihre Tochter so nicht. Hatte
es vielleicht mit dem Besuch von Bene heute Vormittag
zu tun? Ja, das könnte es sein. Julie unternahm einen weiteren Vorstoß und sagte im Plauderton, so, als ob nichts
wäre: »Bene hat mich heute Vormittag besucht. Er hat mir
von ...«, weiter kam Julie nicht, denn sie wurde barsch von

Leonie unterbrochen: »Von wem hat er dir erzählt? Von Claas? Konnte Papa mal wieder den Mund nicht halten? Oh Mann, das ist echt typisch!«

»Ja, ähm, nein, hat er nicht, also nicht richtig«, versuchte Julie zu erklären. Eigentlich hatte sie Benes und Katharinas Wohnungssuche ansprechen wollen und dass Leonie dann dort ein eigenes Zimmer haben sollte. Doch da Leonie Claas erwähnt hatte, konnte sie ihre Tochter auch auf den Jungen ansprechen. Sie fühlte sich schlecht dabei, da Bene sie gebeten hatte, Leonie nicht zu sagen, dass er ihr von Claas erzählt hatte. Sie hatte ihm zwar geantwortet, dass sie ihm das nicht versprechen könne, dennoch fühlte sie sich jetzt unwohl in ihrer Haut.

»Also hat er!«, brachte Leonie es auf den Punkt.

»Ja, hat er«, gab Julie zu, fuhr jedoch schnell fort: »Aber eigentlich hab ich es schon gewusst.«

»Ach«, fuhr Leonie auf, und ihre Augen blitzten ihre Mutter an, »spionierst du mir hinterher? Hast du etwa mein Tagebuch gelesen, oder was?«

Die Frage oder viel mehr die Unterstellung war für Julie zu viel, und im selben wütenden Tonfall wie ihre Tochter sagte sie: »Sag mal, jetzt reicht es aber. Ich kann absolut nichts für deine schlechte Laune, und ich hab dir nichts getan. Ich bin einfach nur deine Mutter, die sich um dich sorgt. Und du weißt ganz genau, dass ich niemals in deinem Tagebuch lesen würde. Was ist denn nur mit dir los?«

Julie ließ ihren Blick auf Leonie ruhen, die weiterhin stocksteif dasaß und auf die Tischplatte starrte. Schon jetzt taten der Mutter ihre lauten Worte leid. Sie stritt selten mit Leonie, doch in diesem Augenblick hatte sie das Gefühl, dass sich ein sehr heftiger Streit zwischen ihnen anbahnte. Wenn sie wollte, konnte Leonie ganz schön stur und bockig sein. Diesmal sollte sich Julie jedoch täuschen. Anstatt dass Leonie, wie sie es insgeheim erwartet hatte, wütend von ihrem Stuhl aufstand und türknallend in ihrem Zimmer verschwand, blieb sie sitzen. Ihre Unterlippe begann verdächtig zu zittern, dann verlor ihr Körper plötzlich an Spannung und Tränen liefen ihre Wangen hinunter. Julie ließ die Gabel sinken, die sie gerade zum Mund führen wollte. Hatte ihre Kleine vielleicht wirklich Liebeskummer? Unwillkürlich streckte Julie ihre Hand aus. Tatsächlich ergriff Leonie sie, während weiterhin die Tränen flossen.

»Schatz, was hast du denn? Du weißt doch, dass du mir alles sagen kannst. Und wenn es irgendetwas … irgendetwas Blödes ist, verspreche ich, nicht zu schimpfen. Hm?«, fragte Julie sanft.

Leonie hob langsam den Kopf und sah Julie dermaßen verzweifelt an, dass sich ihr Mutterherz zusammenkrampfte. Die 14-Jährige schniefte einmal laut auf. Sie weinte nicht mehr, dennoch klang ihre Stimme brüchig, als sie sagte: »Ich weiß nicht, was ich machen soll.«

»Erzähl es mir einfach, vielleicht kann ich dir helfen«, erwiderte Julie.

»Das glaube ich nicht. Niemand kann mir helfen«, entgegnete Leonie, woraufhin Julie liebevoll sagte: »Versuch es.«

»Okay«, sagte Leonie und sah Julie fest in die Augen, »aber du musst dein Versprechen halten und darfst nicht schimpfen. Und du darfst es auch niemandem erzählen. Auch nicht Alex und schon gar nicht Papa. Und noch was: Du darfst mich auch nicht unterbrechen.«

»Versprochen«, sagte Julie und Leonie begann zu erzählen: »Also von Claas weißt du ja offensichtlich. Es tut mir übrigens leid, dass ich dir nichts von ihm erzählt hab. Am

Anfang wusste ich ja selbst nicht … und na ja, ich wollte erst einmal abwarten … und dann, irgendwie warst du immer so mit deinem Bauch, also dem Baby beschäftigt, und … ach ich weiß auch nicht. Auf jeden Fall hat Papa mich zufällig mal mit Claas gesehen, und dann hab ich ihm es halt erzählt. Also, dass ich mit Claas zusammen bin. Aber eigentlich ist das auch egal, weil … weil ich gar nicht weiß, ob ich noch mit ihm zusammen sein will.«

»Habt ihr euch gestritten? Wollte er …«, Julie räusperte sich.

»Oh Mama, nein, war ja klar, dass du gleich so was denkst und überhaupt! Ich hab gesagt: nicht unterbrechen!«, schimpfte Leonie.

»Entschuldige«, meinte Julie reumütig.

»Ich glaube, Claas und seine Freunde machen ziemlich schlimme Sachen«, fuhr Leonie fort. »Weißt du, Laura ist, nein war, ja auch mit einem Jungen zusammen. Mit Julian. Dem aus unserer Klasse. Er ist ein Freund von Claas, und Laura hat mir erzählt, was deren Clique so macht. Julian wollte, dass Laura auch mitmacht, aber sie wollte nicht, und darum ist jetzt Schluss. Und nun weiß ich nicht, ob auch Claas da mitgemacht hat, denn eigentlich ist er anders als seine Freunde und … und bis auf ein einziges Mal hat er mich auch nie zu ihnen mitgenommen. Ich frag mich halt, ob er Angst hatte, dass ich dann rausfinde, was die so machen, weil einer von denen sich verplappert. Ich mein, er weiß ja, dass ich so etwas nie machen würde, und er weiß, dass ich nie mit jemandem zusammen sein könnte, der so was macht. Verstehst du, Mama? Und jetzt weiß ich eben nicht, was ich machen soll. Ich kann auch nicht mit ihm sprechen, weil ich Laura versprochen habe, nichts zu sagen. Und das, was Laura mir erzählt hat, Mama, das ist echt …

das ist so schlimm, eigentlich müsste man deswegen zur Polizei gehen. Aber dann würde ich nicht nur Laura hintergehen, sondern Claas denunzieren und natürlich seine komischen Freunde ...«

Leonie machte eine Pause und blickte ihre Mutter nun auffordernd an, die sicherheitshalber fragte: »Okay, darf ich jetzt etwas sagen?«

Leonie nickte und Julie sagte: »Wie ich das sehe, hast du zwei Probleme. Einmal hinterfragst du deine Beziehung zu Claas, und dann fühlst du dich nicht gut, weil du weißt, dass bestimmte Leute etwas Unrechtes getan haben, die aber nicht verpfeifen willst, weil auch Freunde von dir mit drinhängen.«

»Ja, so könnte man das sagen«, bestätigte Leonie, und in diesem Moment sah sie wieder wie das kleine Mädchen aus, das sich unbemerkt im Supermarkt einen Schokoriegel genommen und noch vor der Kasse aufgegessen hatte. Als die Kassiererin sie auf das leere Verpackungspapier in ihrer Hand angesprochen hatte, wäre Leonie fast vor Scham im Boden versunken. Sie hatte Hilfe suchend zu ihrer Mutter aufgeblickt, die sie aufmunternd angelächelt hatte. Dann hatte Julie ihr das Papier aus der Hand genommen, glattgestrichen und der Kassiererin gereicht, sodass diese es einscannen konnte. Julie hatte bezahlt und alles war wieder gut gewesen. Wenn das doch auch heute so einfach wäre, dachte Julie bei sich, lächelte aber ebenso aufmunternd wie damals und fragte: »Darf ich dir sagen, was ich an deiner Stelle tun würde?«

Leonie nickte ein weiteres Mal.

»Gut«, begann Julie. »Ich glaube, du weißt oder hast es schon einmal mitbekommen, dass dein Vater auch nicht gerade ein Kind von Traurigkeit gewesen ist. Und damit meine ich keine anderen Frauen, sondern so Sachen, die manche schon als leicht kriminell bezeichnen würden …«

»Echt?«, staunte Leonie. »Nee, das wusste ich nicht.«

»Oh, ich hätte gedacht, er hat mit dir vielleicht mal darüber gesprochen, aber sei's drum, das ist eine andere Geschichte …«

»… die du mir aber erzählst!«, forderte Leonie und schien für einen kurzen Augenblick ihre eigenen Sorgen vergessen zu haben.

»Das überlass ich lieber Bene, aber ja, du bist jetzt in einem Alter, dass du auch über die nicht immer so astreine Vergangenheit von deinen Eltern Bescheid wissen solltest. Jetzt geht es aber erst mal um dich«, meinte Julie liebevoll.

»Hast du etwa auch … ich meine, warst du auch kriminell?«, konnte Leonie die so unerwarteten Andeutungen kaum fassen.

»Nein«, lachte Julie herzhaft auf, »du kennst mich doch! Aber ich war damals mit deinem Vater zusammen und wusste von so einigem. Er war meine erste große Liebe, und na ja, da verzeiht man so allerhand. Und genau darauf wollte ich hinaus. Wenn dir Claas wichtig ist, dann solltest du mit ihm reden und dir seine Version der Geschichte anhören. Du hast bisher nur im Groben von Laura etwas erfahren, so wie ich das verstanden habe, und dir dann deinen eigenen Reim darauf gemacht. Fair wäre es, wenn du Claas zumindest dazu anhörst. Es kann natürlich sein, dass er sich dir gegenüber nicht öffnet, aber wenn doch, wirst du vielleicht, nein wahrscheinlich sogar, Dinge erfahren, die dir nicht gefallen. Aber dann weißt du es wenigstens und musst nicht mehr spekulieren. Das ist nicht nur für dich selber gut, sondern wird dir auch bei deinen Entscheidungen helfen. Glaub mir, ich weiß, wovon ich rede.«

Leonie schien über den Vorschlag nachzudenken. Julie riss sich zusammen, nicht noch mehr zu diesem Thema zu sagen, sondern Leonie Zeit zum Durchdenken zu geben. Nach einer Weile fragte die 14-Jährige: »Und was ist mit Laura? Ich hab ihr versprochen, niemandem zu verraten, was sie mir erzählt hat. Auch Claas nicht. Ich glaube, sie hat Angst vor den anderen. Was die mit ihr machen, wenn die rauskriegen, dass sie diese …, also diese Sachen, die die machen, weitererzählt hat.«

Jetzt war es an Julie, für einen Moment über die Worte ihrer Tochter zu brüten. Bisher war sie davon ausgegangen, dass das Schlimme, von dem Leonie gesprochen hatte, so etwas war wie Ladendiebstahl. Und ja, natürlich wäre das ein Verstoß gegen das Gesetz und schon allein deswegen keine Lappalie, doch bei den Kids schien es sich um anderes zu handeln, um definitiv absolut keine Bagatelle. Hoffentlich ging es nicht um Drogen, schoss es Julie durch den Kopf. Sie musste bei diesem Gedanken ein entsetztes Gesicht gemacht haben, denn Leonie fragte: »Mama, was ist, was hast du grad gedacht?«

»Geht es um Drogen?«, platzte Julie heraus. »Dealen die vielleicht?«

Leonie schien ihre Worte abzuwägen, und Julie war froh, ihrer Tochter mit dieser Frage nicht gleich wieder vor den Kopf gestoßen zu haben. Sie konnte dankbar genug sein, dass Leonie sich ihr gegenüber überhaupt so weit geöffnet hatte.

»Nein, ich glaube nicht, es geht wohl um andere Sachen. Aber sicher bin ich mir da ehrlich gesagt nicht«, sagte Leonie, stand von ihrem Stuhl auf und setzte hinzu: »Ich hab es mir überlegt, du hast recht, ich muss erst mal mit Claas sprechen. Laura wird das sicher verstehen. Ich ruf ihn an, ob er gleich Zeit hat, aber ich würde gern allein mit ihm telefonieren.«

»Klar«, verstand Julie den Wunsch ihrer Tochter nach Privatsphäre. Sie blickte Leonie hinterher, die inzwischen einigermaßen gefasst die Küche verließ. Julie wünschte sich sehr für sie, dass Laura übertrieben oder sich sogar geirrt hatte, was die Aktivitäten dieser Clique anging. Oder wenigstens, dass Claas nichts damit zu tun hatte. Und wenn doch? Wenn alles stimmte oder sogar ärger war, weil Laura vielleicht gar nicht über alles Bescheid wusste? Mit einem Ruck sprang Julie von ihrem Stuhl auf und lief Leonie hinterher. Diese drückte gerade die Tür zu ihrem Zimmer auf. Julie stoppte und rief in den Flur: »Warte, Leo.«

Das Mädchen drehte sich um, sie hielt ein Handy an ihrem Ohr. Das hatte Julie eben nicht gesehen. »Telefonierst du schon?«, flüsterte sie.

Leonie nickte und Julie formte eine lautloses »Oh« mit ihrem Mund. Dann flüsterte sie ihrer Tochter das zu, was ihr so plötzlich auf der Seele gebrannt hatte: »Triff Claas hier. Sag ihm, er soll her kommen, das ist besser.«

Leonie runzelte die Stirn, dann nickte sie abermals und verschwand daraufhin in ihrem Zimmer.

14.43 Uhr

Katharina hatte das Ortsschild von Deutsch-Evern bereits hinter sich gelassen, als ihr auffiel, dass sie vergessen hatte, die genaue Anschrift des Bauern zu notieren, dessen Feld gebrannt hatte. Zwar wusste sie den Namen, doch sie hatte wenig Lust sich hier im Ort durchzufragen, zumal sie auch niemanden auf der Straße sah, den sie hätte ansprechen können. Leicht verärgert über ihr Versäumnis hielt sie den Wagen am Straßenrand und wählte Bens Nummer im Kommissariat. Nach dem dritten Klingeln hörte sie die Stimme von Vivien am anderen Ende der Leitung: »Kripo Lüneburg, Rimkus.«

»Hi Vivien, ich bin es, Katharina. Ist Ben nicht da?«

»Hi Katharina. Nein, der ist bei Mausner.«

»Okaaay …«, antwortete Katharina gedehnt. War Ben dabei, dem Kriminalrat von ihrem neuen Ansatz zu berichten? Sie hatte gehofft, dass er das erst machen würde, wenn sie zumindest irgendeinen Hinweis dafür hätten, dass sie richtig lag. Lediglich das Gefühl, dass es so sein könnte, reichte bei dem Kriminalrat meist nicht. Andererseits konnte ihr das auch egal sein. Es war schließlich Bens Entscheidung, und sie hatte nichts zu verlieren.

»Katharina, bist du noch da?«, hörte sie Vivien fragen.

»Ja, 'tschuldige, klar. Pass auf, ich hab vergessen, mir die genaue Adresse des Landwirts zu notieren, dessen Feld angezündet wurde. Könntest du mal eben in die Akte sehen und sie mir durchgeben?«

»Natürlich, kein Problem, warte kurz.«

Es dauerte nur wenige Sekunden, bis Vivien sich zu Wort meldete: »Also, da hab ich es. Uwe und Monika Thieme, Tiergartenstraße. Oh Mist …«

»Alles in Ordnung, Vivien?«, fragte Katharina verwundert nach.

»Ja, nein, in der Akte fehlt die Hausnummer, und meinen Rechner hab ich gerade runtergefahren. Es dauert also einen Moment.«

»Quatsch, mach dir keinen Stress«, antwortete Katharina schnell. »Der Straßenname genügt mir, dann finde ich das schon, du musst deinen Computer nicht extra wieder starten.«

»Sicher?«

»Absolut, vielen Dank, Vivien, bis später.«

Nachdem auch Vivien sich verabschiedet hatte, gab Katharina den Straßennamen in das Navigationssystem ein und ließ sich bis zur Tiergartenstraße führen. Dort angekommen fuhr sie langsam und spähte aus dem Fenster in der Hoffnung irgendetwas zu finden, das auf den Bauernhof deutete. Sie hatte Glück, ein großes Schild mit der Aufschrift »Thieme Hof« verkürzte die Suche. Sie parkte auf dem mit Schottergestein belegten Platz vor dem Haupthaus und stieg aus. Das Gebäude war sicher einmal sehr schön gewesen, hatte seine besten Zeiten aber hinter sich. Auch die Außenanlagen waren eher notdürftig in Schuss gehalten. Aus einem großen Stallgebäude hörte Katharina das Muhen von Kühen. Spontan entschloss sie sich, als Erstes dort nachzusehen, ob einer der Thiemes zu finden war. Sie hatte Glück. Bereits am Eingang des Stalls traf sie auf eine ältere Frau, die über weiten Jeans und Gummistiefeln eine bunte Kittelschürze trug, wie die Kommissarin sie schon seit Jahren nicht mehr gesehen hatte.

»Frau Thieme?«, fragte sie und hatte Mühe, die raumfüllenden Geräusche und Laute der Tiere zu übertönen.

»Sicher, wer sonst«, rief die Frau uninteressiert zurück, »ich wüsste nicht, dass jemand anderes sich um das Viechzeug kümmert, schön wär's.«

Katharina zog ihren Dienstausweis hervor und hielt ihn der Bäuerin entgegen: »Mein Name ist Katharina von Hagemann, Kripo Lüneburg. Ich hätte ein paar Fragen an Sie und Ihren Mann, es geht um den Brand auf Ihrem Feld.«

Mürrisch stellte Monika Thieme die Eimer an die Wand, die sie zuvor in den Händen gehalten hatte. »Also mein Mann is aufm Feld, den kann ich da jetzt nich wechholen. Und überhaupt, das is doch alles schon 'ne halbe Ewigkeit her, was wollen Se denn da jetzt noch wissen?«

Gerade als Katharina zu einer Erklärung ansetzen wollte, erschallte eine raue Männerstimme hinter ihrem Rücken.

»Moin, Moni, is Uwe aufm Acker? Ich brauch mal eure Sense, meine ist so stumpf, da komm ich nich mit voran.«

Katharina drehte sich um und sah einem Mann ins Gesicht, dessen optisches Erscheinungsbild bestens zu der Stimme passte. Seine grüne Latzhose war speckig und hatte garantiert seit Monaten keine Waschmaschine von innen gesehen. Darüber trug er eine dicke Arbeitsjacke, deren Taschen offenbar alle reichlich gefüllt waren und ihm eine unförmige Gestalt verliehen.

»Ach, Besuch, das wusste ich ja nich«, sagte er jetzt.

Katharina verfolgte belustigt, wie er sich die rechte Hand am Hosenbein abwischte, um sie ihr zu reichen. Sie nahm sie entgegen und dachte bei sich, dass die Hand sicherlich kaum sauberer als vorher war. Irgendwo in ihrer Tasche oder im Auto waren sicher Papiertaschentücher …

»Das is kein Besuch, Jan«, sagte Monika Thieme in die Gedanken der Kommissarin hinein. »Das is Polizei. Noch mal wegen dem Feuer. Als hätten wir nichts Besseres zu tun.«

»Sie sind ein Nachbar der Thiemes?«, wandte Katharina sich direkt an den Mann, der sie interessiert betrachtete.

»Jo, kann man wohl so sagen. Mir gehört der Hof ein kleines Stück weiter die Straße hoch. Reinking is mein Name.«

Bevor Katharina weiter fragen konnte, ergriff Monika Thieme erneut das Wort: »Der Jan hat in der Nacht das

Feuer als Erster gesehen. Wer weiß, wenn er nich angerufen hätte, dann wär wohl noch viel mehr kaputt gebrannt. Aber so is das, wir Bauern halten zusammen.«

Katharina glaubte einen Hauch von Stolz im Gesicht des Mannes zu erkennen, während die Bäuerin fortfuhr: »Wissen Se, so ein Leben in der Stadt wär ja nix für uns, alles so anonym und so steif. Auch wenn das Leben als Landwirt nu wirklich kein Zuckerschlecken is, schon gar nicht, wenn man Vieh hat wie wir. Wissen Se, der Jan hat ja …«

»Frau Thieme«, unterbrach Katharina die Frau, »wie gesagt, es geht mir um die Brandnacht. Ist Ihnen irgendetwas aufgefallen, vielleicht auch erst im Nachhinein? Haben Sie jemanden gesehen oder irgendwas gehört?«

»Nee, da war nix«, murrte Monika Thieme, allem Anschein nach nicht erbaut darüber, dass sie in ihrem Redeschwall gestoppt worden war. »Als wir raus sind, hat es schon lichterloh gebrannt. Direkt nach dem Anruf von Jan hab ich die Feuerwehr gerufen. Dann hab ich meinen Mann geweckt, und wir sind raus. Kurz danach kam der Löschzug. So war das. Mehr nich. Was soll ich denn da gesehen haben? Meinen Se, jemand, der uns das Feld anzündet, kommt hinterher hier vorbei, um sich vorzustellen?«

Katharina ignorierte die letzte Bemerkung der Frau und hakte erneut nach: »Aber möglicherweise haben Sie jemanden gesehen, der nicht hergehört, der Ihnen unbekannt war. Das würde Ihnen doch bestimmt auffallen.«

»Das würde es«, bestätigte Monika Thieme, machte aber keinerlei Anstalten, ihre Aussage fortzuführen. »Ich guck mal im Schuppen nach der Sense, bin gleich wieder da«, erklärte sie dann und trottete davon, um kurz darauf in einem weiteren Nebengebäude zu verschwinden.

»So ist das halt, wenn ein Dummerjungenstreich aus dem Ruder läuft.«

Katharina war sich nicht sicher, ob sie ihren Ohren trauen konnte, denn der Mann neben ihr hatte sie nicht angesprochen, sondern vor sich hin gemurmelt.

»Was sagten Sie gerade, Herr Reinking?«, fragte sie in forschem Ton, während sie sich zu ihm umdrehte.

»Och nichts, hab nur laut gedacht«, meinte Reinking und machte Anstalten, sich von ihr zu verabschieden. Es schien ihm irgendwie unangenehm, allein mit ihr zu stehen. Aber das war Katharina egal, und sie bohrte ein weiteres Mal nach: »Was meinen Sie mit Dummerjungenstreich? Da kommen Sie doch nicht einfach so drauf.«

»Na das liegt doch nahe, oder nich? Und letztlich is ja auch nicht viel passiert«, entgegnete Reinking.

»Ich bin sicher, dass die Thiemes etwas anders darüber denken«, widersprach Katharina. »Aber was meinen Sie genau? Haben Sie jemanden gesehen in der Nacht, in der das Feuer ausgebrochen ist?«

»Nee, nich richtig. Es war ja dunkel, und vielleicht hab ich mich auch verguckt.«

Katharina musste bei diesen Worten an sich halten, den Mann nicht anzufahren, dass er mal klar erklären sollte, was er in der Brandnacht beobachtet hatte. Doch Reinking machte auf sie einen so schrulligen Eindruck, dass sie befürchtete, er würde gar nicht verstehen, was sie von ihm wollte. Geduldig sagte sie deshalb: »Habe ich das richtig verstanden, Herr Reinking, Sie haben in der Brandnacht einen Mann in der Nähe des Feuers gesehen?«

»Nee, so war das nich, und das war auch nich einer, sondern mehrere. Drei, glaub ich«, erwiderte der Mann und schien sich über das ungeteilte Interesse, das Katharina ihm entgegenbrachte, nun doch zu freuen, denn er wurde regelrecht redselig: »Also, wie ich da so draußen auf meinem Hof gestanden und ins Feuer geguckt hab, hab ich die Jungs gesehen. Aber kann ja sein, dass die da einfach so rumgelaufen sind.«

Die Kommissarin sog tief die Luft ein und befahl sich selbst einen ruhigen Tonfall, als sie erneut nachhakte: »Niemand rennt mitten in der Nacht auf einer Hofanlage einfach so rum, wenn er da nicht hingehört und kurz nachdem ein Feuer ausgebrochen ist. An solche Zufälle glaube ich nicht, Herr Reinking. Warum haben Sie nicht damals meinen Kollegen gesagt, dass Sie Leute über den Hof haben laufen sehen?«

»Na, weil mich niemand gefragt hat. Es war auch gar keiner von Ihren Kollegen bei mir«, war die schlichte Antwort von Jan Reinking, der sie überrascht ansah. Katharina konnte ihm seine Überraschung nicht einmal verdenken. In dem Bericht ihrer Kollegen zu dem Brandvorfall, den sie sich vorhin schnell durchgelesen hatte, hatte nichts von einem Nachbarn gestanden. Das war nicht einmal verwunderlich. Die Thiemes selbst hatten die Feuerwehr gerufen, und so, wie Katharina die Landwirtin eben kennengelernt hatte, hatte diese es vermutlich nicht für nötig gehalten zu erzählen, dass nicht sie selbst, sondern ein Nachbar das Feuer entdeckt hatte. Heute hatte sie es vermutlich nur erwähnt, weil ihr Nachbar zufällig zu ihrem Gespräch dazu gekommen war.

»Und, haben Sie vielleicht zufällig jemanden erkannt?«, fragte Katharina eher aus Routine und bekam zu ihrer eigenen Überraschung die Antwort: »Na, also wenn Se mich das so fragen, ja, hab ich.«

Es war bereits schummerig. Bene schaute nervös in die kleine Gasse Auf dem Meere hinauf in Richtung Marienplatz. Die kopfsteingepflasterte Straße zierte viele Lüneburg-Postkarten, da sie die Idylle seiner Heimatstadt auf kleinstem Raum eingefangen hatte und ein dankbares Motiv war. Selbst jetzt in der kalten Jahreszeit, in der die Häuserwände nicht von Kletterrosen bedeckt waren, sondern lediglich von deren Gehölz, bot die Straße ein anheimelndes Stillleben. Bene hatte in diesem Moment jedoch absolut keinen Sinn dafür. Wo blieb Katharina nur? Er holte sein Handy hervor und sah auf die digitale Uhr. Sie waren seit sieben Minuten verabredet. Und für Viertel nach Fünf waren sie wiederum mit der Maklerin verabredet, die ihnen die Wohnung zeigen würde. Er war froh, einen Einzeltermin bekommen zu haben und nicht an der übermorgen stattfindenden Sammelbesichtigung teilnehmen zu müssen. Es hatte ihn einiges an Überzeugungskraft und Charme gekostet, die Maklerin dazu zu bringen, umso mehr hatte er Katharina gebeten, heute unbedingt pünktlich zu sein. Pünktlichkeit war nicht unbedingt ihre Stärke, was jedoch vor allem an Katharinas Job lag. Inzwischen hatte Bene sich daran gewöhnt, doch es war ihm wichtig, dass sie beide zusammen ihre vielleicht erste gemeinsame Wohnung betraten und besichtigten. Schließlich war der Entschluss zusammenzuziehen nicht nur für Katharina ein großer Schritt. Auch er hatte Angst, dass es nicht klappen könnte, allerdings würden sie es auch nie wissen, wenn sie es nicht wagten. Es verunsicherte ihn, dass Katharina zu spät kam, vor allem, weil sie ihm heute Morgen versichert hatte, dass sie nicht zulassen würde, dass etwas dazwischenkäme. Bene

entschloss sich, seine Freundin anzurufen und hob sein Handy erneut. In diesem Moment klingelte und vibrierte es gleichzeitig in seiner Hand. Verwundert musterte Bene das Display. Warum rief Julie ihn an? Sie hatten sich doch erst heute Vormittag gesehen! Darüber hinaus wusste sie, dass gleich die Wohnungsbesichtigung stattfinden würde, er hatte ihr die Uhrzeit genannt. Wahrscheinlich hatte sie es vergessen, warum sollte sie sich auch die genaue Zeit merken? Bene wog das Handy in seiner Hand. Er würde Julie nachher zurückrufen, sie hatten heute Morgen alles Wichtige besprochen, es gab sicher nichts Dringendes. Wahrscheinlich wollte sie ihm nur viel Glück mit der Wohnung wünschen. Während er darauf wartete, dass das Klingeln aufhörte – wegdrücken wollte er Julie nicht –, fragte er sich erneut, was die Mutter seiner Tochter antrieb, ihn anzurufen. Normalerweise schrieb sie ihm Nachrichten via Whats-App, manchmal sendete sie ihm Sprachnachrichten, doch nur selten telefonierten sie. Vor allem dann nicht, wenn sie sich kurze Zeit zuvor gesehen hatten. Hatte Julie plötzlich ein Problem damit, dass Katharina und er zusammenziehen wollten? Beinahe hätte Bene laut aufgelacht. So ein Quatsch, dann hätte sie es bereits heute Vormittag gesagt, und außerdem war sie glücklich mit Alex. Im Gegenteil hatte sie sich sogar sehr gefreut, dass er und Katharina sich »scheinbar wirklich gefunden haben«, wie sie es ausgedrückt hatte. Vielleicht war doch etwas passiert? Da Bene vor Kurzem seine Mailbox ausgestellt hatte, entschloss er sich nun doch, das Telefonat anzunehmen. Zur Not könnte er Julie sagen, dass er später zurückrufen würde. In einer einzigen flie-ßenden Bewegung drückte er auf »Annehmen«, hielt sich das Telefon ans Ohr und sagte: »Hey Julie, was gibt …«
Bene ließ das Telefon sinken, er hatte nur noch ein Klicken

in der Leitung gehört. Julie hatte aufgelegt. Dafür hörte er jetzt hinter sich das Klingeln eines Telefons. Erleichtert drehte er sich um, denn er erkannte den eher seltenen Klingelton, den Katharina nutzte. Bene lächelte. Tatsächlich kam Katharina ihm eilig entgegengelaufen. Warum sie nicht vom Marienplatz aus kam, wie er es angenommen hatte, sondern aus Richtung der St. Michaeliskirche war ihm gleich. Hauptsache, sie war da. Im Gegensatz zu ihm hatte sie das Telefonat angenommen. Sie sagte außer »Aha« und »Hmhm«, nicht viel, während sie auf ihn zukam, sondern hörte dem Anrufer stirnrunzelnd zu. Dann sagte sie: »Gut, verstanden. Pass auf, ich seh zu, dass das hier nicht allzu lange dauert und ruf dann in Ruhe zurück, okay?«, und legte kurz darauf auf.

»Alles gut? Arbeit?«, fragte Bene, während er auf seine Freundin zutrat und seine Hand sachte an ihre Taille legte. Musste sie etwa gleich wieder ins Kommissariat? Momentan wusste er gar nicht so recht, woran sie arbeitete. Das Team um seinen Bruder herum hatte im letzten Jahr einige Fälle verfolgt, doch soweit er wusste, waren die Ermittlungen im Sande verlaufen. Generell erzählten weder sein Zwilling noch Katharina viel über ihren Job. Manches durften sie selbstverständlich nicht und manches wollten sie nicht erzählen. Vor allem Katharina, der sowieso das Abschalten schwerfiel, vermied es, in ihrer Privatzeit von ihren Fällen zu berichten. Die Kommissarin sah ihn forschend an, dann sagte sie nachdenklich: »Ja, die Arbeit, kann man so sagen.« Sie gab ihm einen Begrüßungskuss, und als sie ihn danach anblickte, hatte sich ihre Miene erhellt. Sie nahm seine Hand und sagte: »Aber jetzt geht es nur um uns. Komm, lass uns die Wohnung besichtigen.«

Vivien zwirbelte eine Strähne ihres schwarzen, seit ein paar Tagen zu einem Bob geschnittenen Haares und dachte nach. Sie hatte alle ihre heute Morgen bei der Besprechung aufgetragenen Aufgaben erledigt und könnte eigentlich nach Hause gehen, zumal Ben und Katharina ebenfalls Feierabend gemacht hatten. Die Kommissarin trieb jedoch nichts an, es ihren Kollegen gleichzutun. Sie könnte zum Sport gehen, doch hatte sie ihre Sachen nicht dabei und müsste sie erst von zu Hause holen, dafür fehlte ihr aber die Motivation. Und in ihre Wohnung zog sie auch nichts, denn nach wie vor war sie dort noch nicht richtig angekommen, was sicherlich daran lag, dass sie bisher keine Zeit gefunden hatte, sie gemütlich einzurichten. Eigentlich war es weniger die Zeit, die gefehlt hatte, sondern der Antrieb, und das war auch jetzt noch so. Sie war innerlich angespannt, und je länger sie darüber nachdachte, desto klarer wurde ihr, dass sie schlicht und ergreifend arbeiten wollte. Vor allem jetzt, da sie zumindest eine Idee hatten, was es mit den verschiedenen Fällen, die sie schon ad acta gelegt hatten, auf sich haben könnte.

Vorhin, nachdem Katharina von ihrem Besuch auf dem Hof der Thiemes zurückgekehrt war, hatte sie Ben und Vivien aufgeregt berichtet, dass es einen Zeugen gab, der aller Wahrscheinlichkeit nach die Brandstifter gesehen und einen von ihnen erkannt hatte. Das waren zwei Informationen auf einmal gewesen: Wenn die Aussage des Zeugen stimmte – Katharina hatte ihn als ziemlich kauzig und merkwürdig bezeichnet –, dann hatten sie es womöglich mit mehreren Tätern zu tun. Außerdem hatten sie einen Namen, an dem sie ansetzen konnten. So hatten sie sofort die Personendaten gecheckt. Michel Klein war ein 16-jähriger Junge, der bei seinen Eltern in Wendisch-Evern lebte. Das Feuer war bei Deutsch-Evern gelegt worden, dem Nachbarort. Da Katharina um 17 Uhr einen unaufschiebbaren Termin hatte, zu dem sie auf keinen Fall zu spät kommen durfte, hatte Hauptkommissar Benjamin Rehder es übernommen, den Jungen aufzusuchen. Vivien hatte gehofft, dass er sie mitnehmen würde, doch er hatte sie nicht gefragt. Stattdessen hatte er sich von einem uniformierten Kollegen begleiten lassen und sie gebeten, im Büro die Stellung zu halten.

Ben war erfolglos geblieben, denn er hatte Michel Klein nicht angetroffen. Die Eltern des Teenagers, die unter der Wohnadresse auch einen kleinen Elektroladen führten, hatten nicht gewusst, wo ihr Sohn sich aufhielt. Er machte im Laden der Eltern seine Ausbildung zum Einzelhandelskaufmann, und mittwochs war sein Berufsschultag. Die Mutter hatte Ben erzählt, dass Michel nach der Berufsschule seine freie Zeit nutzte, um sich mit seinen Freunden zu treffen. Weder sie noch ihr Mann konnten Ben jedoch Angaben zu diesen Freunden machen, da es keine aus seiner Schulzeit waren, sondern relativ neue, die Michel ihnen noch nicht vorgestellt hatte. Das alles hatte Ben Vivien am Telefon berichtet und ihr dann mitgeteilt, dass sie für heute nichts mehr ausrichten konnten und er nun Feierabend machen würde. Vivien hörte auf, ihr Haar zu zwirbeln, und fuhr entschlossen ihren Computer herunter. Sie würde das Büro verlassen, weil sie für heute alles erledigt hatte. Irgendetwas würde ihr zu Hause schon einfallen, um sich die Zeit zu vertreiben. Vielleicht würde sie ein paar der noch unausgepackten Umzugskartons angehen oder einen kleinen Serienmarathon veranstalten, es gab einige, die sie noch sehen wollte.

Oder sie ging mal früh ins Bett und las ein Buch. Während sie aufstand, um ihre Sachen zusammenzusuchen, ließ sie ihre heutigen, leider nicht ergiebigen, dafür aber erledigten Aufgaben Revue passieren: Der letzte Blutregen, der über der Region merklich heruntergegangen war, war etliche Jahre her. Allerdings war es kein ungewöhnliches Phänomen, dass der rote Saharastaub bis nach Deutschland verweht wurde. Vivien hatte gelesen, dass es bis zu 15 Mal im Jahr vorkam, doch nur selten wurde etwas davon bemerkt. Ebenso deutlich war die Antwort vom Wasserbeschaffungsverband gewesen: »Nein, im Landkreis Lüneburg hat es bis ins letzte Jahr keine außergewöhnlichen Vorfälle von verunreinigtem Grundwasser oder anderem gegeben. Bis auf einen 2009, als wir im Industriegebiet Lüneburg-Süd verseuchtes Grundwasser festgestellt haben. Aber das ist damals umgehend behoben worden. Generell beobachten wir ständig den Nitratgehalt, doch das ist ja bekannt«, hatte die sehr zuvorkommende Dame Vivien am Telefon mitgeteilt. Die Kommissarin hatte sich sogar erste eigene Gedanken zum Täterprofil gemacht, doch irgendwann aufgegeben, da sie sich mit den spezifischen Mechanismen, die ein aussagekräftiges Profil erforderte, nicht auskannte. Katharina und sie wollten sich morgen darin vertiefen, und Vivien hoffte, dabei ein paar rudimentäre Grundlagen von der darauf spezialisierten Kollegin zu lernen oder wenigstens aufzuschnappen. Das konnte generell für ihre Arbeit nicht schaden.

Während Vivien sich ihre Mütze über den Kopf zog, fiel ihr Blick auf Katharinas Schreibtisch und den darauf liegenden Flyer von der Ausstellung im Kloster. Die Kommissarin nahm ihn und blätterte ihn durch, doch es stand nicht mehr darin, als Katharina in der Besprechung erzählt hatte. Gerade, als sie ihn zurücklegen wollte, fiel ihr etwas ein. Vivien drehte den Flyer um und fand auf der Rückseite den Namen und die Kontaktdaten des Initiators. Sie lächelte. Wenn sie Glück hatte, konnte sie heute doch noch etwas arbeiten. Sie ging an ihren Schreibtisch und wählte im Stehen die angegebene Telefonnummer. Nach nur zweimaligem Klingeln hob jemand ab. Eine junge Frauenstimme fragte »Hallo?«

»Guten Abend, Vivien Rimkus hier«, sagte die Kommissarin, ohne ihren Titel zu nennen, »ich möchte gern Herrn Westphal sprechen, bin ich da richtig?«

Ohne ihr direkt zu antworten, rief die junge Frau: »Torben, da is 'ne Vivien für dich am Telefon, komm ma.«

18.21 Uhr

Ben betrat die Bar des Hotels Heideglanz und sah sich um. Sie hatten sich für 18.30 Uhr verabredet, und er war etwas zu früh, und so wunderte es ihn nicht, dass er sie nicht an einem der kleinen Tische entdecken konnte. Ihm wäre ein anderer Treffpunkt lieber gewesen, doch er hatte ihr die Wahl überlassen, und sie hatte die Bar vorgeschlagen. Extra deswegen anrufen wollte er nicht und ihr per Textnachricht zu erklären, dass sein Zwilling hier arbeitete und er es deshalb besser fände, sich woanders zu treffen, war ihm zu kompliziert und auch missverständlich vorgekommen, daher hatte er es dabei belassen. Es war ja auch nicht so, dass er sich nicht freuen würde, Bene zu sehen, aber wie er seinen Bruder kannte, würde dieser die ein oder andere Bemerkung zu seiner Begleitung fallen lassen. Außerdem müsste er dann mit einem Anruf seiner Mutter in den nächsten Tagen rechnen, die dann sicher »nur mal so« fragen wollte, ob Ben wohl – endlich – eine neue Freundin habe, weil Bene es sich garantiert nicht verkneifen könnte, ihr brühwarm von dem heutigen Treffen seines Zwillings zu berichten. Auf beides konnte der Kommissar gut und gern verzichten. Andererseits hatte er keine Ahnung, ob Bene heute überhaupt Dienst hatte.

Die Bar war relativ voll, wie oft um diese Zeit, doch ein Tisch in der Ecke war noch frei und Ben setzte sich so, dass er den Eingang im Blick hatte. Eine junge Kellnerin, die ihn schon häufiger bedient hatte, kam zu seinem Tisch.

»Guten Abend, Herr Rehder, was darf ich Ihnen bringen?«, fragte sie freundlich.

»Im Moment gar nichts, ich erwarte noch jemanden, vielen Dank. Aber Sie können mir sicher sagen, ob mein Bruder heute arbeitet, oder?«

»Bene ist erst morgen in der Tagschicht wieder hier«, erwiderte sie entschuldigend, »tut mir leid.«

Ben nickte, ohne sich anmerken zu lassen, dass er darüber nicht unglücklich war. Er überlegte sich, was er trinken wollte, wobei er keinen Blick in die Barkarte werfen musste, da er die Weine kannte und wusste, welche ihm schmeckten. Stattdessen schaute er sich im offenen Raum um und blieb bei einer Gruppe Geschäftsmänner hängen, die in ihren Anzügen mit Schlips und Kragen an der Bar standen und in lebhafte Diskussionen verwickelt zu sein schienen, während dabei so manches Glas Bier über den Tresen ging. Er beglückwünschte sich selbst, nicht in dieser Berufswelt gelandet zu sein. Er kannte sich gut genug, um zu wissen, dass er sich darin nicht wohlgefühlt hätte. Allein diese zwangsläufigen Veranstaltungen mit geselligem Beisammensein, in denen sich doch alles um den Job drehte, wären nichts für ihn. Da war ihm sein kleines Team sehr viel lieber, die Abwechslung in seinem Beruf, obwohl es sich um Verbrechen handelte, was schwerlich als reizvoll zu bezeichnen war. Er hatte sich keinen einzigen Tag in all den Jahren gelangweilt, und wenn ein Fall aufgeklärt war, stand am Schluss das schöne Gefühl, etwas Gutes und Sinnvolles erreicht zu haben.

»Wo bist denn du mit deinen Gedanken?«, erklang plötzlich eine Stimme, und erschrocken sah Ben auf. Er war so versunken gewesen, dass er sie nicht hatte kommen sehen. Schnell erhob er sich und nahm sie etwas unbeholfen in den Arm: »Entschuldige bitte, Tine, ich habe wohl vor mich hin geträumt. Bitte, setz dich.«

Sie trug enge Jeans, einen legeren Pullover darüber und eine kurze Lederjacke, die sie nun ablegte und auf den leeren Stuhl neben sich legte.

»Was trinkst du?«, fragte sie und blätterte dabei oberflächlich durch die Karte.

»Ich mag den Montepulciano d'Abruzzo, der ist sehr trocken und bringt einen Hauch von Kirsch und Pflaume mit. Wenn du Rotwein magst ...«

»Danke, ich glaube, ich entscheide mich lieber für einen Cocktail, das mache ich viel zu selten«, erwiderte sie fröhlich und sah sich nach der Kellnerin um.

Als diese erneut an den Tisch kam und eine Schale mit Nüssen auf den kleinen Tisch stellte, bestellte Tine einen Tequila Sunrise und Ben den Rotwein.

»Möchtest du etwas essen?«, fragte Ben, als die Kellnerin weg war, aber Tine schüttelte den Kopf.

»Nein, danke, ich habe schon mit meiner Tochter gegessen. Aber bestell du dir gern etwas, wenn du Hunger hast.«

Auch Ben schüttelte den Kopf und überlegte, wie er seinen gerade etwas verkrampften Versuch, Small Talk zu betreiben, auf eine entspanntere Spur bringen konnte. Als sie beide neulich völlig unerwartet aufeinandergetroffen waren, hatte sich schnell ein lockeres Gespräch entwickelt, bei dem sie viel gelacht und in gemeinsamen Erinnerungen geschwelgt hatten. Warum war das heute so schwierig? Lag es an ihm?

»Erzähl mir von deiner Tochter«, forderte er seine alte Schulfreundin auf, in der Hoffnung, damit ein dankbares und zugleich unverfängliches Thema anzusprechen.

»Lieber nicht«, erwiderte Tine sofort und hob abwehrend die Hände. »Das ist gerade nicht mein Lieblingsthema. Versteh mich nicht falsch, ich liebe meine Tochter abgöttisch, aber manchmal treibt sie mich in den Wahnsinn. Und in so einer Phase stecken wir gerade. Sie erzählt mir kaum noch etwas, ist unzuverlässig und trotzig. So kannte ich sie bisher nicht.«

»Pubertät, nehme ich an?«, fragte Ben lächelnd.

»Ja, schon, aber bisher war das nie ein Problem, und ich hab die Gruselgeschichten von meinen Freundinnen dazu als übertrieben abgetan. Nein, ehrlich gesagt vermute ich, dass sie in ein Umfeld gerutscht ist, das nicht gut für sie ist.« Tine stöhnte, hob ihr Glas, das die Kellnerin eben gebracht hatte, und prostete Ben zu.

»Weißt du, bis vor Kurzem waren Pferde ihre größte Leidenschaft. Aber dann hat sie sich einen Arm gebrochen und musste lange aussetzen. Seitdem hat sie sich verändert. Der Kontakt zu den Freundinnen vom Reiterhof ist so gut wie abgebrochen, dafür hängt sie mit irgendwelchen Leuten rum, die ich nicht einmal kenne.«

»Das ist bestimmt nur eine Phase«, versuchte Ben sie zu

beruhigen. »Meine Nichte Leonie …« Er kam nicht dazu, seinen Satz zu beenden.

»Deine Nichte?«, unterbrach Tine ihn. »Moment, dafür gibt es ja nicht allzu viele Varianten: Entweder du hast eine Frau, die Geschwister hat, oder aber dein Zwillingsbruder ist Vater.«

»Letzteres«, bestätigte Ben.

»Das hätte ich ja nun nicht gedacht«, kam es prompt.

»Was?«

»Na, dass Bene eher Papa wird als du.«

»Verstehe, weil ich schon immer eher der Spießer war«, unkte Ben, musste aber selbst schmunzeln.

»So hätte ich das nicht ausgedrückt«, widersprach Tine ohne viel Überzeugungskraft, »aber im Prinzip stimmt es wohl.«

»Das ist eine längere Geschichte«, wehrte Ben ab. »Nichts für heute Abend. Aber Fakt ist, dass Bene eine 14-jährige Tochter hat, mein Patenkind. Ich kenn mich also mit pubertierenden Mädchen wenigstens ein bisschen aus, wobei Leonie recht umgänglich ist.«

Tine lachte, und Ben hatte das Gefühl, dass sie wieder zu der Stimmung zurückgefunden hatten wie bei ihrer ersten zufälligen Begegnung neulich. Genau in diesem Moment vibrierte sein Handy, das er neben sich auf den Tisch gelegt hatte. Er hatte weder Bereitschaft noch erwartete er einen wichtigen Anruf, umso mehr ärgerte er sich, dass er es nicht beim Betreten der Bar ausgeschaltet und weggesteckt hatte. Dafür war es jetzt zu spät, denn auf dem Display erkannte er Katharinas Namen. Unwillig nahm er das Gespräch an: »Hallo, Katharina, was gibt es?«, fragte er eine Spur zu grob, wie ihm im gleichen Moment bewusst geworden war. Sofort verspürte er den Hauch eines schlechten Gewissens in sich aufsteigen. Sie rief sicherlich dienstlich an und konnte schließlich nicht ahnen, dass er mit Tine zusammensaß und ungestört sein wollte. Vor allem wollte er nicht durch Katharina gestört werden, denn bisher hatte er es in diesem Fall gut hinbekommen, nicht in sein Verhaltensmuster zurückzufallen und Tine mit seiner Kollegin zu vergleichen.

»Entschuldige Katharina, ich wollte nicht – ich bin gerade unterwegs«, setzte er hinterher, ohne dabei zu Tine zu schauen. Was stammelte er sich denn zurecht, er war doch niemandem Rechenschaft schuldig.

»Und du bist nicht allein, richtig?«, antwortete Katharina, und ihre Stimme klang in seinen Ohren belustigt, oder bildete er sich das nur ein?

»Richtig«, sagte er bestimmt, setzte sich auf und suchte nun doch Tines Blick, die ihn aufmerksam ansah.

»Eine Frau?«, fragte Katharina weiter.

»Ja«, erwiderte er knapp.

»Okay«, sagte Katharina, und ihre Stimme kam ihm nun sanfter und verständnisvoll vor, »dann will ich dich nicht stören. Ich schaff das allein. Alles gut.«

»Bist du auf dem Kommissariat?«, wollte Ben, doch hellhörig geworden, wissen.

»Nein, ich bin bei Bene, aber vielleicht kannst du mich morgen früh vor dem Dienst abholen, ich … ich muss dir etwas erzählen, aber erst einmal nicht im Büro, sondern unter vier Augen«, erklärte Katharina, und Ben fragte sich, was das zu bedeuten hatte. Für einen kurzen Moment huschte der Gedanke durch seinen Kopf, sie könnte schwanger sein, doch er verdrängte ihn sofort.

»Ja, gut, dann hole ich dich morgen früh gegen acht bei Bene ab. Bis morgen, schönen Abend noch«, sagte er betont sachlich und beendete das Gespräch. Dann schaltete er das Handy aus und steckte es in die Innentasche seiner Jacke.

»Alles in Ordnung?«, erkundigte sich Tine.

»Ja, das war nur eine Kollegin«, tat Ben das eben geführte Telefonat ab und verscheuchte jeglichen Gedanken an Katharina: »Mein Tag morgen wird etwas früher beginnen als gedacht, sonst ist alles okay.«

»Und diese Kollegin holst du bei deinem Bruder ab?« Tine sah ihn fragend an, und Ben zuckte resigniert mit den Schultern. »Okay, ich sehe schon, ich komme um die eine oder andere Erklärung nicht umhin.« Er gab der Kellnerin ein Zeichen, dass sie eine weitere Bestellung aufgeben wollten. Denn selbst wenn er ganz sicher nicht alle Dimensionen der etwas verzwickten Konstellation in seinem Privatleben ausbreiten würde, würde es eine Weile dauern und für einen zweiten Wein und Cocktail in jedem Fall reichen.

»*Es ist nicht weise, das zu verteidigen, was man ohnehin aufgeben muss.*«

(Niccolò Machiavelli)

9. KAPITEL:

DONNERSTAG, 07.12.2017

08.09 Uhr

Irritiert sah Vivien sich im Büro um, denn außer ihr schien niemand da zu sein. Dabei hatte Ben gestern angekündigt, dass sie gleich um acht Uhr bei Dienstbeginn besprechen würden, was es Neues gab. Sie hatte sich zu Hause vertrödelt und war unterwegs in einen Stau an einer Baustellenampel geraten, sodass sie mit einem Rüffel ihres Chefs gerechnet hatte. Aber offensichtlich war sie das Stück vom Parkplatz hoch ins Büro ganz umsonst im Eiltempo gelaufen. Sie merkte, dass sie zu schwitzen begann, und zog eilig ihre dicke Jacke aus. Wo waren die beiden bloß? Dass sie ebenfalls beide spät dran waren, hielt Vivien für unwahrscheinlich, der Zufall wäre zu groß. Eher glaubte sie, dass etwas vorgefallen war und Katharina und Ben direkt von hier aus losgefahren waren. Sie suchte mit den Augen die Oberfläche ihres Schreibtisches ab, doch da lag keine Notiz für sie. Nachdenklich zog sie ihr Handy aus der Tasche – ebenfalls nichts.

Die junge Kommissarin setzte sich und startete ihren Computer, als sie hinter sich ein Klopfen hörte. Im Türrahmen sah sie einen Teenager und einen Mann mittleren Alters stehen. Der Ältere sagte unaufgefordert: »Guten

Morgen, Klein ist mein Name. Wir möchten zu Hauptkommissar Rehder.«

Vivien stand auf und trat den beiden entgegen: »Darf ich fragen, in welcher Angelegenheit?«

»Mein Sohn sollte sich zu einer Befragung melden.« Er deutete mit dem Kopf auf den Jungen an seiner Seite, der die Hände tief in den Hosentaschen vergraben und den Blick gesenkt hatte, sodass Vivien sein Gesicht nicht wirklich sehen konnte. »Das ist Michel.«

»Es tut mir leid, aber Hauptkommissar Rehder ist noch nicht hier. Würden Sie bitte draußen auf dem Gang Platz nehmen und warten? Ich werde versuchen, ihn zu erreichen und gebe Ihnen Bescheid.«

Der Vater nickte und sagte fast entschuldigend: »Wir sind ein bisschen zu früh dran, aber ich dachte …« Anstatt seinen Satz zu vollenden, zog er seinen Sohn mit sich aus der offenen Tür in den Flur zurück. Vivien ging zurück an ihren Schreibtisch und hatte gerade den Hörer ihres Telefons gegriffen, um Ben anzurufen, als es erneut klopfte. Was war denn heute Morgen los? Das war ja wie im Taubenschlag. Etwas genervt legte die Kommissarin den Hörer auf und drehte sich erneut zur Tür. Diesmal stand dort ein recht attraktiver junger Mann, der ihr freundlich entgegenlächelte.

»Ja bitte?«, fragte Vivien.

»Guten Morgen, mein Name ist Torben Westphal. Ich suche Frau Rimkus.«

»Das bin ich«, antwortete sie. »Kommissarin Vivien Rimkus.«

Sie war verwundert. Als sie gestern Abend mit Herrn Westphal telefoniert hatte, war keine Rede davon gewesen, dass er auf dem Kommissariat erscheinen würde.

»Was kann ich für Sie tun?«

»Eigentlich hatte ich gehofft, etwas für Sie tun zu können«, erwiderte der junge Mann und setzte ein Lächeln auf, das zweifellos charmant wirken sollte, in Viviens Augen aber vor allem aufgesetzt war. Bevor sie etwas erwidern konnte, fuhr er fort: »Ich habe Sie gestern Abend am Telefon ziemlich schnell abgefertigt, was mir hinterher sehr unangenehm war, aber ich war in Eile. Darum wollte ich heute persönlich vorbeikommen und fragen, ob ich Ihnen behilflich sein kann. Ich habe Ihnen außerdem ein paar Unterlagen mitgebracht.« Er deutete auf eine Mappe unter seinem Arm.

»Das ist sehr freundlich von Ihnen, Herr Westphal.« Die Kommissarin stand auf und holte Katharinas Schreibtischstuhl heran, den sie an die Kopfseite ihres Schreibtisches zog: »Bitte, nehmen Sie Platz. Kann ich Ihnen etwas anbieten, Herr Westphal, ein Wasser oder einen Kaffee?« Diese Frage war weniger ihrem Höflichkeitsgefühl geschuldet, sondern vielmehr Viviens eigenem Kaffeedurst.

»Zu einem Kaffee würde ich nicht Nein sagen«, antwortete Torben Westphal, während er seine Mappe auf den Schreibtisch legte und begann, sich seine Jacke auszuziehen. Vivien ging zur Kaffeemaschine. Als sie sich kurz darauf umdrehte, sah sie, wie Torben Westphal noch immer stehend angestrengt auf ihren Schreibtisch blickte, so als würde er etwas suchen. »Bitte, setzen Sie sich doch, ich bin gleich fertig«, rief sie gegen das Getöse der Maschine an. Wie ertappt fuhr Westphals Kopf zu ihr herum. Dann lächelte er etwas verkrampft und setzte sich. Während sie darauf wartete, dass die Tassen sich mit Kaffee füllten, befand sie, dass der Mann ihr auf irgendeine Art unsympathisch war. Mit den zwei vollen Kaffeebechern ging sie zu ihrem Schreibtisch zurück, stellte einen davon vor Torben Westphal und nahm den anderen mit zu ihrem Platz.

»Dann zeigen Sie mir doch bitte, was Sie für mich haben«, forderte Vivien ihn auf.

»Nun ja, also, Sie fragten am Telefon ja nach der Ausstellung, die ich im Kloster veranstaltet habe. Darum habe ich Ihnen einige Fotos davon zusammengestellt und ein paar Rahmendaten.« Westphal öffnete die Mappe und schob sie der Kommissarin über den Tisch entgegen.

Vivien warf einen eher flüchtigen Blick durch den Fotostapel. Die einzelnen Exponate waren festgehalten, ebenso der Eröffnungstag der Ausstellung, bei dem Torben Westphal vor einer Gruppe Besucher ein paar Worte zur Begrüßung gesagt zu haben schien. Auf einem DIN-A4-Zettel las sie die angekündigten Rahmendaten: Die Dauer der Ausstellung, die Öffnungszeiten, die Anzahl der Besucher und einiges mehr, das ihr für die Ermittlungen vollkommen unbrauchbar erschien. Umso mehr ärgerte sie sich, dass sie ihm überhaupt etwas zu trinken angeboten hatte, denn eigentlich hätte er ihr die Mappe hierlassen und wieder gehen können.

08.30 Uhr

»Hast du Vivien benachrichtigt, dass wir später kommen?«, fragte Katharina ihn, während sie ihren Becher auf den Tisch stellte.

»Oh, ich hab gedacht, du hast das gemacht«, gab Ben zu, woraufhin Katharina ihr Handy zückte und Vivien eine Nachricht schrieb.

Sie standen beim Bäcker in der Großen Bäckerstraße und hatten sich einen Kaffee und ein Franzbrötchen gegönnt, nachdem Ben die Kollegin bei seinem Bruder in der Grapen-gießerstraße abgeholt hatte. Er war von seinem Reihenhaus in Ochtmissen mit dem Bus gefahren, da am Abend zuvor aus den zwei Gläsern Wein eine ganze Flasche geworden war und er sein Auto stehen gelassen hatte. Nachdem er bei seinem Bruder geklingelt hatte, war Katharina in Schal und warmer Jacke heruntergekommen. Zunächst hatte Ben sich gewundert, da er gedacht hatte, sie würden oben sprechen, doch Katharina hatte ihm erklärt, Bene würde noch schlafen und sie hätte ein Thema, das sie mit Ben allein besprechen wollte. Bevor er sich hatte fragen können, worum es ging, war sie mit der Tür ins Haus gefallen. Sie hatte schnell erzählt, und er hatte gemerkt, wie betroffen sie persönlich war. Er konnte es ihr nicht verdenken, ihm ging es bereits nach ihrem zweiten Satz genauso.

»Ich glaube, wir sollten los. Ich habe Vivien geschrieben, dass wir in zehn Minuten da sind«, sagte Katharina, steckte ihr Handy zurück in die Tasche und machte sich an dem Reißverschluss ihrer Jacke zu schaffen. Ben sah ihr dabei zu. Als es ihr auch nach mehreren Versuchen nicht gelang, die Jacke zu schließen, trat er an sie heran und sagte: »Komm, lass mich mal.«

Katharina hob ergeben die Hände: »Das olle Mistding hakt andauernd, das ist echt nervig, aber versuch gern dein Glück.«

Während Ben sich ebenfalls bemühte, den Verschluss hochzuziehen, lachte Katharina auf: »Ich komme mir vor wie ein Kleinkind, das fertiggemacht wird, damit es draußen spielen kann.«

Ben erwiderte nichts darauf. Stattdessen sagte er, noch immer am Verschluss der Jacke herumnestelnd: »Katharina, dir ist schon klar, dass wir das nicht für uns behalten können?«

»Ja, natürlich«, antwortete sie leise – genau in der Sekunde, in der Ben den Reißverschluss triumphierend bis unter ihr Kinn hochzog.

08.43 Uhr

Sie hatten sich alle drei im Büro des Hauptkommissars versammelt. Katharina hatte die Tür hinter sich zugezogen, und Ben ließ die Jalousien vor der Glaswand herunter, sodass der Mann, der auf einem Stuhl an Viviens Schreibtisch saß, keinen Einblick hatte. Michel Klein und sein Vater saßen nach wie vor draußen auf dem Flur. Als Ben und Katharina vor wenigen Minuten im Kommissariat angekommen waren und der Hauptkommissar die beiden vor der Tür hatte sitzen sehen, hatte er sich entschuldigt und sie gebeten, noch einen Moment zu warten. Der Vater hatte dazu genickt, während Michel Klein lediglich seinen Kopf gesenkt und die Augen auf den Boden gerichtet hatte, als suche er dort irgendetwas.

Ben stellte sich vor seinen Schreibtisch. Es würde sich nicht lohnen, sich zu setzen, denn es ging lediglich um einen kurzen Austausch. So blieb auch Katharina direkt an der Bürotür stehen, und Vivien lehnte sich gegen den Besprechungstisch.

»Wer ist das da an deinem Schreibtisch?«, fragte der Hauptkommissar an Vivien gewandt.

»Der Initiator der Ausstellung zu den zehn Plagen im Kloster Lüne, Torben Westphal. Ich hatte ihn gestern angerufen. Seine Telefonnummer stand auf dem Flyer, den du auf deinem Schreibtisch liegen gelassen hattest, Katharina. Ich habe gedacht, wenn er zum Hintergrund berichtet oder zu seinen Motiven, diese Ausstellung zu machen, würde uns das eventuell helfen, uns in eine Umsetzung in die heutige Zeit hineinzudenken. Gestern Abend hatte er keine Zeit, und so ist er heute Morgen aus eigenem Antrieb vorbeigekommen. Hat mich auch überrascht, denn wir hatten keinen Termin ausgemacht. Er hat mir weitere Unterlagen zu dieser Ausstellung vorbeigebracht«, erklärte Vivien.

»Gut«, kommentierte der Hauptkommissar, »wir brauchen nicht lange. Es haben sich allerdings neue Erkenntnisse ergeben, die uns einen enormen Schritt weitergebracht haben. Allerdings ist die ... die, wie soll ich sagen? Die Situation ist ein wenig sensibel, und wir müssen dich bitten, dass es erst einmal unter uns dreien bleibt, ich möchte erst mit Mausner und dem Staatsanwalt etwas abklären.«

Vivien runzelte die Stirn, nickte jedoch zustimmend: »Okay, verstanden.«

Ben warf Katharina einen Blick zu, den sie richtigerweise als Aufforderung verstand: »Ja, wie Ben gerade gesagt hat, ist die Situation nicht gerade prickelnd. Sowohl für Ben als auch für mich. Es geht um Leonie, die Tochter von Bene beziehungsweise um ihren Freund Claas Degenhardt. Die beiden sind gestern Abend bei Bene aufgekreuzt. Sie wussten, dass ich dort bin und wollten mich sprechen. Und zwar sehr bewusst in meiner Funktion als Polizistin. Denn, und jetzt kommt es: Leonies Freund Claas ist in unseren Plagen-Fall verwickelt.«

»Du meinst«, fragte Vivien bedacht, »wir ... du hattest recht? Also mit den Plagen? Und dieser Claas hängt mit drin?«

»Ganz genau. Er ist für die Fliegen in dem italienischen Restaurant verantwortlich, du hast ebenfalls richtig gelegen, als du diese Geschichte mit einbezogen hast«, bestätigte Katharina.

»Wow«, sagte die jüngere der beiden Kommissarinnen und fragte weiter: »Und bei der Brandstiftung? War er da auch dabei oder hat die wiederum nichts mit den Plagen zu tun?«

»Nein und ja: Er sagt, er war nur an dem Fliegenanschlag beteiligt, aber tatsächlich gehört das Feuer auf dem Feld ebenfalls zu der Serie, das hat er mir bestätigt, als ich direkt danach gefragt habe. Wie wir vermutet haben, sollte das die Hagelplage symbolisieren und die Fliegen naheliegenderweise die vierte Plage, die Stechfliegen.«

»Aber wenn Leonies Freund – wusste sie denn davon?«, fragte Vivien.

»Nein, nicht wirklich, und schon gar nicht im Vorwege«, erklärte nun Ben. »Ihre Freundin Laura hatte ihr ein paar merkwürdige Dinge erzählt, wusste aber auch keine Details. Laura war mit einem anderen Jungen zusammen, der auch mit drinhängt. Laura ist aber glücklicherweise ebenfalls eine Unbeteiligte, obwohl dieser Freund sie mit hineinziehen wollte. Den Rest hat Leonie erst gestern Abend von Claas erfahren. Sie hat ihn überredet, mit Katharina und mir zu sprechen. Ich war allerdings verhindert und … und nicht erreichbar, darum hat Katharina mich heute Morgen kurz getroffen und informiert.«

»Aha. Gut«, sagte Vivien konzentriert und setzte bei ihrer Ursprungsfrage an: »Wenn Leonies Freund nicht bei dem Brandanschlag dabei war, wir aber von dem Zeugen wissen, dass mindestens drei Personen daran beteiligt waren, heißt das, dass es eine größere Tätergruppe ist.«

»Ja, das stimmt«, bestätigte Katharina, »und um deiner nächsten Frage zuvorzukommen: Leider hat Claas mir keine Namen genannt. Zumindest noch nicht. Ich kenne bisher auch nicht den Namen des Jungen, der mit Leonies Freundin zusammen war. Das haben beide nicht preisgegeben, und ich wollte sie nicht allzu sehr unter Druck setzen. Ich war schon froh, dass sie überhaupt zu mir gekommen sind. Allerdings habe ich Claas mit dem einzigen Namen, den wir haben, konfrontiert. Mit Michel Klein. Nachdem er mir gestern seine Tat mit den Fliegen und seine Zugehörigkeit zu der Gruppe gestanden hat, war Claas ziemlich fertig. Zum einen, weil er sich Leonie gegenüber sehr geschämt hat, und zum anderen, weil er sich ohnehin wie ein Verräter vorgekommen war. Er hat sich immer wieder selbst als Judas beschimpft«, antwortete Katharina ihrer Kollegin, die interessiert fragte: »Und wo ist dieser Claas jetzt?«

»Er ist mit Leonie zusammen bei Bene, der von all dem übrigens nichts mitbekommen hat. Er war gestern Abend noch bei seinen Eltern, um etwas abzuholen und ist dann da hängen geblieben. Als er nach Hause gekommen ist, habe ich ihm nur gesagt, dass Leonie mit ihrem Freund über Nacht bei uns bleibt. Mehr nicht. Und er hat das nicht weiter hinterfragt. Na ja, egal. Als ich vorhin die Wohnung verlassen habe, haben Leonie und Claas noch geschlafen, und Bene ebenfalls. Ich hoffe, dass Claas sich heute Morgen gefangen hat und mir wie versprochen eine Liste mit den Namen der Beteiligten aushändigt, damit wir aktiv werden können. Zurzeit weiß ich nur, dass die Ausführung der Plagen zu dem Aufnahmeritual einer Gruppe gehört hat, also eine Art Mutprobe. Und Claas kennt nicht alle Umsetzungen der Plagen, also die, die vor seiner kamen, weil er erst später zu der Gruppe gestoßen ist – übrigens auch durch diesen Exfreund von Laura«, führte Katharina weiter aus, folgte dabei jedoch mit den Augen ihrem Chef, der in diesem Moment um seinen Schreibtisch herumging und nach dem Telefonhörer griff. Währenddessen ergänzte er Katharinas Bericht: »Es waren nicht nur Mutproben. Gleichzeitig stellt es für die anderen Gruppenmitglieder sicher, dass sie nicht verraten werden. Nach dem Motto mitgefangen, mitgehangen.«

»Na ja, aber so ganz scheint die Rechnung nicht aufgegangen zu sein. Claas hat ja doch geredet. Wenigstens ein bisschen«, warf Vivien ein.

Ben lachte kurz auf: »Du kennst meine Nichte Leonie nicht. Die kann sehr überzeugend sein.«

»Wohl wahr«, stimmte Katharina zu und lächelte zum ersten Mal, seit sie hier im Raum waren. Schnell nahm ihr Gesicht jedoch wieder eine ernste Miene an: »Also ehrlich gesagt, das, was Claas so erzählt hat, hörte sich für mich nicht einfach nur nach Jugendlichen an, die unbedingt zu einer Clique gehören wollen und dafür eine grobe Dummheit machen. Gerade diese heftigen Aufnahmerituale haben für mich etwas Sektenhaftes. Aber das werden wir wohl erst erfahren, wenn wir die restlichen Beteiligten und vor allem den Anführer dieser Gruppe befragen.«

Wie auf Kommando verkündete Katharinas Handy eine eingehende Textnachricht. Sie schaute auf das Display und informierte ihre Kollegen: »Eine Nachricht von Leonie. Sie haben Bene alles erzählt, und er sitzt gerade mit Claas zusammen, um uns die Namen der anderen aufzuschreiben. Sie schicken uns gleich die Liste. Leonie möchte außerdem wissen, wie das dann mit ›mildernden Umständen‹ für Claas aussieht.«

»Tz, ›mildernde Umstände‹!«, grinste Ben, »die junge Dame entstammt halt einer Polizistenfamilie. Ich ruf bei

Mausner an, um zu sehen, ob er da ist, dann kann ich ihn gleich informieren. Möglicherweise kann er beim Staatsanwalt ein gutes Wort einlegen. Und Vivien, frag doch bitte diesen Initiator der Ausstellung, ob wir ihn kontaktieren können, falls wir ihn brauchen, und dann schick ihn weg. Eigentlich glaube ich gerade doch nicht, dass er uns in diesem Moment weiterhelfen kann. Dann könnt ihr beide zusammen anfangen, Michel Klein zu befragen. Seine Befragung hat Priorität.«

Ben telefonierte noch, als Katharina eine weitere Textnachricht empfing. Sie rief sie auf und erstarrte, bevor sie sich an Vivien wandte: »Was hast du gesagt, wie dein Besuch heißt?«

»Der Typ, der die Ausstellung organisiert hat? Torben Westphal.«

»Unglaublich, genau der Name steht auf der Liste von Claas und zwar als Anführer dieser Gruppe! Das gibt's doch nicht! Na, der hat vielleicht Mumm, hier aufzutauchen ... Pass auf, Vivien, wir gehen raus und lassen uns nichts anmerken. Du spielst sein Spiel mit, um herauszufinden, was er hier will, denn er ist garantiert nicht vorbeigekommen, um uns zu helfen. Wahrscheinlich wollte er nur wissen, wie weit wir mit unseren Ermittlungen sind. Ich nehme währenddessen Michel Klein mit in den Verhörraum. Und dann woll'n wir doch mal sehen ...«, wies Katharina die Kollegin geistesgegenwärtig an.

Ben blickte zu den beiden auf, sprach jedoch gerade in sein Telefon, als Vivien die Tür öffnete und ausrief: »Scheiße, der ist weg!«

Katharina führte Michel Klein und seinen Vater in das Vernehmungszimmer und bat beide, einen Moment zu warten. Ohne Ben wollte sie ungern mit dem Verhör beginnen, doch der Hauptkommissar hatte sich nach dem Verschwinden von Torben Westphal und den neuen Erkenntnissen wie angekündigt sofort auf den Weg zum Büro des Kriminalrats gemacht, um Stephan Mausner zu informieren. Auf dem Flur traf Katharina auf Vivien.

»Hast du die Funkfahndung nach Torben Westphal veranlasst?«, fragte sie die Kollegin.

»Ja, die läuft, ich glaube nur nicht, dass das viel bringt. Ich fahre mit einem Kollegen von der Schutzpolizei direkt zu seiner Wohnung, wobei ich mir kaum vorstellen kann, dass er sich dort aufhält«, erklärte Vivien, die sichtlich verärgert war. »Verdammt auch, ich hätte ihn da nicht einfach sitzen lassen sollen.«

»Vivien, du konntest nicht ahnen, dass er mit drinhängt«, versuchte Katharina sie zu beruhigen. »Geschweige denn, dass es sich bei ihm um den Anführer handelt. Keiner von uns konnte das.«

»Trotzdem ...«

»Nein, hör auf, dir Vorwürfe zu machen«, fiel Katharina der jüngeren Frau ins Wort. »Das bringt uns nicht weiter. Du fährst jetzt zu seiner Wohnung. Wer weiß, wenn er flüchten will, holt er von dort vielleicht ein paar Sachen, und möglicherweise schnappt ihr ihn da – er weiß ja nicht, was wir inzwischen alles wissen.«

»Dann hoffe ich mal, dass du recht hast«, antwortete Vivien zerknirscht.

Katharina konnte ihre Kollegin nur zu gut verstehen, sie selbst hätte sich die gleichen Vorwürfe gemacht, auch wenn sie noch so unbegründet waren. »Vielleicht bringt uns die Befragung von Michel Klein ein Stück weiter. Wir halten dich auf dem Laufenden. Wir bekommen ihn, da bin ich mir sicher! Und jetzt fahr los!«, sagte sie nachdrücklich und lächelte aufmunternd. Vivien lächelte ebenfalls und wandte sich um. Katharina sah ihr hinterher, als sie den Flur entlangeilte, und blickte auf ihre Uhr. Sie wollte nicht noch mehr Zeit verstreichen lassen. Zwar würde der Junge, der im Vernehmungsraum saß, vermutlich nur einige Lücken in der Kette füllen, nachdem sie inzwischen durch Claas wussten, womit und vor allem mit wem sie es zu tun hatten, aber auch das war wichtig und würde möglicherweise helfen, den Aufenthaltsort von Torben Westphal zu ermitteln. Entschlossen trat sie auf die Tür zu, um nun doch allein mit der Befragung zu beginnen.

Als sie den kleinen Raum betrat, saßen Vater und Sohn steif und regungslos da, so wie sie sie vor wenigen Minuten verlassen hatte. Während die Mimik des Vaters eine Mischung aus Wut und Sorge zeigte, wirkte Michel verängstigt. Katharina ahnte, dass es deswegen schwer sein würde, diesem Jungen eine klare Aussage zu entlocken. Zumal sie vermutete, dass Michel Klein und Torben Westphal sich auf dem Kommissariat begegnet waren und Michel auch deswegen eingeschüchtert war. Der Vater sah ihr erwartungsvoll entgegen, während Michels Blick nach wie vor auf den Tisch gerichtet war.

»Möchten Sie etwas trinken?«, fragte sie in freundlichem Ton, um die Situation ein wenig zu entspannen.

»Ein Wasser, ja, es wäre sehr freundlich, wenn ich ein Glas Wasser bekommen könnte«, antwortete Herr Klein unsicher. Katharina verließ den Raum und kehrte kurz darauf mit zwei Gläsern, einer Flasche Wasser und einer Flasche Cola zurück. Während sie das Glas des Vaters mit Wasser füllte, wandte sie sich an den Sohn: »Michel, möchtest du auch etwas trinken? Ist es überhaupt okay, wenn ich Du sage?«

Es dauerte einen Moment, doch dann hob der Junge zögernd den Kopf und nickte. Sein Blick wanderte zur Colaflasche, und ohne weiter nachzufragen, füllte Katharina sein Glas damit und setzte sich den beiden gegenüber an den Tisch.

»Michel, wir haben einige Fragen an dich. Und es ist wirklich wichtig, dass du uns die Wahrheit sagst. Das wird sich für dich vorteilhaft auswirken, wenn du uns damit hilfst, den Fall aufzuklären.«

Katharina sah den Jungen an, bemerkte aber aus dem Augenwinkel das zustimmende Nicken des Vaters. Sie war froh, dass dieser ruhig zu bleiben schien und seinen Sohn nicht zusätzlich unter Druck setzte.

Erneut blickte Katharina auf ihre Uhr und fragte sich, wo Ben blieb. Das Gespräch zu beginnen, war eine Sache, den Jungen mit ihren bisherigen Erkenntnissen zu konfrontieren, eine andere.

»Michel, du wurdest gesehen, als das Feld der Thiemes in Brand gesetzt wurde. Wir wissen aber auch, dass du nicht allein dort warst. Kannst du mir erzählen, was in der Nacht passiert ist?«

Das Gesicht des Jungen färbte sich rot, doch er hielt dem Blick der Kommissarin stand. Katharina sah förmlich, wie es in seinem Kopf arbeitete und er sich fragte, was er tun sollte.

»Ich ... ich war da, das stimmt«, begann er stockend. »Und ich habe auch ... das Feuer gelegt.«

»Und wer war noch bei dir?«, hakte Katharina nach, als im selben Moment die Tür des Zimmers geöffnet wurde und Ben in den Raum trat. Erschrocken blickte Michel auf, und die Kommissarin sah erneut die Angst in seinen Augen. Sie warf ihrem Chef einen Blick zu, den dieser sofort verstand. Ohne ein Wort zu sagen, nahm Ben an der Seite des Tisches Platz und überließ es Katharina, das Gespräch weiterzuführen.

»Michel, wer hat dich begleitet?«, wiederholte sie ihre Frage.

»Das möchte ich nicht sagen«, kam es leise zurück.

»Ich verstehe ja, dass du deine Freunde nicht verraten willst. Aber bist du sicher, dass sie dasselbe auch für dich tun würden?«, fragte sie den Jungen und gab ihrer Stimme dabei einen mütterlichen Ton: »Willst du wirklich die Schuld allein auf dich nehmen, obwohl es nicht so war?«

»Aber es war doch meine Aufgabe«, platzte es aus dem Jungen heraus. »Ich musste ... musste es allein tun, und das habe ich auch.«

»Es war deine Aufgabe, um in diese Clique aufgenommen zu werden – eine Art Ritual, richtig?«, fragte Katharina und war froh, dass sie durch Claas wussten, worum es im Groben bei diesen Vorfällen gegangen war. Es erleichterte ihr die Befragung des verängstigten Jungen. »Und die anderen haben dich begleitet, um sicherzustellen, dass du deine Aufgabe erfüllst?«

Michel nickte.

»Dann haben die anderen sicher zuvor eigene Rituale erfüllt und waren schon Gruppenmitglieder?«

Erneut stimmte der Junge zu.

»Weißt du, was die anderen tun mussten?«

Michel zögerte, sah dann plötzlich fragend zu seinem Vater, der ihn milde anblickte und auffordernd nickte. Katharina bewunderte den Mann dafür, dass er so hinter seinem Sohn stand. Sie hatten so etwas auch schon ganz anders erlebt, wenn es um Jugendliche gegangen war, die straffällig geworden waren. Und tatsächlich schien Michel auf den Rückhalt seines Vaters zu reagieren. Sein Körper entspannte sich sichtlich. Er nahm einen großen Schluck seiner Cola, richtete sich auf und begann zu erzählen. Scheinbar entschlossen, nun mit der ganzen Wahrheit herauszurücken, soweit sie ihm bekannt war.

»Ich weiß es nur von einem, von Simon. Der musste etwas ins Krankenhaus bringen. Davon sind dann da ganz viele krank geworden.«

Unwillkürlich blickte Katharina zu Ben, der sie ebenso erstaunt ansah.

»Was genau musste dieser Simon dort hinbringen, weißt du das?«, fragte sie konzentriert weiter.

»Genau nicht. Torben hatte aus einem Labor so ein Röhrchen mit Flüssigkeit drin, und Simons Opa lag gerade im Krankenhaus, weil er sich die Hüfte gebrochen hatte. Simon hat ihn dann besucht und das Zeug über die Gläser verteilt, die auf so einer Station immer draußen stehen, damit sich jemand was zu trinken nehmen kann. Ich glaub …« Kurz geriet der Junge erneut ins Stocken, bevor er fortfuhr: »Ich glaub, das war irgendein Virus.«

Die Gewissenlosigkeit dieses Vorfalls brachte Katharina für einen Moment aus der Fassung. Gut, vielleicht war Michel oder diesem Simon nicht klar gewesen, welche Folgen so ein Anschlag mit sich bringen konnte. Dem Initiator, Torben Westphal, war es aber bewusst gewesen. Er war im Gegensatz zu den Kids, die er für seine Zwecke instruiert und ausgenutzt hatte, ein erwachsener Mann, der brutal und rücksichtslos handelte und offenbar Todesfälle in Kauf nahm. Im Fall des Imkers, von dem sie annahm, dass er auch zu der Serie gehörte, war es dazu gekommen, ob beabsichtigt oder nicht. Umso dringlicher war es, dass sie diesen Rädelsführer schnellstmöglich fanden, da sie davon ausgehen mussten, dass er weitere Anschläge planen würde oder es sogar längst getan hatte. Katharina schoss die zehnte Plage in den Kopf, durch die in der Bibel die Erstgeborenen gestorben waren. Nicht auszudenken ... Aber woher hatte er die Mittel für die Umsetzung der Taten? Die exotischen Frösche und der Virus zumindest waren schließlich keine Dinge, die man mal eben so besorgen konnte.

Entschlossen lenkte Katharina ihre Befragung daher in eine andere Richtung: »Michel, wir wissen inzwischen, dass es Torben Westphal ist, der diese Gruppe anführt.«

Michel blickte der Kommissarin überrascht in die Augen. »Sie wissen das? Aber ... aber ich ... war er deswegen hier?«

»Er ist verschwunden«, erklärte Katharina zielstrebig. »Wir fahnden nach ihm. Hast du irgendeine Idee, wo er sich aufhalten könnte?«

Der Junge rieb sich mit den Händen übers Gesicht und schien zu grübeln. »Keine Ahnung, ich weiß, wo er wohnt, wir haben uns dort ein- oder zweimal mit der Gruppe getroffen.«

»Dorthin sind Kollegen unterwegs. Aber er wird sich denken können, dass wir da zuerst nach ihm suchen. Hast du sonst noch eine Idee, Michel?«

»Er ist mit Tilda zusammen, also zumindest hat Tilda das mal erzählt. Vielleicht ist er bei ihr. Sie gehört auch zur Gruppe, aber ich weiß nicht, wo sie wohnt. Ich kenne nicht einmal ihren Nachnamen.« Entschuldigend sah er Katharina in die Augen, und sie konnte sich einem Gefühl von Mitleid gegenüber dem Jungen nicht erwehren, auch wenn er nachweislich ein Feuer gelegt hatte.

»Seine Mutter«, rief Michel plötzlich aus. »Torben hat mal erzählt, dass er manchmal in der Wohnung seiner Mutter auf deren Hund oder Katze oder so aufpasst.«

Katharina sah zu Ben und fand die Bestätigung ihrer ungestellten Frage in seinem Blick: Es war an der Zeit, die Befragung an dieser Stelle zu unterbrechen.

»Gut, Michel. Damit hast du uns geholfen. Wir müssen deine Aussage protokollieren, und dann musst du sie unterschreiben. Danach kannst du gehen.« Die Erleichterung war sowohl bei Michel als auch bei seinem Vater nicht zu übersehen. »Dir muss aber klar sein, dass noch einiges auf dich zukommen wird«, erklärte Katharina daher. »Man wird dich für die Brandstiftung belangen. Und du wirst vor Gericht gegen Torben Westphal aussagen müssen.«

Der Junge nickte und antwortete mit einem kaum hörbaren »Ich weiß. Ich hab echt Scheiße gebaut.«

»Ja, das hast du, genauso wie deine Freunde aus dieser zweifelhaften Clique. Und ihr alle werdet euch dafür verantworten müssen. Dennoch – wenn es so ist, wie du und auch andere es geschildert haben, dann hat Torben Westphal euch dazu angestiftet. Und er hat sich diese unfassbaren Mutproben ausgedacht, um euch für seine Zwecke auszunutzen. Schon dafür wird er geradestehen müssen.«

Katharina erhob sich, ebenso wie Ben, und sagte: »Du wartest bitte mit deinem Vater hier, bis ich oder einer meiner Kollegen mit dem Protokoll zu dir kommt.«

Die beiden Ermittler verließen das Vernehmungszimmer. Auf dem Weg zum Büro sagte Ben: »Das hast du gut gemacht, Katharina. Ich bin sicher, er hätte nicht mit jedem geredet, so verängstigt wie er war.«

»Danke«, sagte Katharina, »hast du Mausner informiert?«

»Ja, und der Staatsanwalt weiß auch Bescheid, die Maschinerie läuft, wir müssen Westphal nur noch finden.«

»Ich checke sofort den Wohnsitz der Mutter und frage bei Leonie und Claas nach, wie diese Tilda mit Nachnamen heißt.«

»Okay, dann rufe ich Vivien an und frage, ob sie in der Wohnung von Torben Westphal etwas entdeckt haben.«

Die beiden betraten das Gemeinschaftsbüro, als Katharinas Handy den Eingang einer Textnachricht meldete. Sie blickte auf das Display und ein Lächeln huschte über ihr Gesicht.

»Gute Nachrichten?«, fragte Ben. »Von Vivien?«

»Nein, von Bene«, antwortete sie. »Du kannst uns demnächst in unserer neuen Wohnung besuchen. Die Maklerin hat uns gerade den Zuschlag erteilt.«

10.12 Uhr

Neben ihm lag sein Exit-Bag. Er hatte es sich eben aus der Küche geholt. Dort, unter der Spüle, sammelte sie die Plastiktüten. Er hatte ihr schon tausendmal erklärt, wie schlecht Plastik war und dass sie lieber Leinenbeutel zum Einkaufen gebrauchen sollte. Aber sie war resistent gegen seine Worte. Es interessierte sie absolut nicht, was nach ihr kam und was sie für eine Welt hinterlassen würde. Auch er hatte sie nie interessiert. Außer zum Vorzeigen bei ihren Freundinnen. Momentan war sie nicht da. Sie verbrachte die Wintermonate in der Regel in ihrer Finca auf Mallorca. Ihm war es recht. Er nutzte ihre Abwesenheit immer, um seine kleine Absteige gegen ihre komfortable Wohnung zu tauschen.

Wenn jemand sich darüber mokierte, erklärte er in möglichst angewidertem Ton, dass er sich auch etwas Schöneres vorstellen könnte, seine Mutter aber darauf bestehen würde, dass er ihre Katze fütterte und die Wohnung hütete. Ersteres stimmte tatsächlich. Die Katze war es auch, die gerade unbeweglich auf dem Stuhl ihm gegenübersaß und ihn fixierte. Ihr Blick machte ihn nervös. Er war irgendwie so wissend und dabei gleichzeitig arrogant-gelangweilt. Er versuchte zurückzustarren und fühlte sich wie früher, wenn er mit seinem kleinen Bruder »Wer guckt als Erster weg« gespielt hatte. Fast immer hatte er gewonnen. Jetzt, hier, mit dieser blöden Katze, musste er schon nach höchstens 15 Sekunden seinen Blick abwenden. Er schmiss ein Zierkissen nach dem Vieh, woraufhin es fauchend auf den Boden sprang und den Raum verließ. Bestimmt würde das Tier nachher in seine Tasche pinkeln. Das hatte es das letzte Mal gemacht, als er es mit einem Fußtritt aus dem Schlafzimmer katapultiert hatte, weil er nicht allein gewesen war und es absolut abtörnend fand, wenn eine Katze ihn beim Vögeln beobachtete.

Er griff nach der Plastiktüte, die er neben sich auf das Sofa gelegt hatte. Die Idee war ihm gekommen, als er auf dem Parkplatz des Polizeipräsidiums auf sein Fahrrad gestiegen und in der Bardowicker Straße am Standesamt vorbeigefahren war. Obwohl es so früh gewesen war, hatte dort gerade eine Hochzeit stattgefunden. Einige gut gekleidete Leute hatten vor dem Amt mit roten und weißen Ballons in Herzform gestanden. Kurzentschlossen war er deswegen An den Brodbänken ab- und gleich danach in die Straße Am Berge eingebogen – dort gab es ein Spielzeuggeschäft, das auch Heliumballons führte. Der Laden war noch nicht geöffnet gewesen, und so hatte er eine knappe halbe Stunde etwas abseits in einer Nebenstraße gewartet. In dieser Zeit war er mit seinem Smartphone ins Internet gegangen und hatte das Wort »Exit-Bag« in die Suchmaschine eingegeben – schließlich wollte er es richtig machen. Er hatte diesen Begriff vor einiger Zeit im Zusammenhang mit Sterbehilfe gehört. Es war ein Bericht über Sterbehilfegruppen gewesen, die an Sterbewillige sachgerecht produzierte Exit-Bags verteilten. Doch man konnte sie auch problemlos selbst herstellen.

Sein Blick wanderte zu dem Ballon, der in der Ecke des Raumes über dem Fernseher an der Zimmerdecke schwebte. Er hatte die Form eines riesengroßen Schnullers – »Alles Gute zur Geburt«, stand drauf. Torben hatte es als Zeichen gedeutet, dass es einen solchen Ballon in dem Geschäft gab. »Alles Gute zur Geburt« passte ganz gut zu seiner Inszenierung, deren Mittelpunkt er wäre, der erstgeborene Sohn. Eigentlich hatten sie vorgesehen, damit bis zum Frühjahr zu warten und dann die zehnte Plage an den frisch geborenen Lämmern des Nationalparks Lüneburger Heide umzusetzen. Als er heute Morgen im Büro dieser Kommissarin gewartet hatte, hatte er umgeplant. Bereits gestern Abend, als sie ihn angerufen hatte und ihn zu den Plagen befragen wollte, hatte er gewusst, dass es nicht mehr lange dauern würde, bis sie auf ihn stoßen würden. Michel hatte ihn keine zehn Minuten zuvor angerufen und darüber informiert, dass die Bullen bei seinen Eltern gewesen waren und ihn auf das Kommissariat bestellt hatten.

Er stand auf und ging ein weiteres Mal in die Küche. Dort zog er eine Schublade auf, in der seine Mutter neben allerlei Krimskrams auch Gummibänder aufbewahrte. Er nahm sich ein größeres heraus, das normalerweise für das

Abdichten von Einweckgläsern benutzt wurde. Ihm würde es gleich zum Abdichten der über seinen Kopf gestülpten Plastiktüte dienen, indem er es über die Tüte und seinen Kopf bis hinunter um seinen Hals streifte, wo es hoffentlich eng genug anlag, damit kein Sauerstoff mehr eindringen konnte. Beim Verlassen der Küche griff er sich die Gartenschlauchverlängerung, die er vorhin aus dem Schuppen mitgebracht und auf dem Küchentresen abgelegt hatte. Im Wohnzimmer ließ er sich wieder auf dem Sofa nieder und überlegte, wie er sich am besten platzieren sollte. Sollte er sitzen bleiben oder sich gleich hinlegen, weil er sowieso in sich zusammensacken würde? Wie hatte es nur so weit kommen können? Was war schiefgelaufen? Wenigstens das musste er ordentlich hinbekommen, denn auf den Knast hatte er absolut keine Lust. Dann lieber tot sein. Unterschwellig hatte er das immer schon für sich als Möglichkeit betrachtet. Allerdings hatte er es nie zu Ende gedacht. Dabei war alles so einfach gewesen, als es angefangen hatte. Schon während seines eigenen Konfirmandenunterrichts hatte er gespürt, dass er zu Höherem berufen war. Damals hatte er angefangen, sich mit dem Glauben im Allgemeinen und seinem eigenen im Speziellen ausgiebig auseinanderzusetzen. Zunächst mit Luther, dann mit anderen Religionsführern wie Kip McKean, Lafayette Ronald Hubbard und natürlich Charles Manson, der im letzten Jahr, dem Lutherjahr, zu seinem Bedauern gestorben war. Als Teamer hatte er sich in der Gemeinde engagiert, um seinen Plan, ebenfalls einmal in einer Reihe mit diesen Namen genannt zu werden, anzugehen. Hier hatte er die Kernzelle seiner Jünger gefunden: Jugendliche, die nach Liebe suchten, sie zu Hause nicht bekamen, aber durch ihn und die Gruppe die ersehnte Bestätigung fanden. Als er mit Tilda und Julian im letzten Jahr die nächtliche Spritztour unternommen und aus einer spontanen Idee heraus dieses Auto verfolgt und vom Weg abgedrängt hatte, wusste er plötzlich, was er tun würde, um seine Jünger an sich zu binden. Wie Mose würde er sie aus ihrer verstaubten Religion herausführen, hinein in eine neue, bessere und von ihm perfektionierte. Wie er später erfahren hatte, lag der Fahrer im Koma. Das tat er noch immer. Dass es sich bei dem Mann um einen Polizisten handelte, hatte er ebenfalls erst aus der Presse erfahren, und wenn er ehrlich war, hatte ihm das den gewissen Kick gegeben. Damals hatte er nicht gedacht, dass der Mann die Sache überleben würde. Sie hatten angehalten, als der Wagen ins Schleudern geraten war, um dem Schauspiel beizuwohnen. Der Typ hatte sich irgendwie aus dem Auto hieven können. Sein Kopf hatte wie Sau geblutet, als er orientierungslos über die Straße gerobbt war. Irgendwann hatte der Mann sich dann nicht mehr geregt und war im strömenden Regen am Straßenrand liegen geblieben. Sein Blut hatte sich mit dem Regenwasser auf der Straße vermischt, und Torben hatte seine Vision von der ersten Plage gehabt, »... und alles Wasser im Strom wurde in Blut verwandelt«. Um das Bild zu vervollkommnen, hatten sie den Daliegenden hinunter an das Ufer der Ilmenau gezogen, sodass das Blut aus dem Kopf des Mannes direkt dort hineinfließen konnte.

Zu Hause hatte er seine Vision später ausgearbeitet, und er war darauf gekommen, dass die Plagen ihm als Aufnahmeritual für seine Gruppe dienen sollten. Und wenn die Gruppe dann mit den Jahren weitere Jünger angezogen hätte, hatte er bereits andere Bibelstellen zusammengesucht, die ein Neuling sozusagen als seine Taufe hätte umsetzen müssen. Dazu würde es nicht mehr kommen. Klar, Michel würde nichts sagen. Das hatte er ihm gestern Abend eingebläut. Um auf Nummer sicher zu gehen, war er deswegen heute Morgen unter einem Vorwand auf dem Kommissariat erschienen – Michel sollte seine allgegenwärtige Präsenz nicht nur spüren, sondern auch sehen. Er wusste ja, dass Michel bei der Polizei mit seinem Vater hocken würde. Sogar die Uhrzeit hatte der Junge ihm gestern Abend gesteckt. Aber er war schließlich nicht blöd. Sein sorgsam durchdachtes Konstrukt begann zu bröckeln, und er hatte nicht vor, dem tatenlos zuzusehen.

Torben Westphal stand auf. Wenn er sich selbst gleich als zehnte Plage präsentieren würde, wollte er das in Würde tun. Er wusste nicht genau, wie das beim Erstickungstod war. Erschlafften dann auch die Muskeln, sodass er sich vollpissen würde wie ein Baby? Was wäre das für ein letztes Bild von ihm? Lieber ging er vorher noch einmal aufs Klo, obwohl er momentan nicht musste. Tief in seinem Inneren wusste er, dass er mit diesem Gang, der wahrscheinlich sein letzter sein würde, für sich selbst Zeit schinden wollte. Er hatte Angst vor dem Tod, aber jetzt sah er keinen anderen Ausweg. Nur so bestand eine Chance, dass seine Vision, seine Absicht sich in den Köpfen der Menschen verankern würde. Ließe er sich von der Polizei verhaften, würde man ihn vermutlich als verrückt darstellen, und sein Wort hätte kein Gewicht. Im Internet hatte er gelesen, dass die Selbsttötung mit Helium sanft war. Wegen der Tüte über dem Kopf und dem Helium, das er durch den Schlauch aus dem Ballon direkt einatmen würde, würde er zwar ersticken, dies aber nicht merken. Das Helium machte ihn bereits nach wenigen Sekunden bewusstlos. Das war das Gute daran. Auf der Anrichte in der Diele hatte er seine Kopfhörer liegen. Er griff sie sich und ging weiter zur Gästetoilette. Dort holte er sein Handy aus der Tasche, ließ seine Hose hinunter, setzte sich auf die Toilettenbrille und stöpselte die Kopfhörer, die er sich aufsetzte, in sein Smartphone ein. Er wählte »Revival«, das neueste Album von Eminem an. Dann wartete er, dass seine Blase sich entleerte. Seine Gedanken wanderten wieder zu den Plagen. Eine nach der anderen ging er durch. Das machte er häufiger. Es hob seine Stimmung, denn es zeigte ihm, was er für ein kreativer Kopf war. Schließlich hatte er die Umsetzungen der Plagen geplant, und sie trugen alle seine Handschrift und spiegelten damit seine Genialität wider. Gut, die zweite Plage war ein bisschen lahm gewesen und durch den Einsatz der Frösche nicht unbedingt originell, da sie zu dicht an der Mose-Überlieferung dran war. Aber irgendwie hatte es sich angeboten, da Tildas Bruder diese Viecher aus Brasilien bei sich in einem Terrarium hielt. Weiß der Geier, woher dieser kranke Typ die megagiftigen Frösche hatte, er hielt sich auch andere Tiere, deren Einfuhr in Deutschland verboten war. Tilda hatte die Frösche eingefangen und in den Bioläden platziert. Auf die Läden waren sie gekommen, weil sie die Verbindung zwischen den Fröschen und der Acai-Beere lustig fanden und Tilda sowohl in dem Bioladen in Bleckede als auch in dem in Adendorf manchmal einkaufte – je nachdem, ob sie gerade bei ihrer Mutter oder ihrem Vater war. Außerdem hatte sie durch Zufall mal beobachtet, dass der Fahrer, der die Läden belieferte, die Produktkartons morgens vor Geschäftsöffnung einfach vor dem Hintereingang abstellte. Das hatte es ihr leichtgemacht, die Frösche in die Kartons zu stecken. Heftiger war es wohl zu Hause mit ihrem Bruder zugegangen, der ziemlich ausgerastet war, als er das Fehlen der Viecher bemerkt hatte. Aber das war Tildas Problem gewesen und hatte zu ihrer Aufnahme in seinen auserwählten Kreis dazugehört. Trotz des Ärgers hatte sie später auch die Fliegenlarven von ihrem Bruder geklaut, der diese besaß, um seine diversen Tiere damit zu füttern. Die Fliegen waren für Claas gewesen, den Julian angeschleppt hatte. Claas hatte keine andere Aufgabe übernehmen wollen. Die Nummer mit den Fliegen hatte er als harmlos angesehen. Als er jedoch hinterher erfahren hatte, dass Stubenfliegen Überträger von so fiesen Krankheiten wie Kinderlähmung oder der Maul- und Klauenseuche sein konnten, hatte Claas in der Gruppe einen kleinen Aufstand geprobt. Doch das hatte er ihm schnell ausgetrieben.

Claas war ihm von Anfang an suspekt gewesen, aber er hatte ihn dennoch in seinen Kreis aufgenommen. Er passte einfach gut zu ihnen – er hatte Probleme in der Schule, sein Vater hatte die Familie verlassen, die Mutter war mit ihren Kindern überfordert, und Claas musste als Ältester bereits eine enorme Verantwortung übernehmen. Sein Leben war ziemlich kaputt, wie bei ihnen allen, was einen gewissen Hass auf die Welt schürte und somit die Bereitschaft zu solchen Anschlägen steigerte. Aber der Junge war nicht dumm, und das hatte ihm zu denken gegeben. So hatte er zugesehen, dass Claas nicht von allen Aktivitäten der Gruppe erfuhr. Tilda dagegen, deren Teamer er vor zwei Jahren gewesen war, war verliebt in ihn, und er hatte stets dafür gesorgt, dass das auch so blieb – sie würde alles für ihn tun. Der verwöhnte Julian war im Grunde ein unsicheres Bürschchen, das durch die Gruppe bestätigt wurde. Genauso wie die anderen Kids, die Tilda und Julian der Gruppe über die Zeit zugeführt hatten und die allesamt nicht so wirklich helle waren und ihm schon deshalb wie Schafe folgten. Ihnen allen fehlte ein sicherer Halt im Leben, und er – beziehungsweise die Gruppe – hatte ihnen diesen gegeben. Claas war zwar durch seine Familiensituation ebenfalls geschwächt, aber dennoch selbstsicher, und seit er diese kleine Freundin hatte, hatte er sich immer seltener bei ihnen blicken lassen. Er hatte zunehmend eine Gefahr dargestellt. Na ja, jetzt war das ohnehin alles egal. Er saß in diesem Moment hier, weil Michel sich hatte erwischen lassen, und nicht, weil Claas ihn verraten hatte. Als das mit diesem Imker, einem entfernten Onkel von Julian, passiert war, hatte Claas zum ersten Mal Sperenzchen gemacht. Das war allerdings nach der Fliegenplage gewesen, und so hatte Torben ihn wieder ruhigstellen können – er hatte ihm gedroht, ihn bei der Polizei anzuschwärzen. Natürlich hätte er das nicht getan, denn dann hätte Claas sie im Zweifel alle verpfiffen, aber das wusste der Junge schließlich nicht. Wenn Torben darüber nachdachte, hatte er damals einfach Glück gehabt. Oder sein Gott hatte es genauso vorgesehen. Das Ergebnis für ihn war das gleiche: Julian hatte zwar die Bienen schon eine Weile zuvor im Garten seines Verwandten ausgesetzt – wie das genau ging, hatte er Julian nie gefragt, und es hatte ihn auch nicht interessiert – doch erst Wochen später hatten sie den Mann angegriffen. »Während seine eigenen Bienen selig in ihrem Stock geschlafen haben«, hatte Julian erklärt und mit einem ironischen Lächeln im Gesicht hinzugefügt, dass es um den Typen nicht schade sei.

Der Remix von »Chloraseptic« fing an, seine Ohren zu beschallen, der dritte Song des Albums, und er hatte immer noch nicht gepinkelt. Er nahm seine Kopfhörer ab und überlegte, den Wasserhahn aufzudrehen, so wie es früher seine Mutter gemacht hatte, wenn er eigentlich nicht musste, sie aber darauf bestand, dass er pullerte. Bei dem

Gedanken an diesen dämlichen Begriff, den seine Mutter benutzte, erhob er sich unwillkürlich von der Toilette. In diesem Moment klingelte und klopfte es an der Tür. Torben Westphal erstarrte. Niemand wusste, dass er hier war. Seine Mutter hatte ihm erst gestern Bescheid gegeben, dass sie am nächsten Morgen für ein paar Tage von Hamburg aus auf die Insel fliegen würde. Er hatte es noch nicht einmal Tilda erzählt, die gestern Abend bei ihm gewesen war. Es klingelte ein weiteres Mal, und dann rief eine Stimme: »Herr Westphal, Polizei! Öffnen Sie die Tür, wir wissen, dass Sie da sind.«

Pah, die bluffen nur, dachte er, schloss eilig die Tür zur Gästetoilette und verriegelte sie von innen. Dann zog er sich seine Boxershorts und die Jeans hoch. Plötzlich fiel ihm sein Fahrrad ein. Mist, das hatte er vorhin einfach im Vorgarten abgestellt. Deshalb konnten die Bullen sich auch denken, dass er hier war. Wie nachlässig von ihm.

»Frau Westphal, sind Sie da? Öffnen Sie die Tür, wir müssen mit Ihrem Sohn sprechen!«, hörte er wieder die Stimme von eben, diesmal jedoch durch die verschlossene Tür gedämpfter. Dann hörte er nichts mehr. Angespannt setzte er sich auf den Badezimmerfußboden, da er den WC-Deckel nicht herunterklappen wollte. Obgleich das draußen sicher niemand hören würde, wollte er es nicht riskieren. Fieberhaft überlegte er, was er für Möglichkeiten hatte. Sollte er versuchen, ins Wohnzimmer zu gelangen und dort seinen Plagenzyklus mit seinem eigenen Tod beenden? Er musste an die Panoramafenster im Wohnzimmer denken. Sicher würden die Bullen um das Haus herumschleichen und hineinspähen. Unwillkürlich wanderte sein Blick zu dem kleinen gekippten Fenster in der gegenüberliegenden Wand und er wusste augenblicklich, dass alles verloren war: Er sah direkt in die Augen eines Polizisten, der sofort ausrief: »Hier, hier ist er!«

Ein weiterer Kopf kam dazu. Er gehörte der rothaarigen Kommissarin, die vorhin zusammen mit einem Kollegen ins Kommissariat gekommen war, als er gerade an dem Tisch bei der jüngeren Kommissarin gesessen hatte: »Herr Westphal? Kommen Sie raus, wir haben das Haus umstellt. Sonst müssen wir stürmen.«

Torben Westphal merkte, wie sein eben noch angespannter Körper an Kraft verlor und in sich zusammensackte. Mühsam rappelte er sich hoch. Für dieses Mal hatte er verloren, das sah er ein.

»Das brauchen Sie nicht, ich komme raus«, sagte er und schloss die WC-Tür auf.

»*Am Ende wird alles gut! Und wenn es noch nicht gut ist,
ist es noch nicht das Ende.*«

(Oscar Wilde zugeschrieben)

EPILOG

Katharina schaute dem wegfahrenden Polizeiwagen hinterher, den ein uniformierter Kollege steuerte. Ben und der eben in Handschellen abgeführte Torben Westphal saßen auf dem Rücksitz. Sie würde gleich im Dienstwagen folgen, doch zuerst würde sie sich im Haus von Westphals Mutter umsehen, ob der Sohn dort etwas deponiert hatte, das auf die Taten, die die Jugendlichen für ihn ausgeführt hatten, Rückschlüsse zuließ oder diese sogar zusätzlich zu den Aussagen der Kids beweisen könnte. Eine Katze kam auf sie zugelaufen, und sie musste kurz an das Kätzchen auf dem Klostergelände denken. Ob sie wohl auch ohne ihren Klosterbesuch mit Markus auf die Plagen und damit auf Westphals Spur gekommen wäre? Ja, sicher, schließlich hat Leonie ihren Freund dazu bewegt, zu reden, dachte sie. Aber was wäre gewesen, wenn das beides nicht geschehen wäre?

Die Kommissarin ging in die Knie, um die Katze, die inzwischen um ihre Beine herumstrich, zu streicheln, als sie in ihrer Hosentasche ein leichtes Vibrieren spürte. Sie griff nach hinten und nestelte ihr Handy hervor. Eine Textnachricht von Jana wurde auf dem Display angekündigt. Sie klickte sie auf, und noch während sie las, traten ihr die Tränen in die Augen. Ihr wurde schwindelig, und sie ließ sich rücklings auf den Hosenboden fallen. Ein Glucksen entrang sich ihrer Kehle, während die Tränen nun wie ein Sturzbach aus ihr herausliefen. Als sie sich weitestgehend beruhigt hatte, las sie Janas Textnachricht durch den Tränenschleier ein weiteres Mal. Dann brach sie in Lachen aus und hörte, wie hysterisch es klang. In ihrem Kopf wiederholte sie immer wieder die wenigen Worte der Nachricht: »Tobi ist aus dem Koma erwacht. Er möchte dich sehen. Komm schnell!«

Im ENDE wohnt stets ein ANFANG

DANKSAGUNG

Für Außenstehende ist es schwer nachzuvollziehen, was alles dazugehört, ein neues Buch an den Start zu bringen, und wie viel Zeit damit verbunden ist. Sehr genau erleben das dafür die Menschen mit, die einem wirklich nahestehen. Familie und Freunde müssen sich oft vertrösten lassen, Zeiten erdulden, in denen man mit dem Kopf ständig woanders oder nicht einmal physisch anwesend ist, weil die Zeit oder Veranstaltungstermine es nicht zulassen. Sie müssen akzeptieren, dass neben der »normalen« Arbeit auch die Abendstunden oder Wochenenden vollgepackt sind, wenn ein neues Buchprojekt in Arbeit ist. Dafür, dass ich dafür so viel Verständnis und Unterstützung erhalte, danke ich meiner Familie ebenso wie meinen wunderbaren Freunden, vor allen Dingen aber meinem Mann, der all das am meisten zu spüren bekommt und dennoch immer und in allem absolut hinter mir steht.

Und selbstverständlich danke ich im Besonderen Kathrin für ein weiteres gemeinsames Projekt – niemals hätten wir bei Erscheinen unseres ersten Heide-Krimis im Jahr 2013 auch nur zu hoffen gewagt, dass dies nur der Anfang einer so spannenden, befruchtenden und langfristigen Zusammenarbeit sein würde. Tatsächlich war dieses Buch bereits unser zehntes gemeinsames Projekt, und es bleibt spannend, was dem alles noch folgen kann.

Claudia Kröger

*

Claudia hat es bereits auf den Punkt gebracht, und so möchte ich es an dieser Stelle – ganz entgegen meiner sonstigen Art – kurz halten und ebenso meinen Lieben, meiner großartigen Familie und meinen tollen Freunden danken: Ihr seid etwas ganz Besonderes, schon allein, weil ihr es mit mir aushaltet! Und auch dir, Claudia, möchte ich wie immer danken, denn abgesehen von nunmehr zehn Büchern und der gemeinsamen Schreibzeit daran haben wir inzwischen unsere einzigartigen »Weißt-du-noch«-Erinnerungen.

Kathrin Hanke

※

Unser gemeinsamer Dank gilt dieses Mal an erster Stelle den vielen treuen und engagierten Buchhändlern. Auf zahlreichen Veranstaltungen durften wir in den vergangenen Monaten unsere Heide-Krimis präsentieren, und jede einzelne davon war aufregend und immer wieder neu. Ob Lesung oder Signierstunde: Nur hier haben wir die Möglichkeit, ganz persönlichen Kontakt zu unseren Leserinnen und Lesern aufzunehmen und einen direkten Austausch zu erleben. Wir staunen dabei oft, auf welche schönen Ideen die ambitionierten Buchhandlungen, Büchereien oder auch sonstigen Veranstalter kommen, um einer großen und bunten Gästeschar eine spannende Zeit zu schenken.

Damit sind wir auch schon beim nächsten riesigen Dankeschön, das an all unsere Leser gerichtet ist. Wir erfahren immer wieder so viel wunderbaren Zuspruch, bekommen viele hilfreiche Rückmeldungen und führen interessante Gespräche – nur Sie, unsere Leser, machen es letztlich möglich, dass wir nun schon den siebten Fall von Katharina und ihren Kollegen in den Händen halten.

Natürlich danken wir außerdem dem Gmeiner-Verlag, der uns überhaupt ermöglicht hat, dass aus einem Erstling inzwischen eine Serie geworden ist. Ein tolles und großes Team dort in Meßkirch sorgt mit vielen fleißigen Händen dafür, dass alles die richtige Form erhält, die Cover die Fantasie in Gang setzen und vieles mehr.

Und dann sind da noch die treuen Unterstützer wie Christine Maria Priebe, Hella Arnheim oder Dr. Hartmut Niefer, die mit filmischem Können sowie der fachlichen Prüfung von polizeilichen Abläufen und medizinischen Fakten ebenfalls dazu beitragen, dass wir am Ende mit einem guten Gefühl einen neuen Fall mit allem Drum und Dran präsentieren können. Dankeschön!

Kathrin Hanke & Claudia Kröger

Weitere Titel finden Sie auf den
folgenden Seiten und im Internet:

WWW.GMEINER-VERLAG.DE

Kommissarin Katharina von Hagemann ermittelt:

GMEINER SPANNUNG

WWW.GMEINER-VERLAG.DE
Wir machen's spannend

Kathrin Hanke im Gmeiner-Verlag:

**Die Giftmörderin
Grete Beier**
ISBN 978-3-8392-2124-2

**Die Engelmacherin
von St. Pauli**
ISBN 978-3-8392-2300-0

Störtebekers Piratin
ISBN 978-3-8392-2486-1

Als die Flut kam
ISBN 978-3-8392-0001-8

- Bildbände -

Hamburgs dunkle Seiten
ISBN 978-3-8392-2487-8

Hamburg im Sturm
ISBN 978-3-8392-0031-5

- Kochbücher -

In der Heide brodelt es
ISBN 978-3-8392-2219-5

GMEINER SPANNUNG

WWW.GMEINER-VERLAG.DE
Wir machen's spannend

DIE NEUEN
Lieblingsplätze

ISBN 978-3-8392-0370-5

ISBN 978-3-8392-0373-6

ISBN 978-3-8392-0371-2

ISBN 978-3-8392-0158-9

ISBN 978-3-8392-0372-9

ISBN 978-3-8392-0376-7

ISBN 978-3-8392-0378-1

ISBN 978-3-8392-0386-6

ISBN 978-3-8392-0375-0

ISBN 978-3-8392-0380-4

ISBN 978-3-8392-0381-1

ISBN 978-3-8392-0382-8

ISBN 978-3-8392-0383-5

ISBN 978-3-8392-0374-3

ISBN 978-3-8392-0377-4

ISBN 978-3-8392-0385-9

GMEINER KULTUR

WWW.GMEINER-VERLAG.DE
Mensch, Kultur, Region